007/薔薇と拳銃

イアン・フレミング

英国秘密情報部の腕利きエージェント，007ことジェームズ・ボンド。祖国の平和と安寧のため，世界を股にかけて危険な任務を遂行する。パリ郊外の静かな森に隠れ潜むソ連の情報機関を破壊する「薔薇と拳銃」，ジャマイカで荘園主夫妻を殺害した，凶悪なナチの残党の男を暗殺する「読後焼却すべし《フォー・ユア・アイズ・オンリー》」，ローマからベニスに通じる麻薬密輸ルートを追跡する「危険」，セーシェル諸島のサンゴ礁を舞台に，アメリカ人の富豪の死を描いた「珍魚ヒルデブランド」，植民地総督がボンドに語る，一組のカップルの数奇な運命「ナッソーの夜」の全5編を収録。

007/薔薇と拳銃

イアン・フレミング
井　上　一　夫　訳

創元推理文庫

FOR YOUR EYES ONLY

by

Ian Fleming

1960

目次

００７／薔薇と拳銃

薔薇と拳銃

大きな黒いゴムの防塵ゴーグルの陰で、その目は火打石のように冷やかだった。時速七〇でとばすBSA‐M20オートバイのスピードに、体も機械も宙に躍っていたが、目だけが静かに落ちついている。ゴーグルに守られて、ハンドルの中央すぐ上で、ぴたりと前方を見つめる黒いその目は、拳銃の銃口のようだった。

ゴーグルの下の頬は、強い風でうしろに吹きまくられ、唇がめくれ上がって、墓石のような大きな歯と白っぽい歯ぐきをむき出しにした、まるで笑ってでもいるような顔になっている。頬が口から吹きこむ風で、小さな袋みたいにふくらんで、軽く波打つ。ヘルメットの下で躍っている顔の左右から、じかに生えているように見える黒い手袋をした手は、手首を折ってハンドルを握り、まるでとびかかろうとしている大きな野獣の前脚のようだった。

男が着ているのは、英国通信隊の伝書使の制服。乗っているオートバイも、オリーヴ色に塗って、スピードを上げるためバルブやカービュレーターに細工を加え、消音器の一部をはずしてある、正規のイギリス陸軍のオートバイとそっくりのもの。贋者と思われるようなふしは、服装にもオートバイにも何ひとつないのだが、燃料タンクの上に留め具で留めた、弾丸を装塡したルガーだけが異様だった。

五月の朝七時。森のなかの直線道路は、きめの細かい朝露に光っていた。道路の左右は、ヴェルサイユとサン・ジェルマンの舞台の書割のような樫《かし》の森まで、野の花と苔《こけ》に覆われた崖になっている。この道路はD98号線と呼ばれるサン・ジェルマン地区の脇道で、いま伝書使がくぐりぬけたパリ―マント間高速道路では、すでにパリに向かう朝の混雑がはじまっていた。

しかし、北のサン・ジェルマンに向かうこの脇道には、前にもうしろにも人影ひとつ見えない。ただ、半マイルばかり先に、この伝書使とそっくり同じ姿をした、もうひとりのオートバイ伝書使が走っているだけだった。

前のほうの伝書使は、年も若く、小柄だった。のんびりとオートバイにまたがって、時速四〇キロぐらいで朝の空気を楽しんでいる。時間は充分あるし、天気もいい。司令部へ帰って朝飯だが、けさの卵は目玉焼きか、それともいり卵か――そんなことを考えていた。

五百ヤード――四百――三百――二百――百――。

うしろから追っていた伝書使が、速度を五〇に落とした。右の手袋を口にくわえて脱ぐ。脱いだ手袋を上着のボタンの間につっこむと、拳銃に手をのばして留め具をはずす。

前の若い男も、そのころには、バックミラーに映ったうしろの伝書使の姿に気がついたようだった。急にふりかえって、朝のこんな時間に、ほかのオートバイが同じ道を走っているのでびっくりする。アメリカかフランスの憲兵だろうと思ったのだった。欧州連合軍《SHA》総司令部《PE》を作っている、NATOの八つのどの国の兵隊かわからなかったのだが、自分と同じ英国通信隊の制服を着ているのに気がついて、驚くと同時に喜んだ。

いったい、だれだろう？

気がついた合図に、陽気に右の親指を上げて見せると、速度を三〇に落として追いついてくるのを待つ。片方の目で前方を眺め、もう一方の目でバックミラーに映った姿を眺める。司令部の特別輸送隊にいるオートバイ伝書使の名前を並べてみる。アルバートかシッド、ウォリーか――ウォリーかもしれない。がっしりした体つきがそっくりだ。しめた！　あいつなら、食堂のあのフランス娘のことでからかってやれる――ルイーズかエリゼかリーゼか――あの娘、なんて名前だっけ？

拳銃をもった男も、速度を落とした。距離は五十ヤード。風によるゆがみが消えた男は、粗野で頑強なスラヴ系らしい顔立ちだ。狙いをつけた黒い銃口のような目の奥に、赤い火花が燃えている。

四十ヤード、三十――。

若い伝書使の前に、森からカササギが一羽飛び出した。カササギは無器用に道路を飛び越すと、サン・ジェルマンまであと一キロと書いてあるミシュラン・タイヤの案内標識のうしろのやぶに飛びこむ。若い男はにやりと笑って、ふざけたように指を一本上げて敬礼の真似《まね》をし、厄《やく》よけのまじないをする――「離れカササギは悲しみをもってくるからな」

二十ヤードうしろでは、拳銃をもった男が両手をハンドルから離し、ルガーを上げて慎重に左腕の上にかまえて、一発撃《う》った。

若い男の両手がぱっとハンドルから離れ、うしろにのけぞった背骨のまんなかあたりでぶつかる。オートバイが斜めに道路を横切って、細い溝をとびこえると、崖下の雑草と百合の草地にとびこんだ。オートバイは悲鳴を上げる後輪の上に立ち上がると、ゆっくりと死んだ乗り手の上に逆さまに倒れ、さらに咳《せき》こむような音を立て、若い男の服や苔を蹴ったり踏みにじったりしてから、やがて静かになった。

殺し屋は小さくＵターンすると、オートバイをいまきたほうに向けて止めた。支脚を踏んでおろすと、オートバイをそこに残して、木立の下に咲く野の花の間に踏みこんでいく。死んだ男のそばにひざまずくと、手荒くその目蓋をひらいてみた。同じような荒っぽいやり方で、黒革の伝書ケースを死体から引きはずすと、上着のボタンをむしり取るようにひらいて、使い古した革財布を抜き取る。左腕の安ものの腕時計も、クロームの伸縮バンドがちぎれるくらいに乱暴にむしり取った。

立ち上がって、伝書ケースを自分の肩にかける。財布と腕時計を上着のポケットにつっこみながら、耳をすました。聞こえるのは森の音と、こわれたオートバイの熱をもった金属が冷えるときのカタカタいうゆるやかな音だけ。

男はゆっくりと歩きまわって、やわらかい地面や苔の上のタイヤの跡に草の葉をまいた。溝と草地のはずれのところには、特に念をいれる。やがて、自分のオートバイの脇に立って、崖下の草地の百合に目を向ける。悪くはない！　警察犬でも使わなければ見つかるまい。それに、十マイルもの道を調べるには、何時間も、いや何日もかかるかもしれない。それだけの時間があれば充分だ。

こういう仕事で肝心なのは、安全な間合いだ。いまの男を四十ヤードの距離からでも撃つことはできたが、彼は二十ヤードにせばめてからにした。それに、時計と財布を奪ったのも上出来――プロの手口だ。

自分の仕事ぶりに満足し、男はオートバイの支脚をはずし、素早くサドルにまたがると、スターターを蹴った。タイヤの跡を残さないように、少しずつ速度を上げて道路をもどる。一分かそこらで、また速度は七〇に上がり、風がまたその顔を意味のない笑顔に変える。殺しの現場のまわりでは、それまで息を殺していた森が、またゆっくりと息づきはじめた。

ジェームズ・ボンドは、その夕方はじめての酒をフーケで飲んだ。別に強い酒ではなかった。フランスのカフェで、本気になって酒を飲むわけにはいかない。日ざしのもと歩道に出たテラスで、ウォッカやウイスキーやジンを飲めるものではない。水で割ったブランデーならかなり強いのだが、味がよくなくて酔うばかりだ。ハーフボトルのシャンペンやオレンジ・シャンペンも、軽い食事の前ならいいが、宵の口にハーフボトルなど飲んだら、もう一本追加することになり、大してうまくもないシャンペンをボトルでまるごと一本も飲んでしまっては、夜のためによくない。

ペルノーならいいのだが、こいつはひとりで飲む酒ではないし、いずれにしてもリコリス（甘草）の甘さが、子供のころを思い出させるので、ボンドはきらいだった。カフェで飲むなら、カフェを舞台にしたミュージカル・コメディにでもふさわしい飲みものを飲まなければ——アメリカーノ——。ビター・カンパリとチンザノのベルモットに、レモンの大きな輪切りをいれてソーダで割ったカクテルだ。ソーダといえば、ボンドはいつもペリエにきめていた。安酒をうまくする一番の方法は、高いソーダを使うのにかぎるというのが、ボンドの持説だった。

ボンドはパリでの宿は北駅のステーション・ホテルときめていた。駅のホテルが好きだったし、とくにここは格式ばらない地味なホテルだったからだ。軽い食事はカフェ・ド・ラ・ぺかロトンド、ドームという店でとったが、これは料理がいけるし、出入りする人間を眺める楽しみがあったからだ。しっかり飲みたいときは、ハリーズ・バーへ行った。十六のときに何も知らずにパリにきて、彼はコンチネンタル・デイリー・メイルに出ていたハリーズ・バーの広告どおりに実行し、タクシーの運転手に、「かまわないから飲みあかすんだ」といったのだった。ボンドの人生でも忘れられない幾晩かが、そのときからはじまり、最後には童貞と財布を同時になくしておわった。

夕食は、ヴェフールとかカントン、ルーカス‐カルトンとか、コション・ドールというような大きなレストランに行った。こういう店は、なぜかミシュランの案内書に出ているトゥール・ダルジャンやマキシムなどという店のように、値段の高さや米ドルで汚されずにすんでいると思うからだ。いずれにしても、ボンドはそちらの料理のほうが好きだった。食事のあとではたいてい、何かないかとピガール広場に行く。いつものとおり何事もなければ、パリを横断して北駅のホテルまで歩いていって寝るのだった。

今夜ボンドは、そんなおきまりのコースを破り、昔ながらの大騒ぎをやらかそうと思っていた。彼は、オーストリアとハンガリーの国境での任務をみじめに失敗して、パリ経由でロンドンに帰る途中だった。その任務とは、あるハンガリー人を救い出すことだった。ボンドはこの作戦を指揮するために、わざわざロンドンから派遣されたのだが、ウィーン支局はそれがおもしろくなかったらしい。いろいろと誤解——それも意地の悪い誤解があって、肝心の男は国境の地雷原で殺されてしまった。

帰ったら当然、査問ということになるだろう。翌日にはロンドンの本部に、報告に帰ることになっているのだ。考えただけでも、ボンドはすっかり意気消沈した。

きょうはとてもいい天気だった——パリは美しく陽気だなどと本気で信じてしまえそう

な日だった。ボンドは、このパリにもう一度だけチャンスをあたえてやることにした。どうにかして、本物の女らしい女を見つけよう。その彼女を連れて、森のなかのアルマノンヴィルみたいな、もっともらしい店に食事に行く。女の目からものほしそうな色を消すために――どうせ、そういう色は浮かんでいるのだ――できるだけ早く五万フランやってしまおう。それからいってやる。「きみをドナティエンヌと呼ぼうか――ソランジュでもいい。ぼくの今夜の気分にぴったりな名前だから。きみとは前からの知りあいで、この金はぼくが困っていたとき、きみが貸してくれたんだ。さあ、これをとってくれ。おたがいにちょうど一年前にサン・トロペで会ってから何をしてきたか、語りあおう。その前に、メニューとワインリストがきたから、きみがご機嫌になって、太るようなものを注文しないとな」

女は、もうこれ以上無理をしないですむのでほっとして、笑っていう。「だけどジェームズ、あたし太りたくないわ」

そして「花のパリ」の神秘なロマンスがはじまるのだ。ボンドは酔っぱらわずに彼女に興味をもち、話をすべて聞く。その上で、夜がふけてから、昔ながらの「パリのお楽しみ」には、実際になんの中身もなかったのだということになっても、彼のせいではない。

フーケの席におさまって、アメリカーノがくるのを待ちながら、ボンドは自分の激しさににやりとした。自分でも、戦争以来、心からきらいになってしまったこの街に、頭のなかで最後のひと蹴りをくれて、せいせいしようとしているのがわかっていた。一九四五年以来、彼はパリで楽しい思いをしたことが一日もなかった。パリがそっくり身売りしてしまったというわけではない。身売りしてしまった街もたくさんあるが、パリからなくなったのは、その心《ハート》だけだった。旅行者やロシア人やルーマニア人、ブルガリア人に、パリは心を質《しち》いれしてしまったのだ。だんだんにこの市を占領していく、世界のごろつきどもに、心を質種《しちぐさ》にとられてしまったのだ。それに、もちろんドイツ人にも押さえられている。それは、街の人間の目を見ればわかる。むっつりとした、ものほしそうで恥ずかしげな目つきだ。建物はどうだろう？　ボンドはピカピカの黒いリボンのような舗道に並ぶ車の列を見た。向こう側に夕日が痛々しく光っている。どこもかしこも、こういうところはシャンゼリゼと同じだ。この街を見物できる時間は、たった二時間しかない――朝の五時から七時までだ。七時すぎると、街は轟々と流れる黒い金属に呑みこまれてしまって、美しい家並みも、ゆったりと並木を配した大通りも、張りあいようがなくなる。

　給仕が大理石のテーブルに盆をガチャンとおいた。慣れた手つきでひょいと片手でペリエの栓をぬく。ボンドが真似しようとしても、いつもうまくいかない。伝票をアイスペールの下にはさんで、〝どうぞ、ごゆっくり〟と機械的にいうと、給仕はさっさと引きあげてしまった。

　ボンドは酒に氷をいれ、炭酸をなみなみと注いで、大きくひと口飲んだ。楽にすわりなおして、ローランの黄色葉の煙草に火をつける。

もちろん今夜はついてないだろう。あと一時間かそこらで、女の子を見つけたとしても、みかけだおしにきまっている。そばでよく見れば、都会のフランス人特有の湿っぽくてきめの粗い膚《はだ》をした女とわかるだろう。小粋《こいき》なビロードのベレーの下の金髪も、根元は茶色くてピアノ線みたいに硬いだろう。ミントの香りの息も、昼食に食べたニンニクの匂いを消しきれない。そそるようなスタイルも、きっとややこしい針金やゴムで作りあげたものだ。リール出身の女で、ボンドにアメリカ人かとたずねる……ここでボンドはにやりとした。おまけに、その女か女のひもが、財布を盗むのだ。堂々巡りだ！　最初にパリにきたときのくりかえしになる。まあ、そういうものだろう。どうとでもなれだ！

傷だらけの黒いプジョー403が一台、通りのまんなかから端のほうに寄り、二重駐車をした。お定まりのブレーキのきしむ音と警笛とどなり声。そんなことには少しもかまわず、あとの混雑は放っておいて、車からおりた娘は、つかつかと歩道をこっちにやってくる。ボンドは居住まいを正した。非の打ちどころのない娘だった。ボンドが白昼夢で見ていた、かわいい恋人の条件をそっくりそろえている。すらっと背が高く、体の線はレインコートに隠されているが、歩き方やものごしから見ても、素晴らしいスタイルだということはうかがえる。車の止め方から見てもわかるように、陽気で大胆奔放な美人。ただ、いまはいらいらと口をへの字に曲げて、歩道を行きかう人々を一直線にかきわけながら、しきりとあたりを見回していた。

娘が外側のテーブルのところから、テーブルの間の通路にはいってくるのを、ボンドはしげしげと見つめていた。もちろん、見こみはない。この娘はだれかに会いにきたんだ——たぶん恋人だろう。恋人なしで放っておかれるような娘じゃない。デートに遅れたんだ。だからあんなにあわてているにちがいない。まったくついてない——と思ったとたん、粋なベレーからはみ出た長い金髪の下に目をやると、その目はまっすぐボンドを見ていた。しかも、にっこり笑っている……！

ボンドが驚きから立ちなおる間もなく、娘はボンドのテーブルにきて、椅子を引き出して腰をおろした。

仰天しているボンドに、神妙そうな笑顔を見せる。「ごめんなさい、遅くなって。でも、すぐ出かけなきゃならないのよ。事務所であなたを呼んでるわ」声をひそめて、「急潜水」という。

ボンドは、はっと現実に引きもどされた。この娘がだれにしろ、情報部の人間にちがいない。

「急潜水」というのは、秘密情報部内部の俗語で、潜水艦の乗組員の言葉からきたものだ。悪い知らせという意味——それも、最悪の知らせということだった。

ボンドはポケットに手をつっこむと、小銭を伝票の上においた。「よし、行こう」といって、立ち上がってテーブルの間をぬけ、彼女についていく。

車はまだ、駐車線の外でほかの車の往来の邪魔をしていた。いまにも警官がくるかもしれない。うしろにつかえた車からは、すごい剣幕の顔が二人をにらんでいた。エンジンはかけっぱなしだ。娘はセカンド発進すると、流れのなかにはいっていった。

ボンドは横目で娘を見た。ビロードのような白い膚。金髪は絹のようで――根元まで本物の金髪だった。「どこからきたんだ？　何があった？」ボンドはたずねた。

娘は運転に神経を使いながらいった。「支局からです。二級助手、勤務中は765号、非番のときはメアリ・アン・ラッセル。何があったのかは、わたしには全然わかりません。本部からの電報を見ただけで――Mから支局の主任あてに、じかにきたんです。例の緊急電報というやつです。すぐにあなたをさがせ、必要とあれば、フランスの参謀本部第二課の情報網にも協力を頼めというんです。主任が、あなたはパリにきたときは、行く先がきまっているというので、わたしともうひとりの女の子が、そのリストを渡されて」笑顔になる。「わたしは、ハリーズ・バーに行ってみただけで、フーケにもいなかったら、レストランをさがしてまわるつもりでした。こんなすぐに見つかるなんて、奇蹟みたい」ちらっとボンドを見てつづけた。「気がきかない真似をしたんじゃなければいいけど」

ボンドはいった。「いいんだ。だけど、もし女の連れがいたら、どうするつもりだった？」

娘は笑った。「同じことよ。ただ、もっと丁寧な言葉づかいをしたでしょうね。心配なのは、あなたがどうやってその女を追い払うかだけ。もし、その相手が騒ぐようだったら、わたしがうちまで送って、あなたにはタクシーを呼びます」

「なかなか気がきくね。きみは情報部にはいって長いの？」

「五年になります。支局詰めははじめてですけど」

「気にいってる？」

「仕事はいいんです。ただ、夜と非番の日がちょっと退屈。ほかのことはとにかく――」皮肉に口をゆがめる。「パリでは友だちを作るのが容易じゃないんです」あわててつけ加える。「別に、ちっともお高くとまったりしてるつもりはないんだけど、どういうわけかフランス人は、ものごとを退屈にしてしまうんですもの。それに、地下鉄やバスに乗るのもしかたなくやめたんですよ。だって、いつ乗っても、お尻にあざをつけられるんですもの。退屈したり男の人に話しかける言葉を知らないことはとにかくとして、つねられて本当に痛いこともあるの。我慢できないわ。だから、このぼろ車を安く買って乗りまわすことにしたんです。それに、これだとほかの車のほうでよけてくれるみたい。向こうの運転手の顔さえ見なければ、どんな柄の悪い相手でも、向こうで引っこみますわ。こっちが向こうの車に気がついてないと思うらしくて。それに、この車のひどい様を見れば、心配になるんじゃないかしら。車間をうんと広くあけてくれます」

車がラウンドアバウトにくると、メアリは自説を裏づけるみたいに乱暴にカーヴを曲がり、コンコルド広場からくる車の列にまっすぐ割りこんだ。ほとんど奇蹟だった。さっと車が分かれて、マティニョン街まですっと道がひらけてしまう。

ボンドはいった。「おみごと。だけど、これが癖になっちゃいけないな。フランス人にも、同じくらい気の強いメアリ・アンがいるかもしれないから」

メアリは笑った。ガブリエル通りにはいって、秘密情報部パリ支局の前で車を止める。

「この手を使うのは、仕事で急ぐときだけです」

ボンドは車をおりると、ぐるっとまわって彼女の脇に行く。「ありがとう。こんどの仕事が片づいたら、お礼にご案内したいな。こっちは尻をつねられるような目にはあわないが、退屈は同様なんだ」

彼女の目は青で、間がひらいていた。その目が、さぐるようにボンドの目を見て、神妙にいった。「うれしいわ。交換台にいえば、わたしのいるところはすぐわかります」

ボンドは車の窓から手をいれて、ハンドルにかけたメアリの手を押さえる。「それじゃ」というと、背を向けて足早にアーチをくぐった。

F局主任は、もと空軍中佐のラトレーという男だった。ピンクの頬をして、金髪をうしろにかきあげた小太りの男。袖口に折りかえしがあるダブル・スリットの上着に、派手なベストと蝶ネクタイという身だしなみのよさだった。のんびりした生活で衣食足りているという感じだが、落ちついていながらもするどい目だけが正体をうかがわせる。ゴロワーズをたてつづけにふかしているので、部屋に匂いがこもっていた。ほっとしたように、ボンドに声をかける。「だれが見つけた？」

「ラッセルだ。フーケでね。あの子は新しいのか？」

「半年になる。いい子だよ。とにかく、腰をおろしてくれ。いやな仕事ができた。かいつまんで話すから、あとはたのむ」インターフォンにかがみこんで、スイッチをいれる。

「Mに電報をたのむ。支局主任からの親展電報だ。007ヲミツケウチアワセチュウ、いいな？」スイッチを切る。

ボンドは椅子を引っぱり、もうもうたるゴロワーズの煙から逃げるように、あいている窓ぎわに腰をおろした。シャンゼリゼの雑踏の音が、遠くやわらかく響いてくる。三十分前には、ボンドはパリにあきて、帰りたかったのだが、いまはもっとパリにいたくなっていた。

F局主任が話をはじめた。「きのうの朝、欧州連合軍総司令部からサン・ジェルマンの基地へ出た早朝の伝書使が、だれかにやられた。総司令部の情報部からの週間報告や協同情報書類、鉄のカーテンに対する作戦といった――極秘書類ばかり運んでいたやつだ。うしろから一発でやられている。伝書ケースと財布と時計が奪われた」

ボンドが口を出す。「そいつはまずいな。ありきたりの強盗とは考えられないんだな？財布や時計は、強盗と見せかけるためだということか？」

「総司令部の保安部では、まだどっちとも考えがきまらないんだ。強盗のはずはないだろうということになってるがね。朝の七時といえば、強盗の出る時間じゃない。まあ、その話は向こうへいって論じればよかろう。Ｍはきみを、自分の代理として乗りこませるというんだ。すごく心配していてな。情報書類をなくしたこととは別に、総司令部の情報関係の連中は、以前からこっちがいわば治外法権みたいに別の基地をもっているのをおもしろくないと思っていたんだ。何年も前から、サン・ジェルマンの英軍本部を総司令部の情報組織に引きこもうとしてたんだな。だがＭのことは知ってるだろう、わがままなじいさんだからね。前からＮＡＴＯの保安については満足していなかった。まあ、無理もなかろう。総司令部情報部のまっただなかに、フランス人二人にイタリア人がひとりはいってるんだし、それだけじゃない、情報部保安警備課長はドイツ人なんだからな！」

ボンドはヒューッと口笛を吹いた。

「問題は、こんなことのために、総司令部に対してＭが頭が上がらなくなってしまうことだ。とにかく、Ｍはきみをすぐに向こうにやれといっている。きみの身分証明書は作ったし、通行証も手にいれておいた。きみは総司令部保安部長のシュライバー大佐のところへ行くことになっている。アメリカ人で、切れる男だよ。こんどの事件を最初から手がけているが、わたしがこれまで見たところでは、打つべき手は十二分に打っているね」

「どういう手だ？　具体的に、どういう事件だったんだ？」

F局主任はデスクから地図を出すと、ボンドのところへもってきた。ミシュランで出しているパリ近郊の大きな地図だった。鉛筆で示しながらいう。「ここがヴェルサイユで、公園のすぐ北のここが、パリ―マント街道とヴェルサイユ高速道路の交差点だ。その北二百ヤードばかりのN184号線に総司令部がある。毎週水曜の午前七時に、使役部隊のオートバイ伝書使が、いまいったその週の情報資料をもって総司令部を出るんだ。サン・ジェルマンのはずれのフールコーというこの小さな村にいって、イギリス軍司令部の当直将校に書類を渡し、七時半には総司令部に帰らなければならない。保安上の理由から、たてこんだこの一帯はさけて、N307号線をサン・ノーへ行きD98号線に右折して、高速道路の下をくぐってサン・ジェルマンの森をぬけるように命令されている。距離は十二キロぐらいで、のんびり走らせても十五分で行かれる。それが、きのうは通信隊の伍長でベイツというしっかりした男が出たが、七時四十五分になっても総司令部にもどらない。ほかの伝書使を様子を見に出したが影も形もないし、イギリス軍司令部にも現われていない。八時十五分には保安部が動き出し、九時には道路封鎖ということになった。警察にもフランスの参謀本部第二課にも連絡が行き、捜索隊が出た。警察犬がやっと見つけたのは、夕方の六時ごろで、そのころには、道路に手がかりがあったとしても、車の往来できれいに消されてしまったろう」F局主任はボンドに地図をわたし、デスクのところにもどった。「話はそれだけだ――ただ、通りいっぺんの手はすっかり打ってある。国境や港や空港にだ。しかし、そんなことをしても役には立つまいな。もしこれがプロの仕事なら、どんなやつだって、昼までには大事なものを国外にもち出すことができたろうし、パリの大使館にかけこむには、一時間もかからんのだからな」

ボンドもじれったそうにいった。「そのとおりだ！　それでMは、わたしにいったい何ができると思ってるんだ？　総司令部の保安部に、もう一度調べなおせ、こんどはもっとよく調べるんだと談じこむのか？　こういう仕事は、わたしにはおかどちがいだよ。時間の無駄でしかない」

F局主任は同情するような笑顔を見せた。「実は、こっちも同じような意見を盗聴防止電話でMにいったんだよ。もう少しうまいいい方をしたがね。だが、おやじさんのいうことも、もっともなんだ。総司令部に、こっちも連中と同じように真剣なのだと見せてやりたいんだろう。たまたま、きみは手が空《あ》いてるし、ここにいあわせたようなものだから、きみだったら、表面に見えない何かをつかめるかもしれないというんだ。それがどういう意味か聞きかえしたら、どんな警戒厳重な司令部にでも、透明人間みたいなやつがいるというんだ。つまり庭師とか窓掃除人とか郵便配達人みたいな、だれもが当たり前だと思って、気にもとめないような人間がな。わたしは、総司令部はそのくらい考えているし、そういう仕事はすべて兵隊がやってるんだといってやったよ。そうしたらMは、なんでもそう言葉尻ばかりとらえるなといって、電話を切っちまった」

ボンドは笑った。Mのにがりきった顔が目に浮かび、ぶっきらぼうな声が聞こえるようだった。「それじゃ、しかたない。ともかく当たってみよう。だれのところへ報告すればいいんだ？」

「ここだよ。Mはサン・ジェルマンの部隊を巻きぞえにしたくないんだ。きみのいってくることは、すべてそのままロンドンに送るよ。ただ、きみから電話があったとき、わたしが留守になるかもしれないから、だれかをきみの係にして、二十四時間いつでも連絡をとれるようにしておこう。ラッセルでもいいな。きみをさがしたのは彼女なんだから。きみとはうまくいくだろう。異存はないね？」

「いいとも。それでいい」

主任に徴発してもらったメアリ・アン・ラッセルのおんぼろ車には、彼女の匂いがしみついていた。ダッシュボードの物入れには、食べかけらしいスシャールのミルク・チョコレートが半分と、ヘアピンを紙で包んでひねったもの、ジョン・オハラのペーパーバックと黒い裏革の手袋が片方。エトワール広場に出るまで、ボンドは彼女のことばかり考えていたが、そこからは思いきって彼女のことを忘れ、森をぬけて車をとばした。

ラトレーは、五〇キロ出せば十五分でつけるといっていたが、ボンドは速度を半分に落とし、時間を倍に見て、シュライバー大佐には九時半までに行くと連絡してもらった。

ポルト・ド・サン・クロードの先で少しばかり道路が混んだが、それからは高速道路を七〇キロのスピードでとばし、右手のふたつ目の出口まで行く。そこには「総司令部」という赤い矢印の標識が出ていた。

そこを曲がって坂を登り、N184号線に出る。二百ヤードばかり行くと、道のまんなかに交通巡査が立っていた。この巡査を目印にしていけとボンドはいわれていた。

巡査が左側の大きな門のほうに手をふったので、ボンドは最初の関門に車を止めた。グレイの制服を着たアメリカ人の警官が、小屋から身をのりだしてボンドの通行証を見る。なかにはいって待てといわれ、門のなかにはいると、こんどはフランス人の警官が通行証をうけとる。ボードにクリップ留めになった用紙に、通行証の要点を書きとめると、車のフロントガラスに大きなプラスチックの番号をつけ、手をふってとおしてくれた。

ボンドが駐車場に車を乗りいれると、芝居がかった唐突さで、パッと百ものアーク灯がついた。正面の低い仮事務所一帯を照らすアーク灯の光は、昼をもあざむかんばかりだった。はだかにされたような気分で、砂利を敷いた何もない空地を、NATO諸国の旗の並ぶ玄関のほうへ行く。

低い石段を四段登ると、大きなガラス・ドア。ここが欧州連合軍総司令部だった。

ドアをはいると、保安課の正面受付。

アメリカ人とフランス人の憲兵が、もう一度通行証を見て、要点を書きとめると、ボンドは赤い帽子のイギリスの憲兵に引きわたされた。

憲兵の案内で、正面の廊下を行く。左右は果てしない事務室の列。どのドアにも、名称はなく、どこの司令部でもそうだが、各部課の頭文字を並べた字が書いてある。なかにCOMSTRIK――FLTLANTおよびSACLANTのSACEUR連絡部というのがあった。ボンドには見当がつかなかったので、案内の憲兵にたずねてみたが、憲兵も知らないのか、それとも機密保持のためか、「よく知りません」と無愛想に答えた。

司令部保安部長G・A・シュライバー大佐と書いたドアをはいる。

大佐は白髪まじり堅苦しい中年のアメリカ人で、銀行の支配人のようないんぎん無礼なところがある。机の上には銀のフレームに入れた家族の写真が何枚かと、白薔薇をいけた花瓶がのっていた。

部屋に煙草の匂いはしなかった。愛想はいいが用心深い挨拶のあとで、ボンドは大佐に、司令部の保安に対してお世辞をいった。

「これほど二重三重に検問していたら、敵が忍びこむのも容易じゃないでしょうね。何かがなくなったり、狙われたりということはないでしょう?」

「そう、ありませんな。司会部自体の保安については、私も満足してます。やっかいなのは外に出ている機関なのです。あなたの国の秘密情報部は別としても、いろいろな付随した機関がありましてね。それに、十五の国にはそれぞれ本国政府というものがあるのだから、秘密がもれても、どこからもれたか見当もつきませんよ」

「容易な仕事ではありませんな」ボンドも相づちを打った。「ところで、こんどの事件ですが……さっきラトレー中佐が電話してから、何か新しいことがわかりましたか？」

「弾丸が出ました。ルガーだった。脊髄を裂いていたんです。たぶん三十ヤードぐらいの距離で撃ったんですな。十ヤードと狂いはないでしょう。こっちの男が直線コースで走ってきたとすると、まうしろから水平に撃ったものです。こっちが、路上で止まっていたとは考えられないから、向こうも自動車かオートバイに乗ってたんでしょうな」

「そうすると、バックミラーで相手が見えてたということになりますね？」

「たぶんね」

「伝書使は尾けられてるときは、回避するための指示をうけていたでしょう？」

大佐はちらっと笑顔を浮かべた。

「もちろん。全速力で逃げろといわれてたはずです」

「それで、こわれたときのオートバイの速度は？」

「あまりスピードはだしてなかったようです。二〇キロから四〇キロの間ですな。それが？」

「プロのしわざか素人のしわざか、そちらではもう見当がついてるのではないかと思ってました。伝書使が、逃げようとせず、しかもバックミラーで犯人の姿を見ていたとすると、考えられることはただひとつ――あとからきた男を、敵ではなくて味方だと認めたのではないかと思うんです。つまり、犯人はその場の状況にふさわしい変装をしていたと――朝のそんな時間にでも、その伝書使が見て不審に思わないようにです」

シュライバー大佐のつややかな額に、かすかにしわがよった。とげのある口調になる。

「ボンドさん、もちろんわれわれもこの事件はあらゆる見方から検討していますし、あなたのご指摘されたことも、すでに考えています。きのうの昼に、司令官がこの事件について緊急命令を出し、保安部が招集され、保安対策委員会が開かれました。それ以来、あらゆる角度から検討がつづけられ、あらゆる手がかりらしいものが、組織的に洗い出されているのです。それに、いっておきますが――」

大佐は手入れのいきとどいた片手をあげ、言葉にさらに力をこめるように、静かに卓上の吸取紙の上におろした。

「これまでに出されていない意見を出せるのは、アインシュタイン並みの頭脳の持主だといっていいでしょうな。この事件については、もうすることはない。これ以上考えることは、何もないんです」

ボンドは、ごもっともというように、笑顔を浮かべて立ち上がった。

「それでは大佐、今夜はこれ以上あなたの時間をさいていただくこともなさそうです。できたら、会議で出た話の記録を、くわしく見せていただいて、それから、よろしかったら食堂と私の宿舎を教えていただければ……」

「どうぞ、どうぞ」

大佐が呼鈴をおすと、髪を短く刈った若い副官がはいってきた。

「プロクター、ボンドさんを高級宿舎に案内してくれんか。それから、バーと食堂へおつれしてくれ」

そしてボンドのほうに向きなおって手をさしのべる。

「食事がすむまでに、書類はそろえておきます。私の部屋にあって持ち出し禁止ですが、隣の部屋でごらんください。ないものがあったら、この副官にお申しつけを。では、明朝、またお目にかかりましょう」

ボンドは挨拶をすると、副官について部屋を出た。何色とも名づけがたい中間色に塗られた廊下、表現しがたい匂いのする廊下を歩きながら、こんな手も足も出ない任務をおおせつかったのははじめてだと考えていた。十五カ国の一流の保安関係の頭脳を集めてすらどうにもならないのだ。自分に何かできる望みがあるのだろうか?

その晩、簡素で居ごこちのいい外来者宿舎のベッドに横になったときには、ボンドはほぼあきらめていた。二日ばかりここに滞在して、それからかぶとを脱いでしまおう。その間に、せいぜいメアリ・アン・ラッセルにでも会うとするか……。

腹がきまると、ボンドはすぐに、深い眠りに沈んでいった。

二日ではなく、四日後。

サン・ジェルマンの森に夜が明けそめたころ――。

ジェームズ・ボンドは樫の木の太い枝に横たわって、殺人のあったD98号線を木立で囲む、小さな坂になった空地を見はっていた。

ボンドのいでたちは、頭のてっぺんから足の先まで、パラシュート兵の擬装服――緑と茶と黒の迷彩色だった。手先まですっぽり覆い、頭にも目と口だけ切りこみをいれたフードをかぶっている。

よくできた擬装で、日がもっと高くなり、影の暗さがましたら、地上のどこからも見つからないだろう。枝の真下から見られてもだいじょうぶだ。

こういうことになったのは――。

総司令部に泊まりこんだ最初の二日は、案の定、時間の無駄にすぎなかった。しつこく、すでにすんだ調査をほじくりまわして、いやがられただけで、なんの得るところもなかった。

三日目の朝、そろそろ別れの挨拶に顔でも出そうかと思っているところに、電話のベルが鳴った。大佐からだった。

「ああ、ボンドさん。きのうの晩遅くに行った警察犬の最後の捜索結果を、お知らせしようと思いまして。あなたがいわれるとおり、森全体を捜索したんです。残念ながら――」残念でもなさそうな口調でいう。「結果は白でした。何も現われませんでしたよ」

「ほう。それは、私のせいで無駄な手間をかけさせてしまって」精いっぱい大佐をじらしてやろうと、ボンドはいった。「警察犬の係に会ってもいいですか?」

「どうぞ、お望みとあらばなんなりと。あとどのくらい滞在されるご予定で? 気のすむまでいていただきたいんですが、じつは部屋のことで、問題がありましてね。二、三日うちに、オランダから大人数の一団がくるらしいんです。かなりのおえら方らしいので、庶務のほうでちょっと手ぜまになって困るといってきているんですが」

ボンドはシュライバー大佐とうまくいくとは思っていなかったし、実際にうまくいってはいなかった。彼も愛想よくいった。

「うちの局長に連絡した上で、ご返事しましょう」

「そうしてください」

大佐も同じく丁重に答えたが、二人とも見えすいたお芝居にあきたのか、同時にガシャンと電話を切った。

警察犬係の主任はランデ出身のフランス人だった。密猟者のような、機敏でぬけめない目つきをしている。ボンドは彼を犬舎へたずねていったのだが、ジャーマンシェパードにはあきあきしているのか、犬どもが吠え立ててやかましいからと、ボンドを当直室に案内した。

小さな部屋で、壁の釘に双眼鏡がいくつかぶら下がっていた。防水服やゴム長靴、それに犬の引き綱などがいたるところに積みあげてある。簡素な椅子が二脚にテーブル。テーブルの上には、サン・ジェルマンの森の地図がひろげてあった。

地図には四角いマークが鉛筆でいくつも書きこんである。男は地図のほうに手をふっていった。

「犬がすっかりさぐりまわりましたが、なにもありませんや」

「犬が嗅ぎまわったところには、ひとつもなかったのかね？」

犬係は頭をかいた。「ちょっと別口の獲物のおかげで、手を焼きましたよ。うさぎが一、二匹いましたんでね。きつね穴もふたつばかりあったっけ。国道との十字路の近くの空地じゃあ、犬を引きもどすのに手こずりました。きっと、まだジプシーどもの匂いが残っていたんでしょう」

「ほう。どこだね？　そのジプシーというのは、なにものなんだね？」ボンドも、大して関心をもっていたわけではなかった。

犬係は、汚れた指で、几帳面に地図の上をさし示した。

「これは昔からの通称でしてね。ここがエトワール・パルフェ、殺人事件のあったところは野次馬の十字路と呼ばれてるんです。それから、この三角の底辺に当たるのが、国道の十字路です。ちょうど、ここで殺しのあった道と交差してるわけです」彼は芝居がかっていうと、ポケットから鉛筆を出して、十字路からわずかにはずれたところに点を打ってみせた。「それで、ここがその空地なんです。冬の間はずっと、ジプシーが幕舎を張ってましてね。先月引きはらったんです。あとはきれいに片づけていったが、犬どもの鼻には、何カ月にもわたってしみついた匂いが、わかるんですねえ」

ボンドは礼をのべると、犬を眺めてほめたり、犬係の仕事について軽口をたたいたりして引きあげた。おんぼろプジョーに乗ると、サン・ジェルマンの憲兵詰所に行く。

「ええ、たしかにジプシーのことは、みんな知ってました。いかにも生粋《きっすい》のジプシーといった連中だそうで。フランス語はひと言もしゃべらないが、行儀はよかったそうです。どこからも、なんの苦情も出ませんでした。男六人に女二人の一団でしてね。いや、彼らの引きはらうところは、だれも見てないようです。いつの間にか、いなくなっていたというわけで。わかってることは、いなくなって一週間以上はたってるってことだけです。だいたいジプシーというのは、人目につかない離れたところを選びますんでね」

ボンドは森をぬけるD98号線をとおった。行く手の四分の一マイルのところに、大きな高速道路の陸橋が見えると、ボンドはブレーキを踏み、次にエンジンを切って音を消すと、国道のところまで車を押した。車を止めると、音を立てないように車からおり、ばからしいと思いながらも、そっと森にはいると、わざと大まわりをして、例の空地のありそうなところへ向かった。

木立にはいって二十ヤード、空地に出た。やぶと木立のはずれに立って、丹念に見まわす。それから空地にはいって、端から端まで歩いてみた。

空地はテニス・コート二面ぐらいの大きさで、草と苔にびっしり覆われていた。谷の側には大きな百合の茂みがあり、木立のはずれの下草には、ヒアシンスがちらほらと咲いていた。空地の端に小さく盛りあがった塚があり、満開の茨と野薔薇で一面覆われていた。ボンドはそのまわりを歩きまわり、その根のあたりをのぞきこんだが、塚の形以外には見るものはなかった。

ボンドはもう一度見まわして、こんどは道路側の空地のはずれに歩いていった。そこからなら、木立をぬけて簡単に道路に出られる。人の踏み固めた小道か、少なくとも草を踏んだ跡ぐらいないだろうか？

ジプシーの足跡か、去年のピクニックの連中の足跡ぐらいしかない。道路の端には、木立をぬってせまい小道がついていた。ボンドはなんの気なしに、左右の木の幹を眺めた。ぎょっとして、膝をつく。爪の先で、そっと木の幹にこびりついた小さな泥をこすり落としてみた。木の幹についた深い引っかき傷を、泥が隠していたのだ。

ボンドはもう一方の手で泥をつまみとると、唾でしめらせて、もう一度幹の傷を泥で塗りつぶした。

一本の幹に、そうやって泥で塗りつぶした傷が三つあり、もう一本の木の幹には四カ所あった。

ボンドは急いで木立をぬけて道路に出た。車は陸橋の下に向かう下り坂に止まっている。陸橋の上を通る車の騒音で消えるとは思ったが、大事をとって車を押してとび乗り、橋の下にいって、はじめてエンジンをかけたのだった。

そしていまボンドは、ふたたび空地にきている。こんどは、立木の枝に登っていた。自分の勘が当たっているかどうかわかっていなかったが、彼がこの、手がかりともいえないような手がかりを調べようとしたのは、Mの言葉と、ジプシーの話のせいだった。

「冬の間ずっといたジプシー……犬が匂いをかぎつけて騒いだジプシー……ひと月ばかり前に、だれからも苦情も出なかったのに……忽然と消えてしまったジプシー……」

ジプシーは人目につかない隠れみのだ。ジプシーは透明人間みたいなものだ。皆ジプシーを、ただの景色の一部分としか考えない。

男六人女二人の一団で、フランス語はほとんどしゃべれなかったという。ジプシーとは、うまく化けたものだ。ジプシーは普通の人にとって異邦人だが、同時に外国人ではない。ただのジプシーにすぎないからだ。一部はキャラバンと一緒に引きはらってしまったのだろうが、だれかが残っているかもしれない。冬の間に隠れ場所を作って、そこを根城に、最高機密文書の強奪を第一の目的にしているのでは？

ボンドは丹念に隠された木の幹の引っかき傷から、自分が勝手な空想をでっちあげているような気もした。しかし、その傷というのが、ちょうどオートバイや自転車を空地にはこびこむときに、ペダルでつくぐらいの高さなのだった。

ただの空想にすぎないかもしれないが、それでもかまわなかった。

ボンドの唯一の疑問は、密書を盗むその連中の仕事が、一回だけのものか、それともまたやるつもりなのかということだった。

ボンドはその話を、F局にしかしなかった。

メアリ・アン・ラッセルは、ボンドに気をつけてくれといっただけだが、主任はもっと積極的にサン・ジェルマンの機関にも協力を命じた。

ボンドはシュライバー大佐に別れを告げて、機関の隠れ家に移っていった。無名の村の奥にある、目立たない家だった。そこで、擬装服を用意して、四人の機関員ははりきってボンドの指揮にしたがった。

彼らもボンドの勘が当たって事がうまくはこべば、総司令部の保安部の鼻をあかしてやれるし、総司令部に対して、イギリス海外秘密情報部の名を高めることになると承知していたからだ。しかも、イギリスの情報部だけは独自にやっていくという、Mの願いもかなう。

ボンドは樫の枝に横たわったまま、ひとり笑みを浮かべていた。これではまるで、私兵を集めて、私的な戦いをやっているようだ。こんなことで、互いの力を無駄に使ったり、共通の敵に向ける銃火をそらしあったりしたことがどれだけあったろう!

六時半。朝飯の時間だ。

ボンドの右手が用心深くふところにはいり、フードの口の裂け目に上がる。ブドウ糖の錠剤を口のなかでできるだけ長くもたせ、さらにもう一錠口に入れる。その間も目は下の傾斜した草地から離れなかった。

朝日とともにリスが一匹出てきて橅《ぶな》の若芽を食べていたが、塚を覆う薔薇の茂みに、五、六フィート駆けよると、何やら拾って、前脚でまわしながらかじる。草の茂みでやかましく追いかけっこをしていた二羽の鳩が、バタバタと無器用な恋をはじめた。かやくぐりのつがいが、せっせとこまごましたものを集めてきて、茨のなかに気長に巣を作っている。太ったツグミがやっと見つけた虫を、脚を踏んばって穴から引き出しにかかる。蜂が塚の薔薇にいっぱい群がって、二十ヤードほど上にいるボンドの耳にも、そのブンブンいう音が聞こえた。

まるでお伽話《とぎばなし》のなかの景色だった。

薔薇と百合が咲き乱れる凹地で、小鳥と木立からもれる矢のような形の朝日が、光る緑のプールに飛びこむ。

ボンドはこの枝の上に、四時ごろから登っていた。夜から晴れ上がった朝への移り変わりを、こんなにしげしげと長い時間見たのははじめてだった。急に彼は、ばかばかしくなってきた。いまにも、小鳥がこの頭の上にとまるかもしれない。

最初に警戒しだしたのは、鳩だった。バタバタと無器用に飛んで、木立に逃げこんでいく。ほかの小鳥があとにつづき、リスも逃げていった。

いまや、この空地の一帯で、聞こえるのは蜂のうなりばかり。

なんの音に驚いて逃げたのだろう？

ボンドの鼓動は速まった。

空地を丹念に見まわしたとき、薔薇の茂みで何かが動いたのに気がついた。かすかな動きだったが、異様だった。とげだらけの薔薇の枝が一本、ゆっくりと一インチ一インチと伸びていく。異様に太い、まっすぐな枝だった。

異様なその枝が、茂みからまる一フィートも上に伸び、そこで動きが止まった。先端にピンクの花が、ぽつんとひとつだけついていた。茂みから離れて不自然に見えるが、それも、これまでの様子を見ていたからだろう。気にせずに見たら、ただの迷い枝ぐらいにしか見えない。

いまその薔薇の花が、音もなく静かにまわり、花びらがひらいて、黄色いめしべが脇にずれる。朝日をうけて花のなかのレンズがピカリと光る。シリング銀貨ぐらいの大きさのレンズだった。

レンズは、ボンドの真正面に向いてるようだった。やがて薔薇の目が、ゆっくりと丹念に見てまわり、ひとまわりしてまたボンドのほうに向いた。

空地全体をひとわたり見まわして満足したらしく、花びらがそっとしまって、薔薇の目が隠れる。花はそのまま、そろそろと下がって、やぶのなかに隠れてしまった。

ボンドは、ほっと息を吐いた。目のつかれを休めようと、少しのあいだ目をつぶる。ジプシーか！　もしこの機械じかけの薔薇が証拠になるなら、この塚のなか、地下深くに、プロ中のプロともいうべきスパイの残党が隠れているのだ。戦争中、ドイツに侵略された場合にイギリスがやろうと用意していたものよりもはるかにうわ手だし、アルデンヌにおいて連合軍の後方に潜伏していたドイツ部隊の施設とも、くらべものにならない。

興奮と予感に、ボンドは背筋がぞくぞくした。不安さえおぼえたくらいだ。

やはりそうだったのだ！

だが、次にはどんなことになるのだろう？

塚のほうから、かすかに甲高いエンジンのうなりが聞こえてきた。強力電動モーターのうなりだ。薔薇の茂みが、かすかにゆれる。蜂が一斉に飛び立って、宙に群がっていたが、またおさまった。

大きなやぶのまんなかに、ぎざぎざの割れ目ができて、それがするすると広がる。ふたつに分かれたやぶが、両びらきのドアのように、ぱっくり開いた。暗い穴が大きく開き、ボンドの目にもひらいたやぶの薔薇の根が見えてきた。機械のうなりが大きくなり、カーヴしたドアの金属の縁がピカリと見えた。蝶番《ちょうつがい》じかけのイースターの卵をひらくみたいだった。ふたつに割れて、しかも薔薇の茂みに蜂をうならせたまま、大きくひらいていく。いま、土を支えている金属の土台と薔薇の根が、朝日にむき出しになった。カーヴしたドアの間の暗い穴の奥に、青白い電灯の光がぽつんと見える。モーターのうなりが止んだ。男の頭と肩が、やがて全身が現われる。足音を忍ばせて出てくると、素早くうずくまって、鋭い目つきで空地を見まわした。その手には、拳銃があった——ルガーだ。

あたりをうかがって、満足げに、うしろをふりかえると、穴のなかに向かって手をふる。二人目の男の頭と肩が現われた。その男が、スノー・シューズのようなものを三足渡して、また姿を消す。

最初の男が一足をとって、しゃがみこみ、長靴の上からそれをはいた。それさえはけば、足跡をつけずにいくらでも歩きまわれる。大きな網の底のついたスノー・シューズで草を踏んでも、草はすぐにまた起きてくるのだ。ボンドはにやりと笑った。頭のいいやつらだ！

二人目の男が出てきた。そのあとに、もうひとりついてくる。その二人で、オートバイを穴からはこび出してきた。二人は付属バッグのひもをつかんで、オートバイをぶら下げたまま、リーダーらしい最初の男が、かがみこんでシューズをはくのを待っていた。

やがて、三人は一団となって、木立をぬけて道路へ行く。彼らが足音を忍ばせ大きな網目の底のシューズで、足跡をつけないように影をつたっていく歩き方には、どこかうしろ暗そうなところがうかがえた。

ボンドはほっと息をついて緊張をとき、そっと頭を伏せて、首筋の疲れを休めた。そういうわけだったのか！　これで、最後の細かいところまで、ピタリとわかった。二人の手下はグレイの作業服を着ていたが、頭目らしい男は英国通信隊のオートバイ伝書使の制服を着ていたし、オートバイも英国陸軍のオリーヴ色のＢＳＡ－Ｍ20だった。燃料タンクにも、英国陸軍の番号がついている。これなら、総司令部の伝書使があとを尾けられても、平気なわけだ。機密文書をこいつらはどう処分したのだろう？　たぶん、大事なところだけは、その晩のうちに無線で送ってしまっただろう。

薔薇の茂みから、潜望鏡のかわりに、薔薇の花のついたアンテナが出たのだろう。この穴の底には、有能な暗号グループもひそんでいるにちがいない。暗号！

そうだ、この連中が出ているところを押さえてしまえば、この穴の底から逆に敵の機密を奪える。それどころかでたらめの情報を敵の暗号でソ連情報部に送ってやることができるかもしれない。おそらくうしろで糸を引いているのは、ソ連陸軍秘密情報機関だ！

ボンドは素早く考えをめぐらした。

二人の手下が帰ってきた。二人が穴にひっこむと、薔薇のやぶがしまる。頭目はオートバイに乗って、道路の縁にいるだろう。ボンドは時計を見た。六時五十五分。もちろんそうだ！

伝書使が通るかどうか見はっているのだろう。自分が殺した伝書使が、週一回しか通らないのを知らないのかもしれないが、そんなことはあるまい。

むしろ、総司令部がそれまでの習慣を変えたかどうかを、さぐろうとしているのだろう。なかなか周到な手合いだ。たぶん連中は、夏になってこの森に夏休みの連中が大勢遊びにくるようになるまでに、できるだけの仕事をして、ここを引きはらえという命令をうけているのだ。引きあげて、次の冬にまたやってくる。

そんな長期計画を立てていると、だれが気がつくだろう？　こう考えると、この連中がまた伝書使殺しをやりそうな理由は充分にある。

刻々と時間は流れていった。七時十分。贋伝書使が帰ってきた。空地の縁の大きな木の下に立ち、短く甲高い、小鳥のような口笛を吹く。

すぐにまた薔薇の茂みがふたつに割れた。二人の手下が出てきて、木立の外に出ていく。二分後には、オートバイをかかえて戻ってきた。贋伝書使が用心深くあたりを見まわし、何も痕跡が残ってないのをたしかめると、二人につづいて穴にはいる。薔薇のやぶの裂け目は、さっと元通りしまってしまった。

三十分後には、空地は再び生気をとりもどしてきた。一時間たって、日が高くなり、日陰の暗さがますと、ジェームズ・ボンドは静かに枝にそってあともどりした。そっと苔の上にとびおりると、慎重に木立の陰に消えた。

その夜、ボンドはいつもどおりメアリ・アン・ラッセルに連絡電話をしたが、そこで話は大荒れに荒れた。メアリはいうのだった。「気でも違ったの？　あなたひとりでそんなことはさせられません。ここの主任にいって、シュライバー大佐に電話してもらいます。すっかり話すんです。だって、この事件は総司令部の仕事ですわ。あなたの仕事じゃありません」

ボンドも鋭くやりかえした。「そんなことをするんじゃない。シュライバー大佐は、あすの朝、当番伝書使のかわりにわたしがオートバイをとばすことに、賛成してるんだ。いまのところ、向こうにはそれだけ知らせておけばいい。犯罪現場の再現ということにしてある。向こうは何も気にしていない。実際、こんどの事件もファイルにしまいこんで、片づけているくらいなんだ。さあ、いい子だから、いわれたとおりにするんだ。わたしの報告書をMに送ってくれるだけでいい。わたしがこの相手を片づけることに関しては、Mも納得してくれるはずだ。文句がきたりはしないよ」

「Mなんか、どうでもいいわ！　もう、知らないいっ！」腹を立てて涙ぐんでるような声だった。

「あなたって、インディアンごっこをやってる子供みたいだわ。そんな相手を、ひとりでやっつけようとするなんて！　見栄よ！　それだけだわ。見栄をはりたいのよ！」

ボンドもいらいらしてきた。「もういい、メアリ・アン。報告書を送るんだ。気の毒だが、これは命令だ」

　メアリはあきらめたような口調になった。「わかりました。何もそんなに、かさにかかっていわなくても、いわれたことはやります。でも、怪我をしないようにね。少なくとも、骨を拾いにうちの連中だけは、つれていって。幸運を祈ってるわ」

「ありがとう。そうだ、あすの晩、食事でもどう？　アルマノンヴィルみたいな、ちょっとした店で。ピンクのシャンペンに、ジプシーのヴァイオリンつきだ。パリの春にはつきものだがね」

「ええ」メアリ・アンは神妙にいった。

「うれしいわ。でも、それならなおのこと、気をつけて、お願い！」

「もちろん、気をつけるさ。心配はいらないよ。おやすみ」

「おやすみなさい」

　ボンドはその晩は、念入りに計画の仕上げをし、隠れ家の四人に最後の命令をあたえた。

　翌日もいい天気だった。

　ボンドはオートバイのエンジンをかけ、出発のときを待っていた。国道を越えたすぐ向こうで待ち伏せしている者がいるなど、とても信じられなかった。空っぽの伝書ケースをボンドにわたした通信隊の伍長は、出発合図をするまぎわにいった。

「似合いますね。はえぬきの陸軍みたいですよ。もっとも、髪はもう少し短い方がいいですがね。軍服はぴったりだ。オートバイの乗りごこちはどうです？」

「夢みたいだよ。こんなおもしろいものがあるってことを、すっかり忘れてたね」

「あたしはオースチンA40か何かの、あつかいやすい車のほうがいいですがね」伍長は腕時計をのぞいた。「もう七時ですね」親指を上げて「出発！」

ボンドは防塵ゴーグルをさげて、目に合わせると、伍長に片手を上げて合図し、ギアをいれて砂利道を表門のほうへ向けて走らせた。

N184号線からN307号線へ、バイィとノワジー・ル・ロワをぬけ、サン・ノンの混雑をぬけ、さらに急カーヴを曲がればD98号線だ――。「死の道路」関係者がそう呼んでいる、事件のあった道路だ。

ボンドは道ばたの草むらによせてオートバイを止めると、もう一度、銃身の長いコルト45口径を点検した。膚のぬくもりをうけてあたたかくなった拳銃を、またウエストのあたりにはさみ、上着のボタンはかけないでおく。

準備は調った。

ボンドは急カーヴを曲がり、速度を五〇キロに上げた。パリへ向かう高速道路の陸橋が、前方に浮かび上がってくる。陸橋の下のトンネルが、口をあけてせまってきて、ボンドをのみこむ。排気音がやかましくなり、一瞬、冷たく湿ったトンネルの匂いが鼻につく。すぐにまた日ざしの下に出て、十字路を越した。

行く手はつややかに光る二マイルの一直線のアスファルト道路。眠ったような森をぬけていくと、甘い木の葉と露の香り。ボンドは速度を四〇キロに落とした。左側のバックミラーをのぞく。オートバイのスピードで、バックミラーは、かすかにゆれていた。何も映っていない。並木にはさまれた、人影ひとつない道路が、みどりの海に切りひらいた水尾《みお》みたいだった。殺し屋の影も見えない。

向こうが怯えてしまったのか？

何か気どられたか？

しかし、そこでバックミラーの中央に、小さな黒い点が現われた。蚊のようなその点が、蝿ぐらいになり、蜂になり、かぶと虫ぐらいになる——。そいつは、大きな黒いけずめのような両手の間に、ヘルメットを低く伏せている。

すごいスピードだ！

ボンドの目が、ちらっとバックミラーから前方の道路に移り、またバックミラーにもどる。そいつの右手が拳銃にいったら……。

ボンドは速度を落とした。三五……三〇……二〇……。

行く手のアスファルト道路は、金属板のようにつややかだった。最後に、すばやくバックミラーに目をやる。追っ手の右手が、ハンドルから離れた。ヘルメットの下の防塵ゴーグルが、朝日に光って、燃える巨大な目のように見える。

いまだ！

ボンドはいきなりブレーキを踏むと、オートバイを四十五度に曲げて、キーッと横すべりさせながらエンジンを止めた。

それでもまだ、完全に間にあったとはいえなかった。殺し屋の拳銃が二度火をはき、一発はボンドの腿《もも》のすぐわきのサドルばねに当たった。ボンドのコルトがうなる。犯人とオートバイは、森から投げ縄で引きあげられでもしたかのように、おかしな向きで道路からとびだし、溝をとびこえ、橅の木に頭からぶち当たっていった。人間とオートバイがからみあったまま、一瞬、太い橅の幹にしがみついているように見えたが、やがてガラガラという断末魔の音を立てて、草地にひっくりかえっていった。

ボンドもオートバイをおりて、醜くねじ曲がったカーキ色の男と、煙を上げている鋼鉄の残骸のそばにいってみた。脈をはかってみる必要すらなかった。弾丸が当たったかどうかはとにかく、ヘルメットが卵のからみたいにぐしゃりとつぶれていたからだ。

ボンドは向きを変えると、拳銃を上着の下にもどした。運がよかった。

だが、あまり調子に乗ってはいけない。ボンドはオートバイにまたがると、いまきた道を速度を上げてもどった。

森のとっつきの、例の傷跡のあった木の一本にオートバイをもたせかけると、ボンドはそっと問題の空地の縁に行った。大きな橅の木陰に足場をえらぶ。唇を湿らせ、できるだけ例の犯人に似せて、小鳥の鳴き声を口笛で吹き、そして待った。口笛の吹き方が、ちがっていたろうか？

しかし、そこで薔薇のやぶがゆれて、甲高いブーンという音が聞こえてきた。ボンドは右手の親指をベルトにかけた。そこからなら拳銃の柄まで、二、三インチだ。彼は、できることなら、これ以上殺したくなかった。犯人の手下の二人は武器を身につけていなかったようだったし、うまくいけば、やつらもおとなしく出てくるだろう。

カーヴしたドアがぱっくり開く。ボンドのいるところからは、竪穴のなかはのぞけなかったが、すぐに最初の男が出てきてスノー・シューズをはき、二人目の男も出てくる。

シューズを忘れた！

心臓が止まるような気がした。すっかりスノー・シューズのことを忘れていた。どこかやぶのなかに隠してあるのを、ボンドもはいてこなければいけなかったのだ。

ばかもの！

やつらに気づかれるのではないか？

二人は、足跡がつかないように用心深く足をおろしながら、ゆっくり近づいてきた。二十フィートぐらいのところへきて、先頭の男がロシア語らしき言葉でそっと何かいった。ボンドが返事をしないので、二人はそこで足を止める。合言葉に対し応答がなかったので、びっくりして彼を見つめているのだ。ボンドは、やっかいなことになったと思った。

素早く拳銃を出すと、姿勢を低くして二人のほうに向かう。「手を上げろ」コルトの銃口でうながした。先頭の男が大声で何か命令すると、体当たりしてきた。同時に、もうひとりは隠れ家のほうにとんで帰る。

木立の間にライフルの銃声が響いて、逃げて行く男の右脚がガクッと曲がる。味方が、隠れていたところから駆け出してきた。

ボンドは片膝をついて、ぶつかってくる男にむかって銃口を下からつきあげた。手ごたえはあったが、男は上からのしかかってきた。目を引っかこうと爪が目に向かってくる。首をすくめて、アッパーカットを一発。こんどは右手首をつかまれた。拳銃がゆっくりと自分の体のほうにねじ曲げられてしまう。殺すつもりはなかったので、ボンドは安全装置をかけっぱなしにしておいたのだった。安全装置を親指ではずそうとしていると、側頭部を蹴られた。拳銃がすっとび、ボンドはあお向けに倒れてしまった。

目にかかる赤い霧をとおして顔につきつけられた銃口が見えた。死ぬのか――そんな考えが頭にひらめいた。なまじ情けを見せたばかりにこっちがやられるのか……！

だしぬけにその銃口が消え、体にかかっていた重さが消えた。ボンドは膝をついて起き上がり、そして立ち上がった。隣で、草地にぶざまに倒れた男が、最後のあがきをつづけている。作業服の背に、血みどろの穴があいている。

ボンドはあたりを見まわした。味方の四人は、ひとかたまりになって立っている。ボンドはヘルメットのひもをといて、頭の横をなでながらいった。

「助かった。だれがやったんだ？」

だれも返事をしない。みんな、ばつの悪そうな顔でもじもじしている。

ボンドは不思議そうに、一同のほうに歩みよった。「どうした？」

急にボンドの目が、四人のうしろに隠れた動きに気がついた。四人の足のかげに、もうひとり分の足が見える。しかも、女の足だ。ボンドは大声で笑いだした。男たちも、間が悪そうに、にやにや笑ってうしろをふりかえった。

茶色のシャツに黒のジーンズといういでたちのメアリ・アン・ラッセルが、両手を上げて一同の前に出てきた。その手の片方には、22口径の標的射撃用のピストルをもっている。彼女は両手をおろすと、ピストルをジーンズのウエストにさした。ボンドのそばによって、心配そうにいう。

「だれもおこったりしないでね。けさ、この人たちがわたしをおいていこうとするので、我慢できなかったの」訴えるような目つきになる。「でも、わたしがきてよかったでしょ。だって、あなたのところに一番先にかけつけたのは、偶然わたしだったんですもの。あなたに当たってはいけないと、だれも離れたところからは撃とうとしなかったのよ」

ボンドは笑顔を見せていった。「きみがきてくれなかったら、今夜の食事の約束を破るところだった」男たちのほうをふりかえったとき、ボンドの口調は事務的できびきびしていた。「さあ、これでよし。だれかひとり、オートバイに乗って、シュライバー大佐に事件の要点を報告してきてくれ。この隠れ家の探検は、向こうの連中がくるのを待ってやりますと伝えるんだ。それから、爆発物除去班もつれてきたほうがいいといってくれ。この堅穴には、地雷がしかけてあるかもしれないから。いいな？」

ボンドはメアリ・アン・ラッセルの腕をとっていった。「こっちへきてごらん。小鳥の巣を見せたいんだ」

「あら、それも命令？」

「もちろん命令だよ」

読後焼却すべし《フォー・ユア・アイズ・オンリー》

ジャマイカで一番きれいな鳥は、フキナガシハチドリ――別名医者蜂鳥《ドクター・ハミングバード》――だ。人によっては、これが世界で一番きれいな小鳥だともいう。

雄《おす》は体長が九インチ、そのうち七インチが尾――カーヴした長い二枚の尾羽が交差して、しかも内側の縁は波形になっている。頭と背は黒で、翼は暗い緑。長いくちばしはまっ赤で、人なつっこい黒い目がキラキラ光っている。胴体はエメラルド・グリーン、陽光に輝いたところは、自然の作ったもっともあざやかなグリーンだ。

ジャマイカでは、人々に愛されている小鳥には、みんなあだ名がついている。この医者蜂鳥も、二枚の黒い尾羽が、昔の医者の黒いコートについた尻尾を連想させるからで、学名はトロキラス・ポリトマスという。

ハヴロック夫人が、とくにこの小鳥のふたつがいをかわいがっていたのは、彼女が結婚して充足荘に住むようになってからこのかた、ずっと蜂鳥たちの、蜜を吸い、争い、巣を作り、愛を語る姿を見て暮らしてきたからにほかならなかった。

夫人もすでに五十すぎ。彼女が嫁にきたとき、先代の老夫人がピラマスとシスビ、ダフニスとクロエという名をつけて呼んでいたふたつがいの最初の蜂鳥から、いまでは何代目になるだろう。代はかわっても、名前だけはうけついでいるのだ。

いまハヴロック夫人は、広々とした涼しいベランダの優雅なティー・テーブルの前にすわって、ピラマスが、自分の縄ばりのモンキーフィドルのやぶへ、隣のジャパニーズ・ハットのやぶからこっそり蜜を盗みにきたダフニスに、チッチッチとはげしい鳴き声を立てながら、飛びかかっていくのを眺めていた。

二羽の小鳥は、小さな黒と緑の流れ星のように、ハイビスカスやブーゲンビリアの華やかな茂みが点々と配置してある、手入れのゆきとどいた芝生の上をかすめ飛び、柑橘類のやぶのなかへ姿を消してしまった。どうせ、すぐまた帰ってくるのだ。ふたつがいの小鳥の争いは、遊びみたいなものだ。どっちにしろ、みごとなこの庭には、蜜はありあまるほどあるからだ。

ハヴロック夫人は、茶碗をおくと、香辛料をきかせたアンチョビペーストのサンドイッチをつまんだ。「ねえ、あなた、本当にいやですわねえ」

ハヴロック大佐は、デイリー・グリーナー紙から顔を上げた。「何が？」

「ピラマスとダフニスのけんかですよ」

「ああ、うん」大佐には、小鳥の名前としてははばかげているように思われた。「どうやらバチスタも、すぐに逃げ出すらしいよ。カストロ一派がかなり力を伸ばしている。バークレイのやつが今朝いってたが、亡命の準備のために、このへんにもバチスタ一味の金が、すでにかなり流れこんできとるそうだ。麗風荘も、だれかに買いとられたという噂だ。千エーカーのしょうもない庭と、クリスマスまでには赤アリに食いつぶされそうなぼろ屋敷が、一万五千ポンドで売れたそうだ。化物屋敷みたいなブルー・ハーバー・ホテルも、ひょっこりだれかがきて買ったそうだし、ジミー・ファクハースンも、あのもてあましものの荘園の買い手を見つけたらしい――たぶん、葉虫やパナマ病もそのままになっちまうんだろうな」

「じゃあ、ウルスラは大喜びでしょう。あの人は荘園がいやでしょうがなかったんですよ。でもこの島が、そうそうキューバ人の手に渡ってしまうのは、いやですねえ。だけどあなた、いったいそのキューバ人は、どこからそんなにお金を手にいれてくるんでしょう?」

「悪事で作った金さ。財閥の金もあれば、政府の金もあるだろう。なんの金だか、知れたもんじゃないよ。このジャマイカも、キューバの悪党やギャングどもで、めちゃくちゃだ。やつらはキューバから金をもち出して、早いとこどこかで投資してしまいたいんだ。ジャマイカでも、いまのところドルが通用するから、都合がいいんだな。麗風荘を買ったやつも、エシェンハイムの事務所で、スーツケースから札束を床にぶちまけて見せたそうだ。ほとぼりがさめるまでか、あるいはカストロの追っ手がかかるまでの一、二年、ここにひそんでいて、それから適当な損失で荘園を売って、どこかへ移っていくのだろう。考えてみれば、もったいないことだ。麗風荘といえば、立派な荘園だった。あの一族のだれかが、その気になれば買いもどすこともできるだろうがな」

「ビルのおじいさんの代には、一万エーカーもあったんですよ。ひとまわりするのに、馬で三日かかったというんですからねえ」

「ビルもばかな男だ。きっといまごろは、ロンドンに向かってるだろう。これでまた、旧家がひとつ減ったわけだ。じきにこのあたりは、うちだけになっちまうよ。まあ、ジュディがこの荘園を気にいっているからいいがなあ」

「ほんとですわ。あの子はここが好きなんですよ」夫人はなぐさめるようにいうと、茶器を片づけさせるために、ベルを鳴らした。大柄な黒人のメイドのアガサが、白と薔薇色の居間から、フェイプリンスを引きつれて現われた。アガサは、いまどきジャマイカも奥地でなければ見られないような、白い旧式のヘッドクロスをかぶっている。フェイプリンスはポート・マリアから呼んだ若くかわいい見習いのメイドだ。ハヴロック夫人はいった。

「アガサ、そろそろ瓶詰めをはじめる季節ね。グァバが実るのが、今年は早そうよ」

アガサは無表情だった。「あい、奥様。したが、瓶が足りましねえです」

「なぜ？　ハーニクスの店で、やっと二ダース見つけたのが、あれは去年のことだったのに」

「あい。だれかが、五本か六本おっこわしちまったでね」

「まあ。どうしてそんな？」

「わかりましねえ」アガサは大きな銀盆をもって、ハヴロック夫人の顔を見て待っていた。ハヴロック夫人も、ジャマイカ暮らしは長いので、こわれたものはこわれたもの、犯人は出てこないと承知していた。だから彼女は、陽気にいっただけだった。「ああ、いいわよ、アガサ。こんどキングストンにいったとき、また仕入れてくるわ」

「あい、奥様」アガサは若いメイドを引きつれて、また家のなかへ引っこんでいった。

ハヴロック夫人は、刺繍針をとりあげると、刺繍をはじめた。指が機械的に動いている。その目が、庭のふたつの大きなやぶにもどる。

やっぱり、小鳥は二羽とも帰ってきていた。ピンと小粋《こいき》な格好に尾を立てて、小鳥たちは花の間を飛びまわっていた。日は地平にかたむき、ときどき小鳥の鮮やかな緑がパッと目立つ。夾竹桃の梢で、物真似鳥《ものまねどり》が夕べのおさらいをはじめた。気の早い雨蛙が、短いすみれ色のたそがれの到来を告げる。

ブルー・マウンテンの東端、キャンドルフライ峰のふもとにある二万エーカーの荘園充足荘は、ハヴロックの先祖が、チャールズ王の死刑執行状に署名した報償に、オリバー・クロムウェルから授けられたものだった。その後の入植者たちとちがって、ハヴロック家は三世紀にわたって荘園を経営し、地震にも颪にも、ココアや砂糖、コプラなどの暴騰や暴落にも耐えて、生きのびてきたのだった。いまはバナナと牛がおもな産物で、個人の荘園としては、ジャマイカでも最も豊かで立派な荘園といわれている。屋敷は地震やハリケーンのあとで修理や改築をしたせいか、統一がとれていなかった。マホガニーの柱が支える二階建ての母屋は、古い石の土台の上に建っていて、左右に平たいジャマイカ風の長いひさしの出た、銀色に光る杉の板ぶき屋根の平屋の翼がつづいている。夫婦がいまいるのは、母屋の奥行のあるベランダで、正面はゆるい傾斜の庭から、海まで二十マイルは雑然とした大きなジャングル地帯がつづいている。

ハヴロック大佐は新聞をおいた。

「車の音が聞こえたようだが」

「ポート・アントニアのあのいけすかないフェデン夫妻だったら、さっさと追いかえしてくださいよ。あの人たちのイギリスに帰りたいという愚痴《ぐち》には、もううんざりです。この前のときも、二人ともすっかり酔って、やっと帰ったときは、夕御飯がさめてましたわ」

ハヴロック夫人はきっぱりいうと、そそくさと腰を上げた。「アガサに、わたしは頭痛で休んでいるといわせます」

アガサが居間のドアから出てきた。困ったような顔をしている。アガサのすぐうしろに、三人の男がぴったりついてきていた。アガサが早口にいう。「キングストンからきた方たちですだ。だんな様にお会いしたいと……」

先頭の男が、するっと前に出た。帽子をかぶったままだった。いやに上にそりかえった、短いふちのついているパナマ帽だった。

男は、左手で帽子をとると、胸のあたりに当てる。夕日が、髪の油と、にやりとむき出した白い歯を光らせた。大佐のそばにいくと、手をつき出す。

「ゴンザレス少佐です。ハバナからきました。どうぞよろしく」

ジャマイカ人のタクシー運転手のような、あやしげな訛りの英語だった。ハヴロック大佐も立ち上がって、ちょっと相手の手にふれ、形ばかりの握手をした。男の肩ごしに、うしろのドアの両側に陣取っている二人の男を見る。二人とも、この南国ではだれもがもっている大型のカバン――パン・アメリカン航空のショルダーバッグをぶら下げていた。重そうなカバンだった。二人はかがみこんで、黄色っぽい靴のわきにカバンをおろした。そして、まっすぐ体を起こす。

二人とも、緑のセルロイドのつばのついた平べったい白い帽子をかぶっている。頬骨に緑の影がさし、その陰に隠れた目は、少佐の動きをじっと見守り、その意味を読みとろうとしていた。

「この二人は、あたしの秘書です」

ハヴロック大佐は、ポケットからパイプを出して、煙草をつめはじめた。青い目で、少佐の隙のない服、小ぎれいな靴、光らせた爪を見て、あとの二人の紺のジーンズとカリブ風開襟シャツを見る。

大佐は、どうやってこの連中を、拳銃が机の引出しにはいっている書斎まで案内してやろうかと考えていた。「なんの用ですかな？」パイプに火をつけ、煙ごしに少佐の目と口を見つめながらいう。

ゴンザレス少佐は、両手をひろげてみせた。口もとの笑顔もそのままだし、落ちつきのない金色に近い瞳《ひとみ》も親しげに笑っている。「取引の話です。あたしは、ハバナのさる人の代理でして――」右手を大きくふってみせる。「さる有力な紳士です。とてもいい方でしてね」ゴンザレス少佐は、神妙そうな顔つきを見せた。「あなたも、きっと好きになりますよ。その方から、あなたによろしくとことづかってきました。それに、おたくの荘園の売り値をうかがってくるようにと――」

つつましやかな微笑を浮かべて、いままでこの場の様子を見守っていたハヴロック夫人が、すっと夫の脇によった。相手を困らせないように、彼女は親切に口を出した。

「ほんとにお気の毒に！　ほこりっぽい道を、わざわざこんな遠くまでいらしてねえ。先に手紙でもくださるか、キングストンのだれかか総督府にでもお聞きになればよかったんですよ。だってあなた、主人の一家はこの荘園で三百年近くも暮らしてるんですよ」やさしく、いいわけでもするように、彼女は少佐の顔を見た。「この荘園を売るなんて、とんでもありませんわ。一度も考えたこともないんですよ。その方は、どこからそんなことをお聞きになったんでしょうねえ」

ゴンザレス少佐は、軽く頭を下げた。笑顔をハヴロック大佐のほうに向けると、夫人の言葉など耳にはいらないように、話をつづける。「その方が、ここがジャマイカで一番いい荘園と聞いたんですな。とても気前のいい方ですから、納得のいく額だったら、どんな値をつけられてもけっこうですよ」

ハヴロック大佐は、きっぱりいった。「家内のいったとおりだ。この荘園は売りものじゃない」

ゴンザレス少佐は、からからと笑った。本当におかしくてしょうがないという笑い方だった。まるで、道理のわからない子供に説明して聞かせるように、首をふりながらいう。「大佐、勘ちがいされてるようだ。あたしのいってるその紳士は、ジャマイカのほかのどの荘園よりここがほしいといっている。金はいくらでもあるし――投資していいあまった金が、うなるほどあるんですぞ。その金でジャマイカでの落ちつき先を求めてるわけでね。ここを住み家にしたいというんです」

ハヴロック大佐は、癇《かん》をおさえていった。「話はよくわかった。それに、あんたに無駄に時間を使わせて気の毒だったと思う。だが、この荘園は、わたしの目の黒いうちには売りに出さん。では、これで失礼しよう。うちでは夕食はいつも早いし、あんた方も、帰りの道が遠いからな」大佐は左手をベランダにそってふってみせた。「車で帰られるなら、こっちが早い。ご案内しよう」

ハヴロック大佐は、案内しようと歩きだしたが、ゴンザレス少佐がそのままなので、足を止めた。大佐の目が、凍りついたように動かなくなった。

ゴンザレス少佐の笑顔が、むき出した歯が一本隠れるほどに、小さくなった。目も用心深くなっている。しかし、態度はあいかわらず上機嫌だし、口ぶりも陽気だった。「いいですか、大佐」

少佐は、ふりかえって、鋭く命令した。二言三言、鋭い言葉がとびだす間、少佐の顔の陽気な仮面が、すっと消えたのに、大佐夫妻は気がついていた。ハヴロック夫人も、ここではじめて、かすかに不安をおぼえた。夫のそばに、さらによりそう。二人の男は、パン・アメリカン航空のショルダーバッグをとりあげて、前に進み出る。ゴンザレス少佐がひとつずつジッパーをあけた。カバンの口がぱっくりあくと、なかには手の切れそうな米ドル紙幣の厚い束が、縁までつまっている。

ゴンザレス少佐は両腕をひろげた。「全部百ドル紙幣。本物ですぞ。五十万ドルだ。つまり、お国の金に換算して、えーと、十八万ポンドかな。ちょっとした財産だ。大佐、この世界にはもっと住みいいところがいくらもありますよ。あたしのほうの紳士は、切りがいいように、あと二万ポンド出してもいいといってる。一週間もすれば、はっきりさせますよ。こっちでほしいのは、あんたの署名のある紙の半ペラだけだ。あとは弁護士がいっさい片づける」少佐は、勝ちほこったような笑顔を浮かべていた。「さあ大佐、手を打ちませんか？　そうすれば、カバンはこのまま夕食の邪魔にならないように引きあげますがね」

ハヴロック夫妻は、同じような怒りと不快のまざった顔で、少佐を見つめていた。ハヴロック夫人が、あす、この話をどういう口調でするか、想像がついたろう。「下賤な汚らしいやつですよ。お金のいっぱいつまったビニールのバッグなんか出して！　主人は素晴らしかったわ。うす汚いものをもって、とっとと出ていけ、とどなりつけてやったんですよ」

大佐の口が、不快そうにへの字にゆがむ。「はっきり返事はしたはずだ。この荘園は、どんな値段でも売らん。それに世間の連中とちがって、わしはアメリカのドルに飢《う》えてはおらん。さあ、お引きとり願おう」ハヴロック大佐は、腕まくりの準備でもしかねない剣幕で、火の消えたパイプをテーブルの上においた。

ここではじめて、ゴンザレス少佐の笑顔からあたたかみが消えた。口もとは、あいかわらずにやにやしているが、それが怒りで歯をむき出しているようにも見える。

落ちつきのない金色の目が、急にふてぶてしく鋭く光る。口調だけは、まだおだやかだった。「大佐、はっきりさせなくて悪かったのは、こっちのほうだった。あんたのせいじゃないな。こっちのうけた命令は、その気前のいい条件にあんたがうんといわないようだったら、別の手を使えといわれてる」

ハヴロック夫人は、急におそろしくなった。大佐の腕に手をかけてぎゅっと力をこめる。

大佐は力づけるように、その手の上に手をかけた。むっとして、大佐はいった。「とっと帰ってもらおう。まごまごしてると、警察に連絡するぞ」

　ゴンザレス少佐の桃色の舌が、ゆっくり唇をなめた。明るい表情がすっかり消えて、ふてぶてしいすごみのある顔になる。「じゃあ大佐、生きてるうちには、この荘園は手放さないというのが、あんたの最後の返事だね」しゃがれ声でいうと、右手をうしろに曲げて、一度だけパチンと静かに指を鳴らした。

　うしろの二人は、派手なシャツの裾から右手をベルトの上につっこむ。獣のような鋭い目で、二人は少佐の次の合図を待っていた。

　ハヴロック夫人の手が、口を覆った。ハヴロック大佐は、そのとおりだといってやろうとしたが、口が乾ききって言葉がない。音を立てて唾をのみこむばかりだった。大佐には、本当のことは信じられなかった。どうせこのキューバの悪党は、こけおどしをいっているにちがいない。やっと、もつれるような声が出た。「そうとも、そのとおりだ」

　ゴンザレス少佐は、小さくうなずいた。「では大佐、この商談は次の持主とすることになりますな。おたくの、お嬢さんとね」

　パチンと指が鳴る。ゴンザレス少佐は、拳銃の邪魔にならないように、一歩脇に寄った。二人の男の茶色い猿のような手が、派手なシャツの裾から現われる。不格好な金属製のソーセージみたいな消音器の先から、ズシンという音とともに火が出る――何度も何度も

――大佐夫妻がすでに死体となって倒れても、まだ火をはいていた。

ゴンザレス少佐はかがみこんで、弾丸の当たったところを調べた。三人の小男は、そのまま薔薇色と白の居間をぬけ、彫りのあるマホガニーの暗い廊下から、品のよい玄関へ出る。

急ぐふうもなく、三人はジャマイカナンバーのフォードの黒いコンサル・セダンに乗りこんだ。ゴンザレス少佐が運転し、あとの二人はうしろの席にかしこまってすわる。車は出発した。のんびりとロイヤル・パーム通りを行く。通りを下ったポート・アントニオへの分かれ道のところでは、切れた電話線が光るつる草みたいに、立木にひっかかっている。ゴンザレス少佐は慎重に蛇行してそれをよけ、せまい凸凹道を器用に下ると、海岸近くの砕石を敷いた通りに出た。

殺しの二十分後には、彼らは小さなバナナ積み出し港のはずれについていた。盗んだ車は道ばたの草むらに乗りすて、三人はぽつんぽつんと明りのともった暗い通りを、四分の一マイルばかり歩いてバナナ波止場へ。

波止場では、モーター・ボートが一台、排気の泡をたてて待っていた。三人が乗りこむと、静かな水面をボートはすべるように走りだす。あるアメリカの女性詩人が、世界で一番美しいといった港だ。

沖には、五十トンはあるクリスクラフト製の船が、錨を半分上げて待っている。船には星条旗が出してあった。二本のアンテナみたいな優美な沖釣り用の釣り竿から、船の主はキングストンかモンテゴ湾からきた、アメリカの旅行者だとわかる。三人は船に乗りこみ、ボートは引きあげられた。

二隻のカヌーが、この船につきまとって物乞いしていた。ゴンザレス少佐が、五十セント銀貨を一枚ずつ投げてやると、カヌーに乗っていたはだかの男は、それを追って潜りをやってみせる。船の双発ディーゼルが咳《せき》こむようなうなりを上げ、わずかに船尾が下がると、ティッチフィールド・ホテルの南の深い海峡に向かった。

夜明けまでにはハバナに帰っているだろう。漁師や波止場労働者たちは、この船はきっとジャマイカへ遊びにきている映画スターの船だなどといいあっていた。

充足荘の広いベランダでは、夕日の最後の名残が、赤い染みを照らしだしていた。蜂鳥の一羽が、手すりをこえて、ハヴロック夫人の心臓のすぐ上に行って見おろす。これは、蜜ではない。小鳥は陽気に花をとじかけたハイビスカスの草むらのねぐらへ飛び去ってしまった。

ドライヴ・ウェイのカーヴで、小型スポーツカーのギアを急に切りかえる音がした。もしハヴロック夫人が生きていたら、小言《こごと》をいうところだ。

「ジュディ、いつもいうように、そんなところで急カーヴしてはだめよ。芝生の上に砂利がはねて、ジョシュアが芝生の刈りこみをするのに、芝刈り機の刃をいためるじゃないの……」

ひと月後。ロンドンの十月第一週は、晴れわたった小春びよりからはじまっていた。リージェント・パークの芝刈り機の音が、窓を大きくあけはなったMのオフィスにまで響いてくる。モーター式の芝刈り機の音だった。ジェームズ・ボンドは、夏が奏でる一番美しい物音、眠気をさそう旧式芝刈り機の音は、永遠に地上から消えてしまったのだろうと考えていた。もっとも近ごろの子供たちはこの小型エンジンの音にも、昔のボンドたちと同じ思いを抱くのだろう。少なくとも、刈りとった草の匂いは同じわけだ。

ボンドがこんなことを考えていたのも、Mがいいにくそうに、話の要点になかなかふれないからだった。いまやりかけてる仕事があるかとたずねられて、ボンドは秘密めいたパンドラの箱から何が出てくるかと、期待に胸を躍らせて、とくにありませんと答えたのだった。Mが彼を、いつものように007号と番号で呼ばず、ジェームズと呼んでいるのが、なんとなく気になった。これは、勤務時間中では異例のことだった。命令するというより、依頼でもするような感じ――この仕事には、なんだかMの個人的な問題がからんでいそうな感じだった。しかも、冷たく澄みきったMのグレイの目の間に、いつもは見られぬ、小さな苦悩の縦じわが見える。それに、パイプに煙草をつめて火をつけるのに、三分もかかるのは、たしかに長すぎた。

Mは椅子をまわして、机にまっすぐすわりなおし、マッチの箱を投げだした。赤い革を張った机の上を、マッチがボンドのほうにすべってくる。ボンドはマッチをうけとめて、ていねいに机のまんなかにもどした。

Mはちらっと笑顔を見せると、意を決したように、おだやかにいった。「ジェームズ、全艦隊で、自分が何をすればいいか知らないのは、艦隊司令官だけだということを、考えてみたことはないかね？」

ボンドは眉をひそめて答えた。「考えたこともありません。しかし、意味はわかります。ほかの連中は命令に従えばいいが、司令官は命令を決定しなければならない。たぶん、総司令官はもっとも孤独な部署だといわれますが、あれと同じ意味でしょう」

Mはぐいとパイプを横にふった。「そう、同じことだな。だれかが土性骨《どしょうぼね》をすえてやらねばならん。結局は、だれかが決断を下さねばならんのだ。くだくだと海軍本部に無線連絡しているようでは、陸あがりの棚ざらしにされるのがおちだ。なかには神頼みで、決定を神様まかせにするやつもいる」Mはまぶしそうな目つきをした。

「じつはわしも、この秘密情報部の仕事で、神様に相談しようとしたことも何度もあったが、いつもそのまま決定はこっちにかえってきてしまった。自分で腹をきめろというお告げだ。まあ、それでいいんだろうが、楽ではないぞ。だいたい、四十過ぎて、しっかりした土性骨をもってるやつは少ないからな。人生に打ちひしがれてしまうのだ——いろいろな苦労、悲しみ、病気などにな。そういうものが、人間を軟弱にさせてしまう」Mはきっとボンドの顔を見た。

「ジェームズ、きみはどうかな？　まだ、危険な年齢にはなっとらんはずだが」

ボンドは、こういう個人的な立ちいった質問は苦手だった。なんと答えていいかわからないし、本当の答えがなんなのかもわからない。ボンドには、妻子もないし、悲しみにうちひしがれたこともない。目先が暗くなるような辛い思いをしたことも、恐ろしい病の苦悩を味わったこともなかった。つまりこれまで以上に、土性骨が必要な問題というのが、まったく見当もつかなかったのだ。ボンドは、ためらいがちに答えた。

「正しいことで、必要とあれば、たいていのことには耐えられるつもりです。つまり——そのう——正義のためならば」この言葉は照れくさかったし、これでは結局、Mにまた下駄をあずけることになるので、ばつが悪かったが、ボンドはつづけた。「もちろん、正しいかどうかきめるのは、容易ではないでしょうが、つまり、情報部として正しいこととときめたことなら、いやな仕事でもやるつもりです」

「ちっ！　わしがいってるのは、そこなんだ！　きみはわしにまだ甘えとる。自分で責任を負おうとせんのだ」Mはじれったそうにいうと、パイプの柄で自分の胸をつついた。

「わしにいっさいの責任を負わせ、正邪はすべて、わしに決定させようとする」目から怒りが消え、口をへの字に曲げると、陰気にいう。「だが——わしがこのポストにいるのも、そのためなのだろう。だれかが、このけったくそ悪い仕事を推しすすめていかねばならんのだろうな」Mはまたパイプをくわえると、気を静めるため、深く煙を吸った。

　ボンドはMが気の毒になってきた。「けったくそ悪い」なんて乱暴な言葉は、使ったことのない人物なのだ。海軍軍令部の五人の最高委員のひとりになれるはずだったのが、この秘密情報部の責任を負うためにこっちに移って、それ以来背負ってきた重荷についての弱音を、部下にはおくびにも出したことのない人物だった。Mは、何か自分に関係のある問題で悩んでいるのだ。ボンドは、それがなんだか気になった。危険なことではあるまい。Mだったら、どんなことでも、ある程度目算がつくことなら、危険は平気で迎える。政治的なことでもなさそうだ。Mは各省が神経を使ってるようなことには無頓着で、首相にじかに結びつこうと裏で工作するようなことは考えたこともない。倫理的な問題かもしれない。個人的なことかもしれない。ボンドは口を出した。「何か私でお役に立つことが?」

　Mはちらっと分別くさくボンドの顔を見た。やがて、窓の外の夏雲を眺めるように、くるっと椅子をまわして、だしぬけにいった。「ハヴロック事件をおぼえとるかね?」

「新聞で読んだだけです。ジャマイカの老夫婦の事件で、ある晩、娘が帰ったら、両親が蜂の巣みたいに撃《う》ち殺されていたというのでした。ハバナからきたギャングのしわざという噂もあり、メイドの話では、車でやってきた三人連れで、キューバ人らしいということでした。車は盗難車だということがあとでわかってます。その晩、土地の港からヨットが一隻出たが、わたしのおぼえてる範囲では、警察ではそれ以上の手がかりはつかめてなかったと思います。それだけです。この事件については、別に無線の連絡もはいってなかったと思いますが」

「そうなんだ。わしあての親展として報告させとったからな。この事件に手を出せとはどこからもいわれとらん。ただ――」Mは咳ばらいをした。秘密情報部を個人的なことに使うのが気がひけるのだ。「ただ、たまたまハヴロック夫婦は、わしも知っているのでな。じつは、あれたちの結婚式には、わしが仲人として出席した。マルタで一九二五年だった」

「わかります。どうも……」

「二人とも、いい人間だった」Mはぽつんといった。

「とにかく、C支局に調査を命じた。だが、バチスタ政権の連中を相手にしとっても、何もつかめん。そこへ、うまいぐあいに反対側の人間が現われた――カストロというやつだ。カストロ派の情報組織は、政府のなかにかなりうまく食いこんどるんだ。二週間前にすっかり話がわかった。簡潔にいうと、ハマーシュタイン――あるいはフォン・ハマーシュタインという男が、二人を殺させたことがわかったんだ。あのバナナ共和国には、ドイツ人がかなり潜入していてな。戦後、追っ手の網をのがれたナチの残党だ。例の男も、もとゲシュタポで、バチスタ政府の逆スパイの頭目に雇われていたわけだ。そこで、ゆすりや脅し、袖の下などでかなりの財産を作ったらしい。カストロ一派が台頭するまで、そいつはキューバで落ちついていたが、いちはやくキューバ脱出の準備を調えたらしい。獲物の一部を、部下のひとりのゴンザレスという男にもたせてそいつが用心棒を二人引きつれて、カリブ海域を歩きまわり、ハマーシュタインの財産をキューバ国外で投資しはじめたのだ。もっともらしい偽名で、不動産などを買いあさってな。一流の荘園を、最高値で買いあさるんだ。ハマーシュタインは、それだけの金をもっているし、金でいうことをきかない相手には、力ずくだ。子供を誘拐したり、屋敷に火をつけたり、持主が考えなおすようにしむける。とにかく、このハマーシュタインというやつは、ハヴロックの荘園がジャマイカ一番と聞いて、ゴンザレスに手にいれるよう命じたんだろう。たぶん、金を積んでも売らなかったら二人を殺し、娘を脅して買いとれと命令したんだろう。その娘なのだが、もう二十五になるはずだ。わしはまだ、会ったことはないがね。とにかく、こういう事情で、やつらはハヴロック夫婦を殺した。ところが、二週間前に、バチスタ政府はハマーシュタインを首にした。理由はわからんが、たぶん、それまでのぼろが出たんだろう。そこで、ハマーシュタインはさっさと逃げだして、例の三人の手下と落ちあっている。じつにみごとなタイミングだ。この調子なら、この冬には、きっとカストロ一派が力を握ってしまうだろうからな」

ボンドは静かにたずねた。「やつらは、どこへ逃げたんです?」

「合衆国だ。ヴァーモントの北、カナダとの国境近くだ。ああいう手合いは、とかく国境の近くに住みたがる。エコー湖というところでな。百万長者の別荘みたいな家を借りとるらしい。写真で見ると、いいところらしいな。小さな湖を控えた、山奥だ。あまり人のたずねてこないような場所をさがしたのだろう」

「どうして、そんなことまで調べがついたんです？」

「アメリカ連邦警察のエドガー・フーバーに、これまでのいきさつをすっかり送ってやったんだ。向こうも、この男のことは知っていた。知っているだろうと見当はついていた。マイアミからカストロへの銃の密輸で、目をつけていたらしい。それに、アメリカの大物ギャングの金が、ハバナのカジノに流れこむようになって以来、そいつも目をつけられていたんだ。アメリカへは六カ月のビザで入国しているという。フーバーはとても協力的でな。つかまえたら裁判にできるだけの証拠があるかというんだ。わしがそいつらをジャマイカの裁判所に引きもどしたがると思うか？　法務総裁に相談したら、ハバナから証人をつれてこられなければ、見こみはあるまいというんだ。それもできん相談だ。これまでのことだって、やっとカストロ派の情報網でわかったくらいだからな。キューバは公式には何もしてくれんよ。次にフーバーは、ビザを取り消して追い出そうかといってくれた。だがせっかくだがといって、そのままにしてもらってある」

Mは少しの間、口をつぐんでいた。パイプの火が消えたので、火をつけなおす。「そこで、カナダの騎馬警官隊に話してみることにした。総監を盗聴防止電話で呼びだしてな。

彼も期待にこたえてくれたよ。向こうは、国境から飛行機を出して、エコー湖の空中写真をすっかり撮《と》ってくれた。必要とあれば、それ以上の協力も惜しまんそうだ。そこでだ――」

Mはゆっくり椅子をまわして、まっすぐ机に向きなおった。「こんどは、わしが決断をしなければならなくなったわけだ」

これでボンドにも、なぜMが悩んでいるか、なぜだれかに決定をまかせたかったか、わけがわかった。Mにとっては、個人的な事情がからんでいるからだった。これまでは、自分ひとりでやってきたが、いま、いよいよ正義の裁きを下し、相手を殺す段になって、考えてしまったのだ。

これは正義の裁きだろうか？

それとも、ただの復讐か？

殺された被害者と関係のある人間は、その裁判の判事にはならない。Mは、決断をだれかにかかわってもらいたいのだ。ボンドの気持に、疑惑はなかった。ハヴロック夫妻のことは何も知らないし、また知ろうとも思わない。ハマーシュタインは、何もできない二人の老人を、ジャングルの掟で殺したのだ。ほかの法でハマーシュタインを縛ることができないとすれば、やはりジャングルの掟で、力の法で制裁を加えなければならない。正義を守るためには、ほかに方法はないのだ。もしこれが復讐と呼ばれるなら、これこそ人間社会の名において行われる復讐だ。

ボンドはいった。「少しのためらいもありません。こんなことをしたやつを逃げのびさせておいたら、外国のギャングは、やっぱり一部でいわれているように、イギリスは腰ぬけだと思いますよ。力の掟で制裁を加えるだけです。目には目をです」

Mはボンドを見つめたまま、はげますような目つきもしなければ、言葉も発しなかった。ボンドはつづけた。「この連中は、法律で、しばり首にできません。だが、殺すべきです」

Mはボンドから目をそらすと、一瞬宙に目をさまよわせ、自分の心のなかを見つめているようだった。やがて、ゆっくりと机の左手の一番上の引出しに手をかけると、うすいフォルダを出す。そこには、いつものようなトップシークレットを意味する赤い星のマークはついていなかった。フォルダを机の上にまっすぐおくと、Mの手は、またあけたままの引出しに隠れる。やがてその手がゴム印と赤いスタンプ台を出した。Mはスタンプ台のふたをあけ、ゴム印をトントンやると、表紙の右肩にまっすぐつくように、ていねいにグレイの表紙にペタンと押した。

スタンプ台とゴム印をしまって、引出しをしめる。フォルダをぐるりとまわすと、そっとボンドのほうに押してよこした。

まだしめっているスタンプの赤インキが記しているのは次の一文だった。

「読後焼却すべし《フォー・ユア・アイズ・オンリー》」

ボンドは何もいわなかった。

うなずいてフォルダをとりあげると、黙って部屋から出た。

二日後、ボンドはフライデイ・コメット機でモントリオールに飛んだ。この飛行機の旅は、あまり好きではなかった。高度は高すぎるし、速く飛びすぎる。おまけに乗客が多すぎるのだ。古いストラトクルーザーの時代がなつかしかった——大西洋を越えるのに十時間かかった、ガタガタする素晴らしい古い飛行機。あのころは、のんびり機上で食事もできたし、気持のいいベッドで七時間も眠れた。目がさめれば下段のデッキにいって、ばかばかしいくらいたっぷりの英国航空特選の英国風朝食をとる。そのころには夜があけて、西半球ではじめての朝日がキャビンにあふれてくるのだった。いまは何もかもが早すぎる。キャビン・アテンダントのサービスも、ほとんどがふたつのことを一度にすましているありさまだし、二時間もうとうとしたと思うと、もう高度四千フィートから百マイルにわたる降下態勢にはいってしまうといった調子だ。ロンドンを出て八時間にしかならないのに、ボンドはもう、ハーツで借りたUドライヴ・プリマスの大型車を、モントリオールからオタワに向かう広いN18号線に走らせながら、道路の右側を走るのを忘れないように気をつけていた。

カナダ国家騎馬警察の本部は、オタワの国会の並びにある法務省ビルにあった。カナダの公共建築はみんなそうだが、法務省もグレイの石造りの大きな角ばった建物で、どっしりと貫禄があり、長くきびしい冬に耐えられるようにできている。

ボンドが正面受付にいって、総監に会いたいと告げ、指令どおりにただの「ミスター・ジェームズ」と名乗ると、こんなあたたかく晴れた日に屋内勤務なんておもしろくないという顔をした、若々しい騎馬警察巡査部長が、ボンドをエレベーターに案内して三階につれて行き、大きなきちんと片づいたオフィスの警部補に引きついだ。部屋には、秘書らしい女が二人おり、どっしりした家具がたくさんそろえてあった。

警部補がインターフォンで報告してから、十分待たされたが、ボンドはその間に煙草を吸い、騎馬警官募集のパンフレットを読んだ。パンフレットによると、騎馬警察というのは、まるで観光牧場とディック・トレーシー、それにローズ・マリーをまぜあわせたもののようだった。

つづきドアから隣の部屋へ通された。濃紺の背広に白いシャツ、黒ネクタイの背が高く若々しい男が、窓ぎわからふりかえって、ボンドのほうにくる。「ジェームズ？」かすかな笑顔を見せる。「わたしは——その——そう、ジョーンズ警視正ということにしておきましょう」

二人は握手した。「こっちへきて掛けませんか。総監が自分でお迎えできなくてたいへん残念だといってます。ひどい風邪でしてね――ほら、よくある外交風邪というやつですよ」ジョーンズ警視正は愉快そうな顔をした。「きょうはさぼるのが一番いいと考えたんでしょう。わたしはただの下っ端のひとりです。自分でも二、三度狩りにいったこともあるので、総監がわたしに、あなたのちょっとした休暇のお世話をしろというので」ひと息ついてつづける。「わたしひとりでです。いいですね?」

　ボンドは笑顔になった。総監は喜んで手を貸してくれるが、あくまでキッドの手袋をはめた手だ。それなら、彼の役所にとばっちりもかかるまい。ボンドは、総監はきっと慎重で、おそろしく賢明な人間にちがいないと思った。

「よくわかります。ロンドンのほうでも、こんどのことに総監じきじきの出馬は望んでおりません。それに、わたしは総監にお目にかかったこともないし、本部のそばに近づいたこともありません。そういうわけですから、ざっくばらんに十分ばかり、お話しできませんか――二人だけで――」

　ジョーンズ警視正は声を出して笑った。「もちろん、わたしも、ひととおりご挨拶をしたら用件に移るようにいわれています。ご承知のとおり、あなたとわたしはこれから一緒にいろいろな悪だくみをするわけです。まず手はじめが、虚偽の申告でカナダでの狩猟許可証を手にいれ、出入国管理法を破る相談をし、それからもっと重大な犯罪の相談をしましょう。そんなことで、だれかにとばっちりが行くようになってもつまりませんからね。

おわかりいただけますな？」

「ロンドンの連中もそう考えてます。わたしがここを出たら、おたがいにここでのことはすっかり忘れてしまいましょう。ひょっとして、わたしがシンシン刑務所にいれられるようなことになっても、そちらではご心配なく。そういうことでどうです？」

ジョーンズ警視正は机の引出しをあけると、部厚いフォルダを出してひらいた。一番上の書類は何かのリストだった。鉛筆で最初の項目をさして、ボンドの顔を見上げる。ボンドの着ている古い黒白千鳥格子のツイードの背広と、白いシャツ、黒いネクタイを見まわして「服ですな」といった。フォルダから一枚はずして、机の上をボンドのほうに押してよこす。「これがあなたにおすすめしたい衣類のリストです。その番地は、この市の大きな古着屋の場所です。派手すぎず、うさんくさくもない服装——カーキ色のシャツにこげ茶のジーンズ、丈夫な登山靴がいいでしょう。着ごこちのいいのを選ぶことです。それから、こちらはクルミの染料を売っている薬局です。一ガロン買って、体じゅうに塗るんです。いまごろは山は枯葉が多いし、パラシュート部隊の擬装服のような、カムフラージュめいたものは着たくないでしょうからね。いいですね？　もしつかまったら、カナダに猟にきて道に迷い、うっかり国境を越えてしまったイギリス人だというんです。それからライフル。待ってもらっていた間に、自分で下にいって、あなたのプリマスのトランクにいれてきました。サヴェージ99FSの新型で、ウェザビーの六×六十二倍望遠照準器がついてます。五発用の連発装置と弾丸は高性能のHV弾を二十発つけておきました。大物撃ちのレバー・アクション式連発銃としては、市販されてるものでは一番軽いやつです。たった六ポンド半ですからね。わたしの友だちの銃なんですよ。いつか返してもらえればありがたいですが、なくなってしまっても、気にしないと思いますよ。テストもすましてありますし、五百ヤードぐらいまでならだいじょうぶです。猟銃許可証は」ジョーンズ警視正は許可証を押してよこす。「旅券とちがってはまずいので、あなたの本名でこの市で発行してあります。狩猟許可証も同じですが、小物猟のですよ。キツネなんかです。まだ鹿狩りのシーズンにはなってませんからね。それから、運転免許証も、車をもっていった男にもたせた、ここのものととりかえておいてください。雑嚢《ざつのう》と磁石も古いものがあなたの車にはいってます。そうだ、それはそうと」ジョーンズ警視正はリストから顔を上げた。

「拳銃を身につけておられますな？」

「ええ。ワルサーＰＰＫをバーンズ・マーティンの革鞘《ホルスター》にいれて」

「よろしい、番号を教えてください。白紙の許可証を一枚手にいれといたんです。こっちに問い合わせがきてもだいじょうぶですよ。申しひらきはつけられるようにしてあります」

ボンドは拳銃を出して番号を読みあげた。警視正が用紙に書きこんで、押してよこす。

「こんどは地図だ。こっちのエッソ・ガソリンが出してる地図で、目ざすあたりに行くのには充分でしょう」ジョーンズ警視正が立ち上がって、地図をもってまわってくると、それをひろげた。「このモントリオールにもどる17号線をとり、37号線まで行って、セント・アンで橋をこえ、もう一度河を渡って7号線を行くんです。パイク・リバーまで7号線を行って、こんどは52号線をスタンブリッジに行く。スタンブリッジで右に曲がってフレライスバーグに行き、そこの自動車屋で車を捨てる。ずっといい道ですよ。途中で止まる時間をいれても、五時間以上はかからんでしょう。いいですね？　さて、ここでうまくやらなければならないんです。フレライスバーグにつくのを午前三時ごろにするんです。自動車屋の係の男は、そのころには寝ぼけまなこでしょうから、怪しまれずにトランクから装具を出して出発できるでしょう。向こうはそのころなら、首がふたつあったって気がつかないでしょうからね」ジョーンズ警視正はもとの席にもどると、フォルダからさらに二枚の紙を出した。一枚は鉛筆で描いた地図で、もう一枚は空中写真の一部だった。ボンドを真剣な目つきで見ながらいう。「これだけがあなたがもっていく、危なっかしいもので、用がすんだら、あるいは危ういことになりそうだったら、すぐに始末してしまうよう、あなたを信じておまかせしなければならないものです。これは」と紙を押してよこして、「禁酒法時代以来の古い密輸ルートの大まかなスケッチです。現在ではもちろん使われてません。さもなければ、おすすめしませんよ」ジョーンズ警視正は苦笑した。「昔だったら、柄《がら》の悪いのが反対側からやってきて、問答無用でいきなり撃ってきたでしょうからね。ギャング、麻薬屋、売春婦の売買人といったような手合いです。しかし、いまではそういう連中は、たいていはバイカウント機で空から出入りしてますからね。このルートは、ダービー国境の少し先で、フランクリンとフレライスバーグの間の密出国ルートに使われていたんです。この小道を登ってフランクリンの町をまわると、グリーン・マウンテンにかかります。あたりは樅《もみ》と松に、わずかに楓《かえで》のまざった森ばかりで、その山にもぐりこんだら、何カ月でも人目を忍んで暮らすことができます。そこから国境を越え、高速道路を二本ばかり越えると、イノスバーグの滝から西へ行くんです。急な山をひとつ越えれば、こんどこそ目ざす谷の上に出るわけです。この十字の印の地点がエコー湖で、写真で見るかぎり、東側からおりていったほうがいいと思いますね」

「どのくらいの道のりです？　十マイルぐらい？」

「十マイル半です。道に迷わなければフレライスバーグから三時間でしょう。目的地につくのは六時ごろ。最後の一時間は夜があけているわけです」

ジョーンズは四角い航空写真を出した。ボンドがロンドンで見たことのある写真の、中央の一部を切ったものだった。手入れの行きとどいた、細長い石造建築が写っている。屋根はスレートぶきで、洒落た窓と屋根のあるテラスが見えていた。玄関の前を舗装してない道がとおっていて、車庫と犬小屋らしいものも見える。庭の側には、石だたみのテラスが花壇にかこまれてあった。その先の二、三エーカーの芝生の庭は、小さな湖までつづいている。湖はまるで人工湖のように見えた。深い石造りのダムができている。そのダムの岸から出ていくあたりに、鍛鉄のガーデンチェア・セットが並んでいた。ダムのまんなかあたりに飛び込み台ができていて、湖面から梯子がかかっている。湖の対岸はいきなり森だった。ジョーンズはそっちから近づけばいいというのだった。写真には人間は写っていなかったが、テラスの石だたみの上には、高価そうなアルミの椅子がいくつも出ていて、まんなかのガラステーブルには飲みものが載っている。ロンドンで見たもっと大きな写真では、庭のテニス・コートと道路の反対側の小ぎれいな白い柵にかこまれた種馬牧場の立派な馬が写っていたのを、ボンドは思い出した。エコー湖は、たしかに大金持の山奥の隠れ家にふさわしいところだ。

原爆の目標地からは充分に離れているし、他人に邪魔されずに、種馬牧場の必要経費ということで税金のがれをし、たまには種馬でもうける。キューバで十年も危ない橋を渡ってきた人間が、ここに隠れて英気をやしなうのにも、うってつけのところだ。この湖はまた、人殺しで汚れた手についた血を洗うのにもよかろう。

ジョーンズ警視正は、空《から》になったフォルダをとじると、タイプで打った一覧表を細かく破って屑籠にすてた。二人の男は立ち上がった。

ジョーンズはボンドを戸口まで送ると、そこで、手をさしのべていった。「とにかく、お話しすることはこれだけだったと思います。わたしもできたら、おともしたいですよ。いまみたいな話をしていると、終戦まぎわにひとつふたつやった仕事を思いだしましてね。

当時は、わたしは陸軍でした。モンゴメリー将軍の第八軍で、アルデンヌ戦線の左翼だったんです。ちょうど、これからあなたの行かれる山奥みたいな地形でしてね。もっとも、木の種類はちがうが。しかし、あなたも警察仕事がどんなものかは、ご存じでしょう。書類の仕事ばかり山とあって、おとなしくつとめて恩給を当てにするんですよ。とにかく、幸運を祈ります。どうせ、新聞を見れば何か出るでしょうがね」にっこりして、「どっちにころぶにしてもね」

ボンドは礼をいって握手した。最後にひとつ、質問が浮かぶ。「ところで、このライフルは、引金はシングルですか、それともダブルですか？　それをためす機会もなさそうだし、目標が現われてからでは、あまり実験してみる暇もないでしょうからね」

「シングル式で、軽いですよ。はずれっこないと確信のつくまで、引金には指をかけないほうがいい。向こうもなかなかのやり手らしいですからね。あまり近よりすぎないことですな」ドアの取っ手に手をかけながら、彼はもう一方の手をボンドの肩にかけた。「うちの総監の金言というのがあるんです。弾丸で片づくところへ人をやるなというんです。おぼえておいてください。ではまた」

その晩と翌日の大部分を、ボンドはモントリオール郊外のコージーというモーテルですごした。三日分の部屋代は前払いしてあった。もっていくものを点検する。靴はオタワで買ってきた、やわらかいゴム底の登山靴にはきかえた。ブドウ糖の錠剤も買ってきたし、ハムとパンを買ってきて手製のサンドイッチも作った。大きなアルミの水筒も仕入れてきて、それに四分の三はバーボン、残りの四分の一はコーヒーをいれた。暗くなると夕食。そして、ちょっとひと眠りしてから、クルミ油の顔料をとき、体じゅうに塗りたくる。髪のつけ根まで塗ったボンドは、まるで青い目をしたアメリカ先住民といったところだった。

真夜中少し前に、彼は横手のドアを静かにあけると、車をおいたところへ行く。プリマスに乗りこみ、最後の南への道、フレライスバーグへ向かった。

終夜営業の車庫の男は、ジョーンズ警視正のいったほど寝ぼけてはいなかった。

「猟ですかい？」

北アメリカというとこは、ごく簡単な言葉で間にあうところだ。「うん、うん、おい！」これをいろいろ調子を変えて、「そうとも、そうだろ、そうかい？　ばかな！」をまぜて使えばたいていことたりる。

ボンドはライフルを肩にかけながら「うん」と答えた。

「土曜に、ハイゲイト・スプリングスですごいビーバーを仕とめた人がいましたよ」

「そうか」と、ボンドはすげない返事をすると、二晩分の車のあずかり料を払って、車庫を出た。町はずれで足を止める。あとはこの街道を百ヤードばかりいって、右側の森にはいる舗装してない小道を見つけるだけだ。三十分ばかり歩くと、小道は崩れかかった農家のところに出る。くさりでつながれた犬が、やかましく吠えたてたが、家のなかで明りのともる気配はなかった。ボンドはその家をまわって、すぐに小川にそった小道のつづきを見つけた。この小道を三マイル歩くことになっているのだ。ボンドは足を速めて、早く犬の吠える声から逃げようとした。犬の声が止むと、静寂。夜の森の、ビロードに包まれたような深い静けさだった。

黄色い満月のかかった、あたたかい夜だった。木の間をもれる月明りで、ボンドはなんの苦労もなく、小道をたどることができた。登山靴の弾力のある厚いゴム底は、素晴らしく歩きごこちがよかった。ボンドは息切れもおさまり、なかなか早く進んでいるのに気がついた。

四時ごろ、林の木立がまばらになってきて、すぐにひらけた野原に出る。右手に点々とフランクリンの明りが見えた。簡易舗装の裏街道を越えると、また林のなかの小道。だが、こんどの小道は前のより幅が広いし、右手に湖水が青白く光って見える。五時までにはアメリカ側の黒い河のようなＮ１０８号線と１２０号線を越えていた。１２０号線ではイノスバーグの滝まで一マイルという標識を見た。

さあ、最後の上り――せまくて急な、狩人が通るような小道だ。国道から充分に離れるとボンドは足を止め、ライフルとカバンをかけていた肩をいれかえ、煙草を吸い、鉛筆描きの地図を燃した。すでに空はかすかに白みはじめていて、森のなかでは、小さなざわめきがはじまっている。ボンドの知らない小鳥の妙にしゃがれた哀調をおびた鳴き声や、リスたちのかけめぐる音。ボンドは、行く手の山の向こう側の、小さな谷底にある家を思い描いてみた。ぽっかりひらいた、カーテンをかけた窓、四人の男のくしゃくしゃになった寝顔、芝生の露と砲金色の湖面が朝のさざ波の輪をひろげていくところを目に浮かべる。しかもいま、山のこちら側では、死刑執行人が森を登っているのだ。ボンドは空想を追いはらうと、煙草の吸い殻を踏み消して出発した。

これは丘だろうか、山だろうか？　どのくらいの高さから、本当の山といえるんだろう？　この白樺の銀色の幹で、なぜ何か作らないのだろう？　いろいろと役に立ちそうなものだが。アメリカで一番いいのは、リスがいることとカキのシチューだな。夕方の暗さというのは、日が落ちるというより、暗闇が上るというべきだ。山の頂上で見ていると、向こうの山陰に日が落ちる前に、谷底から闇が上ってくる。小鳥というやつは、いつかは人間を恐れないようになるのだろうか？　人間が食べるために小鳥を殺したのは何世紀も前のことだが、まだ人間をこわがっている。ヴァーモントのグリーン・マウンテン・ボーイズを指揮してたあのイーサン・アレンというのはなにものだろう？　いま、アメリカのモーテルでは、どこでもイーサン・アレン家具を売りものにしている。なぜだろう？　イーサン・アレンは家具をつくっていたのだろうか？　軍隊の靴もこういうゴム底にしたほうがいいのではないだろうか？

こんなとりとめもないことを考えながら、ボンドは着実に登っていった。白い枕の上で眠りこけているだろう四人の顔を、かたくなに頭から追いのけようとする。

丸い尾根は木立に覆われ、足もとの谷は見えなかった。ボンドはひと息いれてから、樫《かし》の木を選んで登り、太い横枝の上に出た。ボンドの目にはグリーン・マウンテンのすべてが見えていた。四方八方、はてしない山並み。東の山の向こうから、黄金の玉のような朝日が栄光に包まれて昇ろうとしている。眼下には二千フィートのゆるく傾斜した森のはずれが、太い帯のような牧場に接し、うすもやのベールをとおして、湖水と芝生の庭と家が見える。

ボンドは枝にねそべったまま、白っぽい早朝の光が帯のようになって谷底にさしこむのを見つめていた。朝日が湖水にさしこむまで、十五分ほどかかった。やがて、芝生も、ぬれた屋根瓦も、パッといちどに輝く。すると、もやもあっという間に湖面から消えて、目標の一帯がすっきりと、役者の出を待つ舞台のように見えてくる。

ボンドはポケットからそっと狙撃用の望遠鏡を出すと、目の前の光景を一インチずつ丹念に見まわした。次には、足もとの傾斜を見きわめて、湖畔の家までの距離をはかる。湖水のすぐそばにある、牧場の向こう側の木立までおりていかないとすると、牧場のはずれから狙うしかないが、そこからは湖畔の家のテラスや裏庭まで五百ヤードぐらいで、湖岸の飛び込み台まで三百ヤードぐらいだった。ここの連中は、なんで暇つぶしをしているのだろう？　やつらの日課はどうなってるんだろう？　湖で泳いだりするのだろうか？　まだ、気温は水泳ができるくらいあたたかかった。とにかく、仕事をする時間は、一日たっぷりある。夕方まで待って、やつらが湖水までおりてこなかったら、そのときはじめて、五百ヤードの距離のテラスを狙うという冒険をすればいいのだ。しかし、使ってみたこともないライフルで、五百ヤードは危険だ。牧場の端からもっとおりていったほうがいいのではないか？　広い牧場で、隠れるもののないところを、五百ヤードもおりていかなければならない。しかも、家のなかの連中が起きだす前に、牧場の向こう側までいってなければならない。ここの連中は、朝は何時に起きるんだろう？

ボンドのこの疑問に答えるように、母屋の左手の小さな窓の、白いブラインドがクルクルッと上がった。ブラインドのバネ式のまきあげ装置が、最後のパチンという音を立てるのが、ボンドには聞こえるような気がした。

エコー湖だ！

もちろんそうだ。こだまの湖だ！

こっちで立てる音も、こだまになって向こうに聞こえるのだろう。木の枝や何かを踏みくだかないように、うんと気をつけなければいけない。いや、そんなことはない。谷の下のほうの音が湖面にはねかえって、上のほうにまで聞こえるだけだ。だが、それにしても、危険は避けて、用心するにこしたことはない。

左側の煙突から、細い煙が少しずつ立ち昇りはじめた。もうじきベーコン・エッグでも作るのだろうと、ボンドは考えた。それに、熱いコーヒーだ。ボンドは枝からあとずさりしてさがると、地面におりた。彼も腹ごしらえをして、安心して吸える最後の煙草を吸い、射撃地点までおりていかなければならない。サンドイッチのパンは喉につまりそうだった。身内に緊張がせり上がってくる。空想のなかでは、ボンドはすでに、腹の底に響くようなサヴェージ銃の銃声を聞いていた。のんびりと、まるで蜂か何かが飛ぶように、黒い弾丸が飛んでいって、谷底の男のピンクの肌にまともにめりこむのが目に見えるようだった。弾丸が当たると、軽いプスッという音がする。肌がパクッと口をあいて、すぐまたふさがり、あとに小さな血のにじんだ穴が残る。弾丸はそのまま、ゆっくり体のなかをかけめぐるのだ。脈うつ心臓に向かって――筋肉も血管も、すなおに弾丸に道をあける。

ところで、いまから自分がそういう目にあわせようという男は、いったい何者なのだろう？

そいつが、自分に何をしたというのだ？

ボンドは考えこみながら、ライフルの引金を引くことになっている右手の人差し指を見つめた。ゆっくりとその指を曲げて、心に描いた冷たい引金の感触を思い浮かべる。ボンドの左手は、機械的に水筒に伸びていた。水筒を口に当て、天を仰いでのむ。コーヒーをまぜたバーボンが、喉の奥のほうに、小さな火をつけて下っていく。ボンドは水筒のふたをしめると、バーボンのぬくもりが腹の底にしみわたるのを待った。やがて、ゆっくり立ち上がると、背を伸ばしてあくびをする。ライフルをとって、肩にかけた。また小高いところにもどると、用心深くあたりの地形を見まわして、木立の間をゆっくりとおりていった。

そこからはもう、小道の跡もなく、ボンドは枯れ枝を踏まないように、足もとに気をつけてゆっくりと歩かなければならなかった。木立はますます種類がいりまじってくる。樅や白樺にまざって、樫や橅《ぶな》、ところどころに楓が秋のよそおいで紅葉している。木々の足もとには、点々と若木。それに、昔の嵐で倒れた枯木も多かった。ボンドは慎重におりていった。枯れ枝や苔《こけ》に覆われた岩を踏んで、足音もほとんど立てない。しかし、すぐに林自体がボンドの侵入に気づき、その知らせを伝えはじめた。バンビのような子鹿を二頭ひきつれた大きな鹿が、まずボンドの姿を見つけ、ぎょっとするような足音を立てて逃げていった。まっ赤な頭の、色どり華やかなキツツキが、行く手に舞いおりては、ボンドがそばにいくと、けたたましい声を立てる。それに、どっちへいっても縞リスがいて、あと足で立っては歯の上の小さな鼻面をくんくんさせ、ボンドの匂いを嗅ごうとするのだった。しかも、森中を騒がすような大きな音を立てて、岩の間の穴ぐらにごそごそと逃げこもうとする。ボンドはそういう小動物たちに、こわがらないでくれ、このライフルはおまえたちを撃つためじゃないと、気持を伝えたかった。しかし、そういう動物たちの騒ぎを見るにつけ、自分が牧場の端に出たときは、下のほうの芝生で、双眼鏡を手に、梢から怯えて飛びたつ小鳥を見つめている男の姿が目にはいるのではないかと思った。

しかし、いざ林のはずれの最後の樫の大木の陰に足を止め、長い牧場と、その向こうの木立や湖水や家を眺めたときは、変わった様子は何ひとつ見当たらなかった。小鳥たちはまた、みんな梢に落ちついていたし、ただひとつ動いているものは、湖畔の家の煙突から立ち昇るうす煙だけだった。

八時になっていた。ボンドは牧場の向こうの木立を見まわして、自分の目的にふさわしい木をさがす。見つかった。あずき色と朱色に燃える大きな楓の木だった。これなら、カーキ色の服で隠れるのに都合がいい。幹の太さも充分だし、壁のような樅の木立の列から、ちょっとひっこんだところにある。その陰に立てば、湖水も湖畔の家も、必要なものはひと目で見わたせそうだ。

ボンドはしばらくそこに立って、黄金色に輝く草の生い茂った牧場を下っていく方法を考えていた。腹ばいになって、ゆっくり進まなければならない。そよ風が吹きあげてきて、牧場の草をなびかせる。この風さえ吹いていてくれれば、草むらを這っていく気配は気づかれずにすむ。

上のほうの、あまり遠くないところで、枝の折れる音がした。木立のはずれの左手だ。ポキンと一度だけ、はっきり音が聞こえたが、あとはなんの音もしない。ボンドは片膝をついて、耳をそばだて、五感をとぎすました。まる十分間もそうやって、太い樫の幹についた、身動きもしない茶色の影になっていた。鳥や獣が枯れ枝を折るということはない。枯れ枝というのは、鳥や獣にとっては、とくに危険な合図のようなものなのだ。身の軽い小鳥は枯れ枝にとまっても折れるものではないし、角と四つの蹄をもつ鹿のような獣すら、よほど怯えて逃げ出すときでなければ、森を音も立てずに動きまわることができるのだ。

やっぱり連中は、林のなかにまで見はりを出していたのか?

ボンドはそっとライフルを肩からおろすと、親指を安全装置にかけた。

もし、湖畔の家のなかの連中がまだ眠っているとしたら、山中での銃声の一発ぐらいは、狩人か密猟者のものだと思うだろう。しかし、ボンドと枝の折れたと思われるあたりとの中間に、そのとき二頭の鹿が姿を現わした。別に慌てた様子もなく、牧場を左のほうにぬけていく。たしかに鹿は、二度ばかり足を止めてふりかえってはいたが、そのたびに、走りだす前に草を二口、三口食べていた。やがて、鹿は牧場の下の木立の向こう側に隠れてしまう。二頭とも、怯えたり慌てたりしている気配はなかった。枝を折ったのは、あの鹿どものしわざにちがいない。ボンドはほっとため息をついた。それなら、どうということはない。こんどは、牧場を越えるだけだ。

丈高く生い茂った草地を、這って五百ヤード進むのは、時間のかかるうんざりするような仕事だ。手と膝と肘で這うのは辛い。しかも、目にはいるものは草だけ。土ぼこりと小さな虫が、目や鼻の穴や襟首にはいりこむだろう。ボンドは目の前の手をつく場所にだけ精神を集中して、ゆっくりとむらのない速度で、前進をはじめた。そよ風はまた吹きあげてきたし、ボンドの這い進む進路は、湖畔の家のなかからはたしかに気づかれなかったろう。

　上から見ると、まるで小さな獣みたいだった——ビーバーかリスが、牧場をおりていくようだ。いや、ビーバーではない。ビーバーはいつでも、夫婦が一緒に行動するものだ。それにしても、やっぱりビーバーかもしれない——。

　牧場のもっと上のほうから、何かがまた、その背の高い草の間にわけいったからだ。ボンドのうしろ、やや上のほうに、深い草の海をかきわけていく、もうひとつの航跡がある。何にしても、それはゆっくりとボンドを追い、ふたつの航跡は牧場の下の木立でぶつかろうとしていた。

　ボンドはするすると着実に這い進んだ。止まるのは、顔の汗と土ぼこりをふいたり、ときどき目標の楓からコースがそれていないのをたしかめるときだけだった。しかし、その楓から二十フィートぐらいの湖畔の家から木立で姿が隠れるあたりにくると、ボンドは前進をやめて、しばらく横になったまま、最後のひとふんばりのために、手首や膝をもんだ。

　危険を告げる音は何も聞こえなかった。ところが、左側の茂った草のなか、わずか一フィートぐらいのところから、ぎょっとするような、静かなささやき声が聞こえてきたので、ボンドも首がギクンというほど鋭い勢いで、そちらに顔を向けた。

「一インチでも動いたら、命はないわよ」女の声だったが、激しいその口調は、冗談ではないことを物語っている。

ボンドはどきっとして、自分の顔から十八インチばかりのところで、草をかき分けてこっちを向いている、青みを帯びた三角の矢じりのついている鋼鉄の矢を見つめた。

弓は草のなかに、横にかまえて引きしぼられていた。矢の先端のすぐ下の、弓を握る茶色いこぶしには、白くなるほど力がこもっている。その向こうは光を反射する鋼鉄の矢がら、さらに金属製の矢羽根の向こうには、揺れる草むらに隠れてぼんやりとしか見えなかったが、汗にぬれた日焼けした顔に、激しいグレイの目と、きっと結んだ唇。草を通してボンドに見えたのは、それだけだった。

いったい、こいつは何者だ？

用心棒のひとりだろうか？

カラカラになった口を湿すと、ボンドはゆっくりと、向こうからは見えない右手を、腰の拳銃のほうにずらした。「いったい、きみはだれなんだ？」ボンドは静かにたずねた。

矢じりが、おどかすように揺れる。「その右手をじっとさせてないと、こいつがその肩を射ぬくわよ。ここの用心棒なの？」

「ちがう。きみは？」

「ばかいわないでよ。それじゃ、こんなとこでなにしてるの？」女の声の緊張がいくらかとけたが、まだ隙のない厳しい態度だった。女の言葉には、ちょっと訛りがある。スコットランドか、それともウェールズだろうか？

そろそろ、対等に口をきくべきだろう。青く光る矢じりは妙な殺気をはらんでいたが、ボンドはこともなげにいった。「この弓矢をどけてくれないか、女ロビン・フッドさん。そうしたら、話してやろう」

「拳銃に手をかけないと約束するわね？」

「いいよ。だが、とにかくこの草っ原のどまんなかから出よう」ボンドは返事も待たずに、よつんばいになると、また這いだした。ここで主導権を握って、相手にとられないようにしなければならない。この女が何者にしろ、撃ちあいのはじまる前に、なんとかうまく追い払ってしまわなければならない。まったく、ほかになにも苦労の種がないのならともかく、考えることが山ほどあるというのに、やりきれない話だ！

ボンドは目ざす楓の木についた。用心深く立ち上がると、燃えるような紅葉の間から、ちらりとのぞく。湖畔の家のブラインドはほとんど上がっていた。黒人のメイドが二人、テラスに大きな朝食用のテーブルを用意している。ボンドの偵察したとおりだった。梢ごしに上のほうから見た視界が、いま湖畔に完全にひらけて見える。ボンドはライフルと雑囊をおろすと、木の幹によりかかって、腰をおろした。女も草原の端から出てきて、楓の木の下に立った。ボンドとの間に間合いをとっている。矢はまだ弓につがえたままだが、弓は張ってはいなかった。二人は用心深く顔を見合わせる。

女はぼろぼろのシャツにズボンといういでたちで、身なりかまわぬ美しい森の精みたいだった。シャツもズボンもオリーヴ色で、泥やしみで汚れてくしゃくしゃだし、ところどころ破れてもいた。牧場を這い進むのに淡い金髪が輝いてはいけないので、金色に光る草で束ねている。美しい顔は、野性に満ちて、美しい獣という感じだった。大きな肉感的な口、高い頬骨、尊大な銀ねず色の瞳。腕と頬の下のほうに、引っかいたように血がにじんでいたし、頬骨のあたりが腫れて、わずかに黒ずんだあざになっていた。矢筒の矢の金属の羽根が、左の肩ごしに見えていたが、弓以外には、ベルトにさした狩猟用ナイフしかもっていなかった。反対側の腰に、小さな茶色いキャンバス地の袋をさげていたが、たぶんそこに食料がはいっているのだろう。山奥や森をよく知っていて、そういうものを恐れない、美しく危険な森の住人みたいな女だった。人生を森のなかでひとりで送ってきた、文明をあまり知らない人間のようだった。

ボンドは、この女を素晴らしいと思った。にこりと笑いかけて、安心させるように、おだやかにいった。「きみの名前は、女だからロビーナ・フッドというんだろうな。わたしはジェームズ・ボンド」水筒を出すと、栓を抜いて女にさし出した。「すわって一杯やったら――先住民のいう火の水とコーヒーだ。それに、乾し肉の用意もあるよ。それとも、きみは露と木の実で生きてるのかい？」

　女は少しだけそばによってきて、ボンドから一ヤードばかりのところで、腰をおろした。先住民のようなすわり方だった。膝を大きくひらいて、足を尻の下に折りこんでいる。女は水筒に手をのばすと、頭をのけぞらして大きく飲んだ。何もいわずに水筒をかえす。

　笑顔も見せずに、女は「ありがとう」と、しぶしぶいって、弓につがえていた矢を背中の矢筒にさした。しげしげとボンドを見ながら、女はいう。「あんた密猟者ね。鹿狩りのシーズンには、まだ三週間もあるわ。でも、こんな下のほうでは、鹿は見つからないわよ。おりてくるのは夜中だけ。昼間は、もっとずっと上のほうにいかなくては。よかったら、鹿のいそうなところを教えてあげる。とても大きな群よ。いまからでは、ちょっとおそいかもしれないけど、あんたなら間に合うようにいけるかもしれないわ。ここから風上のほうだし、あんたは忍びよるこつも心得てるようだから。あまり音を立てないわね」

「きみもやっぱり、そのためにきたのかね――猟に？　許可証を見せてくれ」女のシャツには、胸にボタン留めのポケットがあった。女はすなおにポケットのひとつから、白い紙を出してわたす。

　許可証はヴァーモント州のベニントンで発行したものだった。名前はジュディ・ハヴロックになっている。許可証には許可項目のリストがあって、「非居住者の狩猟」と「非居住者の弓矢による狩猟」という項目に、検認のしるしがついている。狩猟税として、ヴァーモントのモンペリエーで十八ドル五十セント払ったことになっていた。ジュディ・ハヴロックは、年は二十五、出生地はジャマイカになっていた。

ボンドは驚きにうたれた。

そうだったのか！

許可証をかえすと、ボンドは同情と敬意を見せていった。「ジュディ、きみは大したお嬢さんだ。ジャマイカからはさぞ遠かったろう。あいつをその弓と矢でやっつけようというのか。きみは中国のことわざで、人を呪わば穴ふたつというのを知らないかね？　あとの自分の身の上は覚悟ができてるのか？　それとも、逃げおおせるつもり？」

女は目を丸くしてボンドを見た。「あんたはだれ？　こんなところで、何してるの？　わたしのことをどこまで知ってるの？」

ボンドは考えた。この混乱を切りぬける道はひとつ――この娘と協力することだ。なんという仕事だ！　彼はあきらめたようにいった。

「名前はいまいったとおりだ。ロンドンから――つまり、ロンドン警視庁から派遣されてきた。きみの不幸についてはすっかり知ってるし、敵を討って、あの連中にきみがこれ以上ひどい目にあわされないために、ここへきてる。ロンドンでは、あの家のなかの男が、きみに例の荘園のことで圧力をかけるだろうと考えて、それを止めるためには、ほかに手はないということになったんだ」

女は、吐き捨てるようにいった。「わたしのかわいがっていた小馬がいたの。三週間前、あいつらはその小馬に毒を飲ませた。わたしのジャーマンシェパードも撃ち殺したわ。わたしが仔犬のときから育てた犬よ。そのつぎには、手紙がきた。〝死は多くの手をもつ。その手のひとつが、いまお前の頭上にある〟という手紙だったわ。わたしがきめられた日の新聞の消息欄に〝承知した。ジュディ〟と三行広告を出せばいいというのよ。わたしは警察に届けたわ。でも、警察ではわたしの身に護衛をつけてくれるだけだった。キューバの人間のしわざらしいというのよ。だから、ほかに手の打ちようがないんですって。そこで、わたしはキューバにいって、一流のホテルに泊まり、カジノで大金を賭けにつかったの」女はかすかに笑顔を浮かべた。

「そのときは、もちろんこんな格好はしてなかった。とっておきの服を着て、うちに代々つたわる宝石をつけてね。みんながよってくると、みんなにやさしくしてやったわ。そうしなければならなかった。そして聞いてまわったの。スリルを求める女という顔をして、暗黒街のことや、本物のギャングのことや何かをね。あげくに、ようやく、この男のことをさぐりだしたのよ」女は、湖畔の家のほうにあごをしゃくっていった。

「あいつキューバから亡命してたの。バチスタ政府もあいつの悪事に気づいたのね。おまけにとても敵の多い男なんですって。あいつについては、山ほど話を聞き集めたわ。いよいよ腹をきめて」ここで口ごもって、ボンドの視線をさけるようにした。「いよいよやっつけてやろうと腹をきめてから、警察の偉い人とかいう人に会って、知らないことは補ってもらったのよ」ひと息ついて話をつづけた。「わたしはキューバを発って、アメリカにきたわ。ピンカートン探偵局というのを何かで読んだので、そこへいって、あの男の居どころをつきとめてもらうよう、お金を払って依頼したの」ジュディは、膝の上に両手を上に向けておいた。いま、その目は挑戦するように光っている。「それだけよ」

「ここへは、どうやってきた?」

「ベニントンまで飛行機できて、それからは歩いたわ。四日かかった。グリーン・マウンテンを越えてね。途中でも、ずっと人をさけてきたわ。わたし、こういうことには、慣れてるのよ。うちはジャマイカの山のなかだったから。向こうでのほうが、もっとむずかしかったわ。ジャマイカの山には、もっと農民や何かが大勢いるから。ここでは、山を歩く人なんてだれもいないみたい。みんな車を使うのね」

「それで、どうするつもりだったの?」

「フォン・ハマーシュタインを撃って、歩いてベニントンに帰るつもりよ」まるで野の花でもつもうというような、いたってなにげない口ぶりだった。

湖水付近で人の声が聞こえた。ボンドは立ち上がって、すばやく枝の間からのぞいて見た。男三人に女二人が、テラスに出てきていた。彼らが椅子を引いて、テーブルにつく間、しゃべったり笑ったりしているのが聞こえる。テーブルの上座にあたる、女二人にはさまれた席が空《あ》いていた。ボンドは、望遠鏡を出してのぞいてみた。三人の男は、小柄で色が黒い。なかのひとり、いつもにこにこして、ほかの連中より小ざっぱりした洒落た服を着ているのが、ゴンザレスらしかった。あとの二人は、にぶいちんぴらタイプ。長方形のテーブルの末席に一緒にすわって、話にも口を出していないようだった。女たちは、色の浅黒いブルネット。キューバの安手の売春婦という感じだった。二人とも、派手な水着を着て、金のアクセサリーをやけにピカピカつけている。かわいい小猿みたいに、ケラケラ笑ったりしゃべったりしていた。話し声ははっきり聞こえたが、スペイン語で話していた。

　ジュディがすぐそばにきたのをボンドは感じた。一ヤードばかりうしろに立っている。ボンドは望遠鏡を渡した。

「身なりのいい小男が、ゴンザレス少佐と名乗ってる男だ。テーブルの下座の二人は、ただの用心棒。女たちがだれかは、知らないね。フォン・ハマーシュタインは、まだ出てきていない」ジュディは望遠鏡ですばやく見わたすと、何もいわずにボンドの手にかえした。ボンドは、彼女が見たこの連中こそ、実際に両親を殺した男たちだと知ってるのだろうかと疑った。

　二人の女が、ふりかえって戸口のほうを眺めた。ひとりが、朝の挨拶らしい声をかける。ずんぐりしたごつい男が、はだかに近いなりで日なたに出てきた。テーブルのわきを静かに通りすぎると、芝生に面した石だたみの端にいって、軽く朝の体操らしきものをする。

ボンドは、その男をしげしげと眺めた。背丈は五フィート四インチ。肩つきや腰はボクサーのようだが、そろそろ腹に脂肪がつきはじめている。胸と肩甲骨のあたりは黒い胸毛がびっしり生え、手足も毛深かかった。しかも、それとは対照的に、顔や頭には毛が一本もない。脳天が白っぽい黄色につやつやしていて、後頭部に怪我をしたのか、脳外科手術の名残みたいな深い傷痕がある。顔の骨相は、プロシャ士官にありがちな、四角くてごつくて、押しの強そうなタイプだが、眉毛のないくぼんだ目は、豚のような貪婪《どんらん》さを示し、大きな口のいやらしい唇は、厚くて濡れたようにまっ赤だった。小さくて黒い運動選手のサポーターみたいなものを腰にまとっているだけで、あとは金のバンドの大きな腕時計。

ボンドは望遠鏡をまたジュディにわたした。フォン・ハマーシュタインが、Mの調査書で見たとおりの感じの悪い男だったので、ボンドはほっとした。ボンドはジュディの顔を見た。これから殺そうという男を見てきっと口もとが引きしまる。この娘をどうしたらいいだろう？

彼女がいることによって、やっかいがふえるばかりとしか思えなかった。ボンドの最初からの計画を妨害してまで、弓矢でばかげた役割をはたしたいと、強情をはるかもしれない。ボンドは腹をきめた。彼としては、危ない橋は渡れないので、女の首根っこに軽い一撃を加えて、すべてがおわってしまうまで、さるぐつわでもかまして縛っておこう。ボンドは、そっと拳銃に手をのばした。

　女は無表情のままで、すっと二、三歩あとにさがる。そしてひょいとかがみこむと、望遠鏡を草の上において、弓を拾いあげた。手を背中の矢にのばすと、なにげなく弓につがえる。それからボンドに顔を向けて、静かにいった。「ばかげた考えはおこさないでよ。それにあまりそばによらないで。わたしにはいわゆる広角視覚というのがあるんだから。はるばるわたしがこんなところへきたのは、ロンドンの探偵風情に頭をなぐられるためじゃないのよ。この矢は五十ヤードでもはずしっこないし、百ヤードで飛んでいる鳥を射落としたこともあるんだから。これであんたの脚を撃ちぬきたくはないけど、あんたが邪魔する気なら、やるわよ」

　ボンドは、それまでの優柔不断を呪った。吐き捨てるようにいう。

「ばかな真似はよせ。そいつをおろすんだ。こういう仕事は、男がやることだ。だいたい、四人の男をそんな矢で、どうやって片づけるつもりなんだ？」

　ジュディは、強情に目を怒らした。右足を引いて、弓を射る姿勢をとった。怒りにきっと口を結んだままいう。「地獄へでも落ちればいい。こんどのことには、手を出させないわよ。あいつらに殺されたのは、わたしの父と母なんだから。あんたのじゃないわ。わたしはここに、これでもう一昼夜もがんばってたのよ。あいつらが何をするか、どうすればハマーシュタインに近よれるか、わたしにはわかってる。ほかの連中なんか、どうでもいいわ。あんな手合いは、ハマーシュタインがいなければ、なんでもない屑みたいなものよ。さあ、どっち？」彼女は弓を半分ひきしぼった。矢がボンドの足を狙う。「わたしのいうとおりにするか、それとも、あとで後悔するか。それにこんなことをするのも、だてや酔狂じゃないのよ。この敵討ちは、わたしが心に誓ったこと、だれにも邪魔はさせないわ。どう？」ぐいと頭をそらす。

ボンドは暗い気分で状況を考えてみた。ばかばかしいほど美しくて野性的な娘を、上から下までじっくり眺める。がんこなイギリス人気質が、幼少時を南国で送って唐辛子をきかされたようなものだ。危険な結びつきだ。ヒステリーをおさえているような緊張状態になっている。彼女がボンドには手を出させないつもりなのは、はっきりわかっていたし、ボンドのほうでは、手の出しようもない。向こうの武器は音を立てないが、ボンドの拳銃が火をはいたら、あたり一面に鳴り響いてしまう。いまや残された唯一の希望は、彼女と一緒にやることだけだった。彼女にも仕事を分担させて、あとは自分で片づけるというやり方だけだ。ボンドは静かにいった。「いいかい、ジュディ。もし、どうしてもこの仕事に手を出したいというなら、一緒にやったほうがいい。そうすれば、うまくやりとげて、二人とも生きのびることができるだろう。こういうことは、わたしにとっては商売みたいなものなんだ。わたしはこの仕事を、任務として命ぜられている。しかも、聞きたければいうが、きみの一家に親しいある人からの命令だ。それに、こっちはぴったりの武器を用意してる。少なくとも、きみの弓矢より五倍も射程があるライフルだ。いまだって、いちかばちか、あの裏庭にいる男を殺すことができるかもしれない。ただ、ここからでは、確実とはいえない。だが、水着を着ているやつがいるところを見ると、やつらは湖水のほうにおりてくるかもしれない。そこを狙ってやる。きみは、わたしの援護をしてくれればい い」ボンドはおだてるように、下手《したて》に出た。「そうしてもらえると助かる」

「いやよ」彼女はきっぱりと首をふった。「おあいにくさま。援護射撃とやらは、あんたがやればいい。ああだこうだということはないわ。ただ、やつらが泳ぎにおりてくるというご意見は、当たってるわね」ジュディは話をつづけた。「きのうもあの連中は、十一時ごろみんなでおりてきたの。きょうもあたたかいから、きっとまた泳ぎにくる。わたしはあいつを、湖水ぎわの木の陰から撃つ。きのうの晩、うってつけの場所を見つけといたのよ。用心棒たちは、銃をもっておりてくるわ――トミー・ガンみたいなのをね。そいつらは、水にはいらないのよ。岸にすわりこんで、見はりしてるだけ。わたしは、ハマーシュタインをいつやればいいかを知ってる。用心棒たちが気がつくころには、こっちは湖水の岸から引っこんできているでしょうよ。ちゃんと計画はできてるの。もう時間だわ。いつまでもぐずぐずしていられない。その場所にいってなければならない時間なのよ。お気の毒だけど、あんたはすなおにうんというしかないの」ジュディは弓を二、三インチ上げてかまえた。

ボンドは考えた――。やっかいな女が現われたもんだ。

怒りに満ちた口調でいう。「わかった。ただし、この仕事が無事に片づいたら、一週間はすわれないくらい、尻をひっぱたいてやるからな」そして肩をすくめてみせると、あきらめたように言葉をつづけた。「じゃあ、好きなようにやってくれ。こっちはほかのやつらを引きうける。無事に逃げのびられたら、ここで落ちあおう。うまくいかなかったら、骨は拾いにいってやるよ」

ジュディは弓から矢をはずした。冷やかにいう。「あんたがものわかりがよくてよかったわ。この矢は、刺さったらなかなかぬけないのよ。わたしのことは心配しなくていいけど、ちゃんと隠れててよ。その望遠鏡を太陽の光で光らせるようなへまはやらないようにね」彼女はボンドに、ちらっと憐れむような満足そうな笑顔を見せると、くるりと背を向けて、木立の間をおりていった。

木の幹の間に、しなやかな濃紺の姿が消えるまで、ボンドは見送っていたが、やがて苛立たしげに望遠鏡を拾いあげると、自分の隠れ場所にもどった。あんな女、勝手にすればいい！

つまらないばか女のことなど頭から追い払って、自分の仕事にだけ、すべてを集中すればいい。ほかに、どうしようがある？　何か打つ手があるだろうか？

ジュディに最初の口火を切らせることにしてしまったのは失敗だった。しかも、もしボンドが先に撃ったなら、あの頭に血がのぼった娘が何をするかわからない。この仕事がすんだら、あの娘をどうしてやろうかなどと、のんびりしたことを考えていると、正面の湖畔の家で動きが見えた。ボンドはのぼせた頭をひやして、望遠鏡を上げた。

朝食のあと片づけは二人のメイドがやった。女たちや用心棒の姿は見えない。フォン・ハマーシュタインは、屋外用の長椅子のクッションにそっくりかえって、新聞を読みながら、足もとの鉄のガーデンチェアにまたがるようにすわったゴンザレス少佐に何かいっている。ゴンザレスは葉巻を吹かし、ときどき気どった手つきで葉巻をもつと、体をななめにして、口にはいった煙草の葉を地面に吐き捨てる。フォン・ハマーシュタインの話し声はよく聞こえなかったが、彼の言葉は英語で、ゴンザレスも英語で答えているのはわかった。

ボンドは時計に目をやった。十時半。

目の前の様子は変わりそうもなかったので、ボンドは木によりかかって腰をおろすと、ライフルを細かく点検する。同時に、目前に迫ったやらなければならないことを考えた。

ボンドは、これからやる仕事に気がすすまなかった。イギリスを出たときからずっと、相手がどんなにひどい連中なのか、自分の脳裏に焼きつけようとしていた。ハヴロック夫妻殺しは、とくに恐ろしい殺人だった。フォン・ハマーシュタインとその殺し屋どもは、世界各地の大勢の人間が、いまの娘が願っていたように、復讐の念からだけでも、滅ぼしてやれば喜ぶというようないやなやつらだ。しかし、ボンドにとってはそうではなかった。ボンドには、彼らに対して何ら私的な動機はなかった。これは、ただの仕事——ペスト防疫員がねずみを殺すような仕事だった。ボンドは、社会を代表するMに選ばれた、公僕としての死刑執行人なのだ。

ある意味ではやつらは、スメルシュやその他の敵国の秘密情報部の手先同様祖国の敵なのだと、ボンドは自分自身にいいきかせていた。イギリスに住むイギリス人に宣戦布告して、戦いをしかけ、さらにこれからも攻撃をたくらんでいる。ボンドの心は、決意を固める根拠がもっとないかとさがしもとめていた。やつらは、あの娘の小馬と犬を、蝿でも殺すみたいに無造作に簡単に殺してしまった。やつらは……。

だしぬけに自動小銃の連射音が、谷中に響きわたって、ボンドははっと立ち上がった。ライフルをかまえ、二度目の連射音が聞こえたときには、ボンドはもう狙いをつけていた。しかし、それにつづいて、やかましい笑い声と拍手。かわせみが一羽、青とグレイのみじめな羽のかたまりとなって芝生に落ち、そのままぺしゃんところがっている。まだ銃口から煙の出ているトミー・ガンをもって、フォン・ハマーシュタインは五、六歩芝生のほうに歩き、素足のかかとで鳥を踏みつけて、ぐいと踏みにじった。かかとを上げると、羽毛のかたまりになりはてた死体のそばの草でふく。ほかの連中はまわりに立って、げらげら笑ったり、こびるように拍手したりしていた。

フォン・ハマーシュタインの赤い唇が、楽しそうににやりとほころぶ。百発百中だとでもいうようなせりふを吐いている。銃を用心棒のひとりに渡すと、両手をふとった尻でこすって、女たちに鋭く何かいいつけたのだろう。女たちは家のなかへかけこんでいった。やがて、ほかの連中をしたがえたフォン・ハマーシュタインは、ぶらぶらと湖水のほうへ芝生を踏んでおりていった。女たちが、家のなかからまた走りだしてくる。それぞれ、空のシャンペンボトルをもっていた。口々にしゃべったり笑ったりしながら、二人ははねるような足どりで、男たちのあとを追った。

ボンドは用意した、望遠照準器をライフルに装着すると、木の幹によりかかって足場をきめる。左手を支えるのに都合のいい木のこぶがあった。照準器の距離を三百にして、湖畔の群にだいたいの狙いをつけて向ける。それから、ライフルを軽くおさえたまま、木によりかかって様子をうかがった。

用心棒どもの射撃の腕くらべでもやるらしい。二人とも、銃に新しい弾倉を装着すると、ゴンザレスの命令で、ダムの低い石壁に、飛び込み台をはさんで、二十フィートばかりはなれて位置をしめた。どちらも湖水に背を向けて、銃をかまえて待っている。

フォン・ハマーシュタインは芝生の端に立ち、両手に一本ずつ空のシャンペンボトルをぶらさげている。女たちはそのうしろで、両手で耳をふさいでいた。興奮したようなスペイン語のがやがやいう声。そして笑い声。二人の用心棒は、笑い声は立てていなかった。

望遠鏡で見ると、ともに緊張した顔をしている。

フォン・ハマーシュタインが、一声吼えた。しーんと静まりかえる。両腕をうしろにふりながら、ハマーシュタインは数を数えた。「いーち、にっ、さんっ！」

「さん」という声と同時に、彼はシャンペンボトルを湖水の上に高くほうりあげた。

用心棒たちは、あやつり人形みたいにくるりとふりかえる。銃は腰にぴたりとかまえたままだった。まわりきったとたんに、二人の銃が火をはいた。

雷鳴のような銃声が、平和な光景をつんざいて、湖面からはね上がる。林から小鳥たちが、鳴き声を上げてざっと飛び立ち、小枝が何本か、弾丸に折りとばされて、バラバラと湖面に落ちた。左側のボトルは、粉々にくだけて消えてしまった。右のボトルは、一発当たっただけで、左側のより一秒の何分の一か遅れて、ふたつに割れた。ガラスの破片が、小さなしぶきを上げて湖水のまんなかに落ちる。左側の用心棒のほうが勝ちだった。

二人の銃の煙が、からみあって芝生の上をただよっていく。静寂のなかを、遠くでこだまが、やわらかく鳴りかえす。二人の用心棒は、石壁にそって芝生のほうにもどった。うしろのやつは、憂鬱そうだし、前のほうのやつは、したり顔でにやにやしている。

フォン・ハマーシュタインは、二人の女を前に呼びだした。女たちは、すねたように、しぶしぶ出てくる。フォン・ハマーシュタインが何かいう。勝ったほうのやつに何か聞いているのだ。聞かれた男が、左側の女のほうにうなずいて見せる。女はむっつりと男を見かえした。ゴンザレスとフォン・ハマーシュタインは、腹をかかえて笑った。

ハマーシュタインが手を伸ばして、牝牛でもあつかうように女の尻をたたいた。ハマーシュタインが「ひと晩だけだぞ」とスペイン語でいうのが聞こえた。女は彼を見上げて、すなおにうなずく。集まっていた一同が、ばらばらになった。

ほうびにされた女は、すばやく駆けだして湖水に飛び込んだ。勝負に勝った男から、逃げてしまうつもりだろう。もうひとりの女もあとを追った。二人は、きゃあきゃあと呼びかわしながら、湖水を泳ぎわたっていく。ゴンザレス少佐は、上着を脱いで草の上に敷くと、その上に腰をおろした。肩に拳銃ケースを吊っている。中口径の自動拳銃の柄が見えていた。彼は、ハマーシュタインが時計をはずし、ダムの飛び込み台にいくのをじっと見守っていた。

二人の用心棒は、湖岸からさがったところで、フォン・ハマーシュタインと二人の女を見守っていた。女たちは、もう小さな湖水のまんなかあたりに出ていて、対岸に向かって泳ぎつづけている。

用心棒たちは銃を腕にかかえて立ち、そのひとりがときどき庭を見まわしたり、家のほうをふりかえって見たりするのだった。

ボンドも、それを見てフォン・ハマーシュタインが、無事にこれまで生きのびてこられたのも当たり前だと思った。とにかく、生きのびるためには、それだけの用心をする人物なのだ。

フォン・ハマーシュタインは飛び込み台についていた。台の端までいって、そこでじっと水のなかを見つめる。ボンドはさっと緊張して、ライフルの安全装置をはずした。鋭く瞳をこらす。いまにも、はじまるかもしれない。引金の用心鉄にかけた指が、むずむずする。あの娘は、いったい何を待ってるんだ？

フォン・ハマーシュタインは、飛び込む決心をしたらしい。軽く膝を曲げて、両腕をうしろに引く。望遠照準器で、ボンドには濃い胸毛が微風に揺れるのまで見えた。ざわざわと湖面に小さな波を立てる微風だ。その腕が前に出て、足は飛び込み台をはなれたが、体はまだまっすぐという一瞬。

一秒の何分の一という、短いその一瞬を狙って、ピカリとその背に銀色の矢が走り、つぎの瞬間には、フォン・ハマーシュタインの体は、見事な飛び込みの姿勢で水面に落ちていた。

ゴンザレスは立ち上がっていた。飛び込みで乱れた水面を心配そうにのぞきこんでいる。口をぽかんとあけて、待っているだけだった。いま、自分が何かを見たのかどうか、はっきりわからないようだった。

二人の用心棒のほうが、もっとはっきり気がついたようだった。二人とも銃をかまえている。

前かがみの姿勢になって、ゴンザレスからダムのうしろの木立に目を向け、命令を待っているのだった。

ゆっくりと水のざわめきが静まって、波紋が湖面にひろがっていく。深い飛び込みだ。ボンドは口のなかが、からからになってきた。唇をなめ、望遠鏡で湖面をのぞく。底のほうが、ピンクにちらちらしているようだった。それがしだいにわき上がってくる。ぽかりと、フォン・ハマーシュタインの体が水面に現われた。頭を下に、静かに浮かんでいる。一フィートばかりの鋼鉄の矢が、左の肩甲骨の下からつき立っていて、陽光がそのアルミの羽根をキラリと光らせる。

ゴンザレス少佐が大声で命令すると、二挺のトミー・ガンがうなりを上げ、火をはいた。ボンドの耳にも、下のほうの木立に、バリバリと撃ちこまれる弾丸の当たる音が聞こえてくる。ボンドの肩に当てたライフルがブルンと身ぶるいひとつ。右手の男が、ゆっくりと前のめりに倒れた。

もうひとりの男は腰だめ射撃をつづけながら、湖水のほうに走っていく。ボンドはそっちを狙って撃ったが、はずれた。もう一発。

男はガタンと膝を折ったが、勢いにのってそのまま前につんのめって、湖水に飛び込んでしまった。握りしめた指が、引金を引きっぱなしだったらしく、青空に向かって弾丸をまき散らしていたが、やがて銃が水のなかへ沈んで、それもおしまい。

一発はずれたために、数秒の無駄な時間があったので、これがゴンザレス少佐にチャンスをあたえてしまった。彼は、先に倒れた用心棒の死体の陰に行くと、そのトミー・ガンをとって、ボンドのほうに撃ちかえしはじめたのだった。ボンドの姿を見つけたのか、それともライフルの銃口の火だけを頼りに撃ってきているのか、いずれにしても、いい腕だった。

トミー・ガンの弾丸が、ブスブスと楓の幹に刺さり、枝のかけらがボンドの顔にふりそそぐ。ボンドも二発撃った。だが、倒れた用心棒の死体が痙攣しただけだった。狙いが低すぎた！

弾丸をこめなおして、あらためて狙いなおす。相手の弾丸で折れた枝が、ボンドのライフルの上に倒れかかってきた。ボンドは枝をはらいのけた。

だが、そのときには、ゴンザレスは立ち上がって、庭椅子のほうへかけだしていた。ボンドのライフルが、その足もとの芝生を二カ所ばかりはねあげたときには、彼は鉄の庭テーブルをひっくりかえして、その陰に隠れてしまった。

この堅固な盾《たて》に隠れてからは、向こうの狙いは前より正確になってきた。ゴンザレスの銃がたてつづけに火をふく。

テーブルの右から撃ってきたかと思うと、こんどは左から……。

ボンドのほうで、白い鉄のテーブルにカーンと一発音を立て、もう一発は芝生の上をビューンと遠くへ弾丸を流してしまう間に、楓の木はたてつづけにトミー・ガンの弾丸をあびていた。

視野のせまい望遠照準器で、テーブルの端をあっちこっち狙いを変えるのは、容易なことではなかったし、ゴンザレスは、位置を変えるのにも巧妙だった。ボンドのすぐ脇やすぐ上の幹に向こうの弾丸が何度も刺さる。

ボンドはしゃがみこんで、すばやく右に走った。何もない牧草の原から、ゴンザレスの不意をついて、立ち撃ちで撃ってやろうと思った。しかし走りだしてから、ゴンザレスも鉄のテーブルの陰からとびだしたのが目にはいった。向こうも、膠着《こうちゃく》状態にけりをつけようと思ったらしい。

ゴンザレスは、ダムに向かって走っていた。そちら側から木立にはいり、木立をぬけてボンドを追い出そうというのだ。ボンドは足を止めると、さっとライフルを上げてかまえる。ゴンザレスも、そういうボンドに気がついた。彼はダムの上に片膝をつき、ボンドに向けてバラバラと連射してくる。ボンドは弾丸の音を聞きながらも、冷静に狙った。

照準器の十文字の中心を、ゴンザレスの胸に。引金を引く。ゴンザレスの体がゆれた。立ち上がりかけて、両腕を上げ、空に向かって弾丸をばらまきながら、不格好に顔から水にのめりこんでいった。

ボンドは、顔がまた出てくるのではないかと気をつけて見ていたが、出てこなかった。

ゆっくりとライフルをおろすと、ボンドは腕で顔をこすった。

こだまが谷じゅうに轟きかえる。大勢の人間の死のこだまだ。右側の湖水の向こうの木立のなかを、家のほうにかけてくる二人の女の姿がちらっと見えた。黒人のメイドたちが、州警察に連絡しているだろうが、もしまだだとしても、すぐに女たちが電話するだろう。引きあげる潮どきだ。

ボンドは草原をぬけて、さっきの楓のところへもどった。娘もそこへきていた。ボンドのほうに背を向け、幹によりかかっている。頭を腕でかかえて、木につっ伏している。右腕から血が流れて、地面にたまっていた。濃い緑のシャツの腕に、黒いしみ。肩がふるえていた。

女の弓と矢は、足もとにころがっていた。ボンドはうしろによって、抱きかかえるようにふるえる肩に腕をかけた。

静かに口をひらく。「落ちつくんだ、ジュディ。もう、すっかり片づいた。腕はどう?」

ジュディは顔を隠したまま、こもったような声でいった。「なんでもないわ。何かが当たったのよ。それより、こわかった。あんな——あんなこわいものとは、思わなかったわ」

ボンドは力づけるように、腕をつかんだ。「やらなければならないことだったんだ。あしなければ、きみがやられていた。あの連中は、プロの殺し屋だ。最低最悪のやつらなんだ。だから、こんなことは男のすることだといったろ? さあ、その腕を見よう。もう出かけないと——国境を越えるんだ。すぐに州警察がとんでくるからね」

ジュディはふりかえった。野性的なかわいい顔が、汗と涙で縞になっている。グレイの目は、いまはおだやかで、すなおだった。「やさしいのね。わたしがあんなことしたのに。どうかしてたのよ、わたし」

ジュディは腕を出した。ボンドは彼女のベルトの山刀をとると、袖を肩から破る。筋肉を横にえぐった、血の流れている傷があった。ボンドは自分のカーキ色のハンカチを出すと、三つに裂いてつなぎ合わせた。傷口をコーヒー割りバーボンできれいに洗うと、雑嚢から厚いパンのひと切れを出し、傷にそれを当ててしばった。

彼女の袖を縦にふたつに裂くと、うしろにまわして、首のうしろで結び目を作る。唇がボンドの唇から二、三インチのところにあった。ジュディの体は、あたたかい野獣のような匂いがした。ボンドはその口に、そっと接吻すると、もう一度、はげしい接吻。グレイの目をまぢかにのぞきこんだ。その目はびっくりしたようで、うれしそうだった。もう一度目の両端にキスすると、唇がゆっくりとほころぶ。

ボンドは笑顔を見せて、ジュディの体からはなれると、そっと傷ついた右腕をとって、袖で作った吊り紐にかけてやった。ジュディはすなおにいった。

「わたしをどこへつれてってくれるの？」

「ロンドンへ連れていくよ。きみに会いたいというじいさんがいる。だが、その前にカナダに潜入しなきゃならない。オタワの知人に、きみの旅券手続きをちゃんとやってもらう。着るものや何かも買わなきゃならないな。それに、二、三日はかかるだろう。コージー・モーテルというとこに泊まるんだよ」

彼女はボンドを見た。別人のように、やさしい声でいう。「すてきだわ。わたし、モーテルって泊まったことないのよ」

ボンドはかがみこんで、ライフルと雑嚢をとりあげ、肩にかけた。彼女の弓と矢筒を拾いあげて、反対側の肩にかけると、まわれ右して草原を登りはじめる。

ジュディもうしろにつづいた。歩きながら彼女が、髪を束ねていた草とリボンをとると、金髪がはらりと肩にたれかかった。

危険

「こういう話は、たいへん危険が多くてね」茶色の濃い口ひげを通して、静かにこの言葉がでてくる。鋭い黒い目が、ゆっくりとボンドの顔から、丹念に紙マッチを細かく破りすてているボンドの手にうつる。マッチにはアルベルゴ・コロンバ・ドオロと印刷してあった。ジェームズ・ボンドは、調査でもされているような気がしていた。二時間前、エクセルシオ・バーでこの男と落ちあってから、ずっと、こんなふうにひそかに調べられどおしだった。ボンドは、そのバーでひとりでアレキサンドラを飲んでるはずの、大きなひげの男をさがせといわれてきたのだった。ボンドはこの秘密の目印を愉快がっていた。たたんだ新聞を小脇にはさむとか、襟に花をさすとか、黄色い手袋をはめるというような、スパイ同士の大げさな合印より、とろりとした女性向けカクテルを目印にするほうが、ずっと気がきいている。それに、頭を押さえられずに、ひとりで活動できるというのもたいへんありがたい。

クリスタトスは、まずちょっとしたテストからはじめた。ボンドが酒場にはいって、店を見まわしたとき、店には客は二十人ぐらいいたが、口ひげをはやした男はひとりもいなかった。しかし、天井の高いシックな店の奥のテーブルに、オリーヴの実の小皿とカシュー・ナッツの小皿にはさまれるように、クリームとブランデーのカクテルの脚の長いグラスが立っていた。

ボンドはまっすぐそのテーブルにいき、椅子を引きだして腰をおろした。

ボーイが来ていった。「いらっしゃいませ。クリスタトスさんはいまお電話で」

ボンドはうなずいた。「ネグロニを。ジンはゴードンにしてくれ」

ボーイはカウンターにもどった。「ネグロニひとつ。ゴードンをつかって」

「これは失礼」毛むくじゃらの手が、小さな椅子をまるでマッチ箱みたいに軽々とあつかい、重い尻の下に当てた。「アルフレドと電話で話があったんでね」握手はしなかった。傍目には、古い仲間のように見せているのだ。おそらく、同じ職業の人間にちがいない。貿易かなにかだろう。若いほうはアメリカ人いや、あの服ではイギリス人だな。

ボンドは、すばやくこの初球を打ちかえす。

「あれのせがれはどうだね？」

クリスタトスの黒い目が、じっとボンドを見つめた。たしかにこいつは素人ではないな、とその目がいっている。両手をひろげて見せる。「あいかわらずだろう。どうかしちまうようなことでも？」

「小児麻痺は恐ろしいからな」

ネグロニがきた。二人はゆったりとすわりなおした。互いに、同じ穴のむじなという安心感があった。こういうゲームでは珍しいことだった。たいていの場合、この手の協同の仕事では、出発しないうちに結果に対して自信をなくしてしまうことが多い。少なくともボンドの想像では、最初の出会いからキナくさい匂いがしていることがよくあるはずだった。まず、化けの皮のまわりからブスブスくすぶりはじめる。そのうちにいぶっていた布地が燃え上がるみたいに、馬脚を現わす。そこでゲームはおしまい、手を引くか、だれかに弾丸を食らわされるのを待つことになるのだ。ところが、こんどの場合、その心配はなさそうだ。

その夜おそく、スペイン広場のはずれのこのコロンバ・ドオロという小さなレストランまで一緒にきたのだが、自分がまだ試されているらしいのがボンドはおもしろかった。クリスタトスは、いまだにボンドを観察し、値踏みし、信用しようかどうしようか迷っているのだった。しかし、こういう話は危険が多いとクリスタトスがいったことは、とにかく、取引の見こみがあると認めたようなものだ。

ボンドのほうでも、心からクリスタトスを信用していたわけではなかったが、たしかに相手のこの用心ぶりは、Mの勘がはずれてはいなかった証拠だろう。つまり、クリスタトスは何か大きなことを知っている。

ボンドは破いた紙マッチの最後のひときれを灰皿に捨てて、おだやかにいった。「一割以上のもうけが上がるとか、夜の九時以後に商談しようって話が危険だということは、聞いてるがね。われわれの仕事は、もうけが十割で、しかも取引は夜にかぎられてる。どう考えても、危ないことにはちがいない」ボンドは声をひそめた。「資金はあるんだ。ドルでもスイス・フランでもベネズエラのボリヴァでも——どれでもかまわない」

「そいつはよかった。こっちはイタリアのリラはありあまってるんでね」クリスタトスは大判のメニューをひろげた。「だが、その前に何か食おう。空《す》きっ腹では大きな取引はできないからな」


それより一週間前——。

ロンドンの秘密情報部で、ボンドはMに呼びだされていた。Mは機嫌が悪かった。「007号、手はふさがってるか？」

「書類仕事だけです」

「書類仕事だけとは、どういう意味だ？」Mはパイプの柄を、書類のつまった未決箱に向けていった。「書類仕事のない人間がいるか？」

「つまり、何も動きまわる仕事がないということです」

「それなら、そういえ」Mはテープでひとまとめにした、赤い表紙のファイルの一束を手荒く机の上に押してよこした。ボンドがうけとめなかったら、おっこちてしまうくらいの勢いだ。——「こいつもまた、書類だ。ほどんどが警視庁の——麻薬取締班のな。内務省と厚生省からのもあるし、この部厚いやつはジュネーヴの国際阿片取締機構からのだ。こいつをもっていって読むんだ。きょう一日とおそらくは夜もほとんどはつぶれるだろう。あすはローマに飛んで、この大物どもを追いつめる。わかったな？」

ボンドは、了承した。

同時に彼は、Mの機嫌が悪いわけもわかった。Mがなによりも腹を立てるのは、部下を本来の仕事以外に使わせられることだった。秘密情報部の本来の仕事は、スパイ活動と必要があれば妨害や破壊活動。それ以外の仕事は、人員とやせ細っていく資金の濫用と考えていた。

「質問はあるか？」Mはぐいと船のへさきみたいに顎をつきだしていった。まるで、ファイルをもってとっとと消えうせろ、自分にはもっと大事な仕事があるんだ、といわんばかりの顎つきだ。

ボンドにはこれが芝居——少なくともごく一部は芝居だということはわかっていた。Mもたしかにある種のことにはカッとなることがあった。部内でもそれは有名で、M自身それを承知していた。しかし、だからといって癇癪《かんしゃく》がおさまるものでもない。なかでも一番Mが腹を立てるのは、情報部をおかどちがいの仕事に使われることだ。ほかのものほしそうな情報機関と、はっきり一線を画しておきたいのだ。ほかにもMの癇癪の種はいろいろあった。頬ひげを生やした男や、完全に二カ国語以上しゃべる人間は、絶対に雇わないという奇癖も、そのあらわれだし、閣僚との血縁などで押しをきかそうとする人間はすぐに首にしてしまう。身なりが派手すぎる人間は、男でも女でも信用しない。勤務時間外にも彼を「サー」とよぶような人間も信用しなかった。スコットランド人はひどく信用していた。しかし、Mがこの自分の固定観念を皮肉な思いで自覚していることは、チャーチルやモンゴメリーと同じだとボンドは考えていた。Mの空《から》いばりは、ひとつにはだれに対してもそうなので、ボンドもいつも平気だった。それに、Mはボンドを、納得のいかない任務に出すようなことは決してないだろう。

ボンドは、こういうことをすっかり承知しているので、おだやかにいった。「ふたつありますす。なぜこんな仕事を引きうけるのか、支局がかかわりがあるとすれば、どうしてこんなことにかかわりあうようになったかということです」

Mは苦い顔をして、じろりとボンドを見た。ぷいと椅子をまわすと、大きな窓から、十月の空に刷毛《はけ》ではいたような高い雲を見上げる。パイプをとって、激しくふかしていたが、それで少しは癇癪がおさまったらしく、そっとパイプをおいた。次に口をひらいたときは、なんとか落ちついた口調になっていた。

「007号、きみにも想像はついているだろうが、わたしはこの秘密情報部が、こんな麻薬事件などに引っぱりだされるのが気にくわんのだ。今年の春にも、きみをメキシコにやって、例のメキシコ人の麻薬栽培者を追いつめさせた。あのときだって、きみはすんでのところで命を落としかけた。あれも、警視庁特別部からの頼みで、やむなくやったことだった。こんどもまた、イタリアの麻薬ギャングのことで、きみの手を借りたいといってきたが、わたしは断ったんだ。ところが、ロニー・ヴァレンスは、内務省や厚生省と協力して、からめ手からきた。大臣たちから押しつけてこようとしたが、きみは手がふさがってるし人手はさけないと断ったんだ。ところが、二人の大臣が首相のところへ泣きついた」Mはひと息ついた。「これではもう否応なしだ。それに、首相もなかなかこっちの泣きどころを心得ててな。ヘロイン密輸の量を考えてみるとこれは心理戦だというんだ。国力を弱めようとする意図があるとな。ただの大儲けを狙ったイタリア・ギャングのしわざではなくて、陰で糸を引いとるものがあっても不思議はないとな」Mは苦笑いした。

「どうやら、いま考えると、ロニー・ヴァレンスが考えたせりふらしい。とにかく、麻薬取締班は、その根を絶とうとやっきになってたらしい。アメリカみたいに、ティーンエイジャーにまで麻薬中毒がひろがる前に食いとめようとしてな。どうも、ダンスホールとか娯楽街には、麻薬の密売者がうようよしとるらしい。警視庁の極秘捜査班が、やっとそのルートに食いこんで、中継ぎのひとりまでたどりついたんだ。薬がすべてイタリアから、イタリア人の旅行者の車に隠れてはいってくることもわかった。ヴァレンスも、イタリア警察とインターポールに連絡して、打てるだけの手は打ったんだが、どうにもならん。ルートをさかのぼって、手先のザコはつかまるのだが、もう少しで核心にせまろうというとところで、いつも行き止まりなんだ。中枢部のやつらは、仲間同士の制裁がこわいのか、報酬がよすぎるのか、なかなか尻尾を出さないんだ」

ボンドが口を出した。「どこかの国が後押ししてるんですね。モンテシの麻薬組織は、そうはいきませんでしたからね」

Mはじれったそうに肩をすくめた。「そう、そうかもしれん。そのつもりで気をつけねばならんだろう。だが、わたしの感じでは、モンテシ事件のおかげでだいぶきれいになってるはずなんだがな。とにかく、首相にやれといわれて、ふとワシントンと相談してみる気になってな。中央情報局《CIA》はとても協力的だった。麻薬取締局がイタリアにひと班潜入させてるのは知ってるだろう。戦争以来、そのままなんだ。中央情報局とは無関係で、これはよりによってアメリカの財務省の管轄なんだ。アメリカの財務省は、麻薬密輸と贋札《にせさつ》を追ういわゆる秘密警察を指揮している。まったく、とんでもない機構だよ。連邦警察がどう思ってるのか、ときどき不思議に思うことがあるがね。とにかく」Mは窓に向かっていた椅子をゆっくりとまわしてきた。両手を頭のうしろで組み、そりかえって、デスクごしにボンドを眺める。

「問題は中央情報局のローマ支局が、この小さな麻薬取締班と、とても緊密に協同してきたということだ。まあ、互いに縄張りを荒しあわないために、それが必要だったんだろう。それに中央情報局では――じつはアレン・ダレスからじかに聞いたんだが――連中が使っている麻薬取締官の役に立つ手先の名前を教えてくれた。どうも、二重スパイみたいなやつらしいんだがね。本人も、表むきをごまかすため、ちょっとばかり麻薬密輸をやってるんだ。クリスタトスという男だ。ダレスの話では、こんどの事件に、どんな形であれ部下をまきこむことはできないし、財務省のほうでも、ローマ支局がこっちとあまり密接に働くことは歓迎せんだろうというんだ。だが、よかったらそのクリスタトスに、こっちの人間がひとり――その、腕ききがひとり、仕事のことで連絡に行くと伝えてもいいといってくれた。わたしも、それは願ってもないことだといって、あさってその男と会う段どりがついたと、きのう返事をもらったんだ」Mはボンドの前のファイルに手をふって見せた。「くわしいことは、それを読めばすっかりわかるだろう」

部屋のなかが静かになった。いやな話、おそらく危険で汚い仕事になると思われるこの話を、ボンドは全体にわたって考えてみた。この〝汚い仕事〟という点を考えながら、ボンドは腰を上げてファイルをとった。「わかりました。金がかかりそうですね。その密輸を止めるのに、いくら使うんです?」

Mは椅子を前にすすめた。デスクの上に並べて両手をひろげて置く。荒い口調でいった。「十万ポンドだ。どこの国の通貨でもいい。首相の出した金額だ。だが、きみに怪我をしてもらいたくはない。他人の石炭を火のなかから拾うようなことは絶対にするな。あまりやっかいなことになったら、もう十万ポンドぐらい要求してもいいんだ。麻薬というやつは、犯罪のなかでも一番大きな堅い組織をもっているからな」Mは未決書類の籠に手を伸ばし、電報のファイルをとった。顔も上げずにいう。「気をつけてな」

クリスタトスはメニューをとりあげていった。「ボンドさん、まわりくどいいい方はやめよう。いくら出す？」

「百パーセントうまくいったら、五万ポンド出そう」

クリスタトスは冷やかにいった。「ふむ、ちょっとした額だな。生ハムとメロン、それとチョコレート・アイスクリームにしよう。夜は軽くすますことにきめてるんだ。この店には、自家製のキャンティがある。おすすめするね」

ボーイがきて、イタリア語で短いやりとり。ボンドはジェノバ風ソースあえのほうれん草入りタリアテッリを注文したが、クリスタトスは、そのソースはバジルとにんにくと松の実を混ぜたものだと、うさんくさそうにいった。

ボーイがさがると、クリスタトスはだまって楊枝《ようじ》を噛んでいる。その顔は、まるで嵐の前のように陰気でむっつりしていた。黒いすごみのある目、ギラギラと落ちつかない様子で、店のなかを見まわす。ただ、ボンドのほうにだけ向けようとしないのだ。ボンドは、このクリスタトスが、だれかを裏切ろうかどうしようか迷っているのだと思った。ボンドははけしかけるようにいう。「場合によっては、もっと出すかもしれない」

クリスタトスは腹をきめたようだった。「そうかね？」というと、椅子を引いて立つ。「失礼、ちょっとトイレへいってくる」くるりと背を見せると、さっさと店の奥のほうへ行ってしまった。

ボンドは急に空腹と喉のかわきをおぼえた。キャンティを大きなグラスについで、半分をひと口に飲む。パンをちぎって、黄色いバターをぶあつく塗りつけてほおばる。ボンドが考えていたのは、なぜうまいパンは、フランスとイタリアだけにしかないんだろう、ということだけだった。あとはただ待つだけ。クリスタトスを信用して待つだけだった。クリスタトスは、アメリカ人に信用されている確かな男なのだ。おそらくいま、意を決してどこかに電話してるのだろう。ボンドは気分をよくして、窓の外の人通りを眺めていた。

政党の機関紙を売る男が自転車で通った。ハンドルの前の籠から、三角の旗をはためかせている。白地に赤で「進歩——賛成！　冒険——反対！」と書いた旗だ。ボンドはにやりとした。そのとおりだ。こんどの仕事もずっとそれでいこう。

真四角であまり飾り気もないこの店の、反対側にある帳場の隅のテーブルで、表情ゆたかな口をした肉感的な金髪の女が、ロープのようなスパゲッティを皿からかきこんでいる陽気な男にいっていた。「あの男、笑った顔にすごみがあるわ。だけど、相当な色男よ。スパイに色男なんて、めったにいないわ。間違いないの、わたし《マイン》の小鳩ちゃん《タツプヒエン》？」

男はスパゲッティのロープを食い切った。トマトソースですでに染みになっているナプキンで、口のまわりをふくと、派手にげっぷをしていった。「こういうことにかけては、サントスはへまをやったことがないんだ。あいつは、スパイの匂いには鼻がきく。だから、おれは、クリスタトスの野郎の尾行にあいつをつけといたんだ。それに、スパイでなかったら、だれがクリスタトスの豚野郎とひと晩つきあうもんか、だが、念には念をいれようぜ」男はポケットから、クリスマスに紙帽子や笛なんかと一緒にもらう、クラッカーを出して、パーンと鳴らした。店の反対側にいた支配人が、やりかけていたことをやめてとんでいく。「どうかなさいましたか?」

男が手まねきする。支配人はそのそばに耳をよせ、声をひそめた指令をうけた。こくりとうなずくと、調理場のそばの事務所と書いた戸口にいき、なかにはいってドアをしめる。すでにさんざん稽古をつんだ手順が、これから一歩一歩、手ぎわよく進められていくのだった。帳場のそばでスパゲッティを食べていた男は、チェスのゲームが進むのを観戦するように、ひとごとみたいにその進行を見ている。

まず支配人が事務所から出てきて、急いで店の反対側にいき、ボーイ頭に大声でいう。「四人様のお席を大至急だ」ボーイ頭が支配人の目を見つめて、うなずく。支配人のあとについて、ボンドのテーブルの隣にくると、パチンと指を鳴らして手伝いのボーイを呼び、ぺこぺこ頭をさげてわび言をいって、あっちこっちのテーブルから、椅子をひとつずつ借り集める。ボンドのテーブルからも、あまった椅子をひとつもっていった。最後のひとつの椅子は、その間に支配人が事務所のほうからはこんできていた。四つの椅子がきちんとそろって、そのまんなかにテーブルがはいる。テーブルにも四人前のナイフやフォークが並ぶ。ここで支配人が眉をひそめていった。「なんだ、四人分用意しちまったのか？　おれは三人といったんだぞ——三人様のお席だ」支配人はそういって、なにげなく自分が事務所からはこんできた椅子を、ボンドのテーブルに戻した。ボーイたちに、もういいと合図の手をふると、それぞれ自分の持ち場に散っていく。

いたって罪のない、ささやかなレストランの騒ぎは、一分ばかりで片がついてしまった。なんでもなさそうなイタリア人の三人連れの客がはいってくる。支配人はわざわざ挨拶に出ていき、ぺこぺこしながら、一行を用意できたばかりのテーブルに案内する。

これで、お膳立てはそろった。

ボンドは、そんなことには気がつきもしなかった。クリスタトスが用事をすませて帰ってくる。料理がきて、二人は食事をはじめた。

食べながら二人は、愚にもつかないことをしゃべっていた。イタリアの選挙の話、最新型のアルファ・ロメオの話、イタリアの靴とイギリスの靴の比較。クリスタトスはよくしゃべった。彼はあらゆることの内情に通じているようだった。しかも、それをただのハッタリに聞こえないように、用心深くしゃべる。独特の英語をしゃべり、ときどきほかの言語を借用する。それが、いきいきとまざっているのだった。

ボンドはこの男に興味を抱き、おもしろいと思った。しぶとく内ぶところに食いさがっていく、役に立つ男と思えた。アメリカの情報組織が、この男を高く買っているのも不思議はない。

コーヒーがきた。クリスタトスは黒く細い葉巻に火をつけ、葉巻をくわえたましゃべる。うすい唇にくわえた葉巻が上下にゆれた。

両手をぴたりとテーブルの上につき、その間のテーブル・クロスをじっと見つめながら、クリスタトスは静かにいった。「この話に、のることにした。いままではアメリカ人しか相手にしなかったが、いまから話すことは、アメリカ人にも話していない。そんな要求もなかったからな。その組織というのは、アメリカ向けじゃない。アメリカに送ることは厳禁されてる、イギリスだけが目当ての組織なんだ。わかるかね？」

「わかる。なんでも縄ばりってものがある。こういうものでも、たいていそうだ」

「そのとおり。ところで、情報を渡してしまう前に、商売人らしく話をちゃんときめとこう。いいかね？」

「もちろん」

クリスタトスは、さらにしげしげとテーブル・クロスをにらんだ。「アメリカのドルで一万ほしい。小額紙幣で、あすの昼までにだ。あんたがその組織をぶっつぶせたら、あとで二万」クリスタトスは、ちらっと目を上げて、ボンドの顔色をうかがった。「そう欲ばるつもりはない。そっちの資金を全部よこせといってるわけじゃない。そうだろう？」

「値段はけっこうだ」

「よろしい。第二の条件。情報をどこで仕入れたかは口外しないこと。たとえ拷問にあってもだ」

「当然の条件だな」

「第三。その組織の首領は悪党なんだ」クリスタトスはひと息ついて顔を上げた。黒い目が赤い怒りに燃えている。葉巻をくわえた歯をむき出して彼はいった。「そいつを片づける――殺すこと」

ボンドはすわりなおした。わずかにテーブルに乗りだして、返事を待っている相手の顔を、不思議そうに見る。ははあ、どうやら読めてきたぞ！　そうか、この男は私怨をはらそうというんだ。クリスタトスは、ボンドを殺し屋がわりに利用したいという腹もあるに違いない。しかも、殺し屋に金を払うのでなく、殺させてやるからと、殺し屋から金をとろうというのだ。うまい手だ！　この策士は大芝居を打つつもりだ――秘密情報部を使って、私怨をはらそうというわけだ。

ボンドは静かにたずねた。「なぜ、殺さなければならないんだ？」

クリスタトスは冷やかに答えた。「よけいな質問をしなければ、つまらん嘘も聞かずにすむってことわざがある」

　ボンドはコーヒーを飲んだ。大きな組織犯罪では月並みなことだ。氷山の一角しか見えないが、陰ではいくらでもあることなのだ。

　ボンドにはどっちでもいいことだった。この仕事をやれといわれて彼はきているのだ。仕事がうまくいってだれかが得をしたところで、Mももちろん、だれもなんとも思うまい。

　それに、ボンドはその組織を破壊するよう命令されてきているのだから、その頭目とかいう男が組織そのものだったら、Mの命令にしたがえば、その男を殺すことになるだけだ。

「かならず殺すと約束はできないな。ただ、ひとつだけいえることは、向こうがこっちを殺そうとすれば、殺してやるということだけだ」

　クリスタトスは楊枝をとると、袋を破いて、楊枝で爪の間を掃除しはじめた。片手の爪の掃除がすむと、顔を上げていう。「あやふやな賭けはやったことがないんだが、こんどだけは仕方ない。それに、金を払ってくれるのはそっちで、こっちが払うわけじゃないんだからな。そうだろ？　情報をやろう。あとはひとりでやってくれ。こっちはあしたの晩、カラチへ飛ぶ。向こうで大事な用があるんだ。だから、情報をやる以外は、こっちは何も手は出せない。あとは全部そっちの仕事で――」汚い楊枝をテーブルに投げだすと、クリスタトスはいった。「こっちは、ケ・セラ・セラ《なるようになってくれ》だ」

　クリスタトスは、さらにボンドのほうに椅子をよせた。静かな早口でしゃべる。その話は、日付や人名もきちんといれてあったし、途中でつかえることもなく、またよけいな細かいことに、時間をとられることもなかった。短いが実《み》のある話だった。

いま、この国には二千人のアメリカ・ギャングがいるというのである。イタリア系アメリカ人で、罪を犯して国外追放になった連中だ。この連中がじっとしていないので、警察でも一番手を焼いている。皆用心して、この連中を正業に雇おうともしないからだ。

なかでも、しぶといのが百人ばかり、金を集めて小さな組織を作り、腕ききをベイルートやイスタンブール、タンジールやマカオにやっているという。いずれも世界的な密輸の中心地だ。このほかにも、もっと大勢のこういう手合いが、その密輸屋の手先となって活躍している。大小のボスどもは、ミラノあたりで、名目だけは堅気のささやかな薬局などをひらいているのだ。つまり、薬局をよそおったボスどもを中心に、ひろがった手先たちから、阿片やそれに類するものが密輸されてくる。

密輸ルートは、地中海を横断する小型機や、イタリア系航空会社の飛行機の乗務員の一団、さらに毎週定期的な供給源として、オリエント急行が使われているのだ。イスタンブールの列車清掃夫が買収されていて、客車一台分ぐらいに、椅子に阿片をしこんでくる。ミラノのコロンボ薬局が、その集積所の中心であり、また阿片からヘロインを精製する工場になっていた。ミラノからイギリスの中継の男たちには、いろいろな自動車にしこんで送られるという。

ボンドはそこで、口を出した。「イギリスの税関は、そういう密輸品を見つけるのは巧みだ。車には税関で気がつかないような隠し場所は、そう多くはないはずだが。どこへ隠して送るんだ？」

「予備タイヤだ。タイヤ一本で、二万ポンド相当のヘロインが隠せる」

「それで、つかまったことはないのか？　ミラノへもちこむ途中とか、あるいはイギリスへ送るところで」

「それはつかまってるさ。それも一度や二度じゃない。だが、こいつらの手先どもは、よく仕こまれているし、それにしぶといんだ。口は決して割らない。有罪ということで刑務所にいれられても、服役一年当たり一万ドルずつ、親分のほうから手当がもらえる。世帯もちは、留守中の家族のめんどうはみてもらえるんだ。それに、うまくいけばいい金になるから、みんな一生懸命だ。それぞれ、相応にうまい汁は吸ってるわけだ。ただ、親分というのが、とくにうまい汁を吸ってるがね」

「なるほど、それで、その親分というのはだれなんだ？」

クリスタトスは、くわえていた細い葉巻に手をやった。手をそこに当てたまま、口を隠してそっという。「この麻薬密輸団の大ボスは、ハトというあだ名で呼ばれているエンリコ・コロンボ、この店の主人だよ。だから、この店につれてきたんだ。当の本人を見せてやろうと思ってな。向こうに金髪の女と一緒にいる太った男がそうだ。あの女はウィーンからきた女で、名前はリスル・バウム。高級淫売だ」

ボンドは考えながらいった。「あの女がねえ？」そっちにあらためて目を向ける必要はなかった。女のことならテーブルについたときから気がついていた。そもそも、この店にはいった男なら、だれでもその女のことは気がついていただろう。ウィーン女特有といわれ、たまにはそのとおりのがいる、陽気で大胆で人なつっこい顔だちをした女だった。彼女がいるだけで、その隅がパッと華やかに活気に満ちて見えてくる。くすんだ金髪を思い切っていたずら小僧みたいに刈りあげ、生意気そうな鼻に大きな笑いを見せている口、首に黒いリボンを巻いている。ジェームズ・ボンドは先刻から、その女がときどき自分のほうに目を向けているのに気がついていた。女の連れは、金持で陽気な男の典型で、女もしばらくの間はこの恋人が気にいっているだろう。男はその女を喜ばせ、気前よくなんでも買ってやり、たがいにあとでなんの後悔もしないのだ。

ボンドは男のほうにも、ぼんやりと好感のようなものを感じていた。そもそもボンドは、陽気でぜいたくで人生に張りをもっている男には好意を感じるのだ。とにかく、ボンド自身の手にはいらない女なら、そういういい男の手にまかせておけばいいと考えていた。

しかし、この場合はそうもいっていられない。

ボンドは、ちらっと二人に目を向けた。何やら派手に笑っている。男が軽く女の頬をたたいて腰を上げると、事務所にひっこんでドアをしめた。では、やはりこの男が、イギリスに麻薬を大量に密輸していた元凶か？

Mがその首に、十万ポンドも賭けようという男なのだ。クリスタトスがボンドに殺してくれと頼んだ男だ。とにかく仕事だ。うまくやらなければ。

ボンドはずうずうしく、残された女を見つめた。そして女がひょいと顔を上げてボンドに気がつくと笑いかけた。女はボンドから目をそらしたが、口もとには謎めいた微笑がただよっていた。煙草に火をつけて、フーッと天井に煙を吹きあげながら、ボンドに喉と横顔を見せる。女がボンドに見せつけようとしているのを、ボンドもまた承知しているのだった。

映画のはねる時間が近づいていた。支配人の指図で、空《あ》いたテーブルのあと片づけと新しい客のための準備がはじまっている。お定まりのナプキンをたたむ音、グラスやナイフ類のガチャガチャいう音。隣のテーブルに六人の席を用意するので、ボンドたちのテーブルの空いた椅子がまたとりあげられるのに、ボンドはぼんやりと気がついていた。ボンドは、クリスタトスに、エンリコ・コロンボについての細かい質問をはじめた。住まいはどこで、ミラノの事務所はどこか？　ほかにどんな仕事をやっているのか……。

だからボンドは、自分のテーブルからもっていかれた椅子が、さりげなくつぎつぎとテーブルを渡って、とうとう事務所のなかにはこびこまれたのにも気がつかなかった。気がつかなければいけない理由もなかった。

椅子が事務所にはこびこまれると、エンリコ・コロンボは手をふって支配人をさがらせ、ドアに鍵をかけた。椅子のところにいくと、厚いクッションをはずして、机の上におく。クッションの横のジッパーをひらくと、なかからとりだしたのは、小型のテープレコーダーだった。

機械をとめて、テープを巻きもどしてはずすと、再生した。速度と音量を調節する。それから、机に向かって腰をおろすと、煙草に火をつけ、ときどき、さらに調整したり巻きもどして、同じところをくりかえし聞いたりした。

やっとボンドの小さな声が「あの女がねえ？」といって、あとは店のなかの雑音だけになる。

エンリコ・コロンボは、テープをとめてじっと機械をにらんでいた。まる一分もそうやって見つめていたが、その顔にはなんの表情も表われない。熱心に考えこんでいるだけだった。やがて、ひょいとレコーダーから顔を上げると、宙をにらみ、静かに声にだしていった。「くそったれめ」ゆっくりと立ち上がると、戸口にいって鍵をあける。もう一度ふりかえって、前より力をこめてテープレコーダーに悪態をつくと、事務所を出て、もとのテーブルにもどった。

エンリコ・コロンボは、女に早口で何か話した。女はうなずいて、ちらっとボンドのほうを見る。ボンドとクリスタトスは、席から立つところだった。

女はコロンボに、低く怒ったような声でいう。「何よ、いやらしい人！　みんながそういって、あんたには用心しろといってたわ。やっぱりそう。こんなうす汚れた店で食事をおごっただけで、あたしのことを、うす汚い売女《ばいた》呼ばわりできると思ってるの——」女の声はどんどん大きくなっていた。

彼女は、ハンドバッグをつかむと、立ち上がった。テーブルの前に立ちはだかっているのだが、それはちょうど出口に向かうボンドの通り道だった。

エンリコ・コロンボも、怒りに赤黒い顔をしていた。すぐさま彼も立ち上がった。「何をこの、オーストリアの売女——」

「あたしの国の悪口はいわせないわ。何よ、自分こそイタ公のひきがえるのくせに」女は半分残っているワインのグラスに手をのばすと、なかみをまともにコロンボの顔にぶちまけた。コロンボがつかみかかってくるから、女は自然あとにさがる。そこにはボンドが、クリスタトスと一緒に、つつましく待ちうけているというしだいだった。

エンリコ・コロンボは、ナプキンで顔のワインをふきながら、息を切らしていた。烈火のような勢いで、女にどなりつける——「二度とこの店に面《つら》を見せるな！」

いいすてると、足もとに唾を吐く真似《まね》をして、くるっとふりかえって、事務所のほうへ大またに歩き去った。

支配人がとんでくる。店中の客が、食事の手を止めていた。ボンドは女の肘に手をかけた。

「タクシーを見つけるお手つだいをしましょうか？」

女はボンドの手をふりはらうと、まだ怒った口調でいう。「男なんて、みんな豚よ」ここでようやく、失礼だと気がついたのか、ぎこちない口調でいい足した。「でも、あなたは……ご親切にどうも」彼女はボンドたちをしたがえ、威風堂々と表に向かった。

店のなかではざわざわと話し声。ナイフとフォークのふれあう音もはじまった。みんなが、いまの一幕をおもしろがって見ていたのだった。支配人が神妙な顔でドアをあけ、ボンドにいう。

「失礼いたしました。おかげさまで助かりました」

流しのタクシーが一台速度を落とした。ボンドがそれを呼んで、ドアをあける。

女が乗ると、ボンドもすかさず乗りこんで、ドアをしめてしまった。クリスタトスには、窓から声をかける。「あしたの朝、電話する。いいね？」クリスタトスの返事も待たずに、ボンドは座席におさまってしまった。女は向こうの隅に小さくなっている。ボンドはいった。「どこへやります？」

「ホテル・アンバサダー」

少しの間は、どちらも口をきかなかったが、ボンドが口をひらいた。

「帰る前に一杯どう?」

「けっこうです」ちょっとためらう。「あなた、とても親切ね。でも、今夜はわたし、疲れてるの」

「では、いつか」

「いつかね。でも、わたし、あしたはベニスだわ」

「こっちもベニスにいくんだ。あしたの晩、一緒に食事しない?」

女はにこりとした。「わたし、イギリス人って内気なんだとばかり思ってたわ。あなたイギリス人でしょう? お名前は? 何してるの?」

「そう、イギリス人だ。名前はジェームズ・ボンド。本を書いてる——冒険小説ってやつだ。いま、麻薬の密輸のことを書いてるんだ。ローマとベニスが舞台でね。ただ、困ったことに、こっちはその商売の実情を知らない。なんとか話を聞き集めようと、うろつきまわってるんだ。何か知らない?」

「だから、クリスタトスなんかと食事してたのね。わたしもあの男は知ってるわ。評判の悪い男よ。わたしはその手のことなんか何も知らないわ。みんなが知ってることぐらいしかね」

ボンドは熱心にいった。「ところが、こっちの聞きたいのは、そういう話なんだ。小説といっても、わたしの書くのは作り話じゃなくて、真相にごく近いような、質の高い裏話みたいなものなんだ。だから、そういう話でも、こっちにとってはダイヤモンドみたいな値打ちがある」

女は笑った。「本当に、そんな話だけで、ダイヤモンドの値打ちがあるのかしら?」

「本を書くだけでは、それほどの金にはならないけど、こんどの話は映画化の話がきているし、うまくいけば映画会社で本当に買ってくれるかもしれない」ボンドは手をのばして、女の膝の上の手をとった。女は手を引っこめようともしない。「そう、ダイヤモンドだ。ヴァン・クリーフでダイヤのブローチを買ってプレゼントするよ。それならいいだろう?」

こんどは、女は手をひっこめた。車がアンバサダー・ホテルについていた。女は座席からハンドバッグをとると、腰かけたまま、ボンドのほうに向きなおる。ホテルのポーターが車のドアをあけたので、さしこんだ通りの光が、彼女の目を星のように光らせた。

女は真剣な目つきで、ボンドの顔をしげしげと見てからいった。「男はみんな豚だけど、なかにはそれほどひどくない人もいるのね。いいわ。会ってあげる。でもお食事はだめ、わたしのしてあげる話は、人なかではできないの。わたし、午後は毎日、リドで海水浴してるわ。でも、にぎやかなとこじゃないの。イギリスの詩人のバイロンが馬を乗りまわしたという、アルベロニ海岸よ。半島の先端にあるわ。水上バス《ヴァポレット》に乗っていけばいいのよ。あさってそこにくればいいわ——時間は、午後三時。冬になる前に、最後の日光浴をしとこうと思って。砂丘の間の黄色いビーチ・パラソルが目印よ。その下にいるわ」にっこりと笑った。「ビーチ・パラソルをノックして、リスル・バウム嬢がご在宅かどうか聞いてちょうだい」

女はタクシーからおりた。ボンドもあとについておりる。女は手をさしだした。「危ないところを助けてくださってありがとう。おやすみなさい」

ボンドはいった。「じゃあ、三時に行くからね。おやすみ」

女は背を向けて、ホテルの階段を登っていった。

ボンドは思案顔で、うしろ姿を見送っていたが、やがてまわれ右するとタクシーにもどり、ナツィオナーレ・ホテルへやるように運転手に命じた。座席に深々とすわって、流れるように窓をかすめるネオン・サインを眺める。何もかも、テンポが速すぎる。このタクシーも、速すぎるから、のんびり楽しんでもいられない。彼の力で少しでもどうにかなるのは、タクシーぐらいだった。ボンドは身をのりだして、もっとゆっくり走らせるように運転手にいいつけた。


ローマからベニスへ行く一番いい列車は、毎日昼に出るラグーナ急行だ。ボンドは午前中、I支局の盗聴防止電話で、ロンドンの本部に報告をするのにいそがしくて、もう少しで列車に乗り遅れるところだった。ラグーナ急行というのは、スマートな流線形の列車で、外見と聞こえは実際以上に豪華そうだが、座席は小柄なイタリア人向きのサイズだし、食堂車の係員も世界各国の大型急行の同業者と同じ病にかかっている——腹の底から近ごろの旅行者が憎くてたまらず、とくに外国人はきらいという病だ。

ボンドの席は、うしろのアルミ車両の通路側で、しかも車軸の真上に当たっていた。だから、窓の外にどんな天国のような光景が花と開こうが関心などないし、車内に目を向けるより仕方がなかった。ガタガタゆれる本を読もうとしたり、キァンティをこぼしたり、痛くなってきた長い脚をあっちへやったり、こっちへやったりするばかり。イタリアの鉄道なんかくそくらえだ！

しかし、やっとメストレについて、そこから列車は十八世紀の版画みたいなベニスへの道を、人差し指を伸ばしたように一直線に進んだ。やがて、噂にたがわぬ驚くほどの絶景が果てしなくつづいて、列車がやわらかくゆれながら大運河《グランド・キャナル》におりていくと、血のような落日の景色が広がっていた。こんなことなら、グリッティ・パレスの下の階に、最上のスイートをとっておけばよかったという気になる。

その夜ジェームズ・ボンドは、ハリーズ・バーやフロリアンのような店をさがして、千リラ紙幣をヴァロンブローザの葉のようにまきちらした。そして最後にはかの素晴らしきカフェ、カドリの二階に陣取り、女の子たちにこう見られたいと彼が思っている姿、羽振りのよい、遊び好きな作家として誰に対してもふるまいつづけた。やがて、ベニスでの第一夜につきものの一時的陶酔に、ボンドはグリッティ・パレスに帰って、夢も見ないでぐっすり八時間眠った。どんなに重要かつ深刻な目的をもってきた人間でも、ベニスへくればみんなそうなるのだ。

五月と十月がベニスでは一番いい。陽光はおだやかだし、夜も涼しい。ギラギラした景色もそのころなら目にやわらかく映るし、空気もさわやかなので、夏だったら歩くに堪えないような、石としっくいと大理石の長い道のりにも耐えられる。それに人間も比較的少ない。たしかにベニスの街は、横丁に隠したり、広場の群衆に押しこんだり、水上バスにすし詰めにしたりして、千人のお客と同じように十万人のお客でも軽くのみこんでしまうだろうが、それにしても、やはり空いてるにこしたことはない。

次の朝は、裏街を歩きまわった。こうすれば、もしだれかに尾行されていても、発見できると思ったからだ。古い教会を二軒たずねたが、これも見物するためではない。もしだれかが尾けてきたとしても、表口からはいってくる間に、脇の出口から出てしまえるからだった。だれもあとを尾けてはいなかった。ボンドはフロリアンにいって、アメリカーノを注文し、フランスの文化人気どりの旅行者が、サンマルコ広場のシンメトリーについて議論しているのに耳をかたむけた。そこでボンドは、ひかれるように絵葉書を買い、ロンドンにいる彼の秘書に出した。彼女はジョージア部隊というのにはいって、一度イタリアにきたことがあり、ボンドに絵葉書を送れとくれぐれも念をおしていたのだった。葉書の内容はこうだった――。

「ベニスは素晴らしい。駅と証券取引所を見学した。美術的にもたいへん立派だ。きょうの午後は市営水道を見学し、それからスカラ・シネマでブリジッド・バルドーの古い映画を見るつもり。きみはオー・ソレ・ミオという素晴らしい曲を知ってるかね？　この町のすべてのように、とてもロマンチックな曲だよ。　　　　ボンド」

秘書をからかうこの名案に気をよくして、ボンドは昼食を早めにすませ、ホテルに帰った。ドアに鍵をかけると、上着をぬいで、ワルサーPPKの点検。安全装置をかけると、一、二度早撃ちの練習をやって、ケースにさす。出かける時間だ。船着場で、アルベロニ行きの十二時四十分の水上バスに乗る。船は鏡のような水面に出ていった。ボンドは船首近くに腰をおろして、これからどういうことになるのか考えていた。

リド半島のベニス側、アルベロニの桟橋から、アドリア海に面したアルベロニ海岸までは、半島頸部の舗装もしてない小道を半マイル歩く。有名なこの半島の突端は、奇妙にひとけのない世界だった。一マイルにわたる細い首のような一帯は、豪奢な別荘地のなれのはて、点々とひびの入った、しっくい造りの空き別荘や失敗した建設計画の名残。ほかには、アルベロニの小さな漁村と、学生用のサナトリウム、海軍の兵舎の廃墟と、草むした戦争の名残の巨大な砲台跡しかない。この細い舌みたいな無人地帯のまんなかは、リド・ゴルフ・コースになっていて、茶色っぽくなった手入れの悪いフェアウェイが、古い砲台の跡をくねくねと包んでいる。

　ベニスからこんなところまでゴルフをしにくる人間はあまりいないし、このコースが生きのびていられるのは、リドのいくつかの大ホテルのうすっぺらな宣伝のためにすぎない。ゴルフ・コースは、貴重なものか秘密でも守るように、立入禁止の札をつけた背の高い鉄線の柵でかこってあったが、その鉄線もところどころたれさがっていた。柵でかこった外側の砂丘ややぶでは、まだ戦争中の地雷の処理もすんでいないらしく、ところどころ赤さびた鉄条網でかこって「地雷――危険」と書いた札が立っている。札には乱暴な骸骨の絵。この奇妙で陰気で、ベニスのカーニバルの華やかさとはうらはらのこの一帯が、ベニスから水上を一時間たらずでこられるところなのだ。

　海水浴場まで半島を横断して半マイル歩いたときには、ボンドも汗ばんでいた。ほこりっぽい道から海に出る手前のアカシアの木陰で、ひと息ついて様子をうかがう。

　目の前にぐらぐらの木のアーチがあって、まんなかに色あせた青い文字でアルベロニ海水浴場と書いてあった。アーチの向こうには、やはり荒れはてた木の小屋が何軒か並んでいて、そこから砂浜百ヤードの先が、静かな青い鏡のような海。海水浴客はひとりもいないし、どの小屋も店じまいしているようだったが、アーチをくぐってみると、ラジオからナポリ音楽がかすかに聞こえてきた。音が聞こえてくるのは、コカ・コーラやいろんなイタリアの清料飲料の看板を出した掘っ立て小屋からだった。壁ぎわにデッキチェアがいくつか立てかけてあり、お椀形《わんがた》ボートがふたつに、半分ふくらました子供用の浮き袋があった。全体に見すてられたような感じで、夏のさかりでもここはあまりはやってはいないようだった。せまい踏み板からやわらかい焼けた砂のなかへ踏みこんで、小屋の向こう側の浜へ出る。波打ちぎわのそばまでいってみた。

左手は、秋の激しい日ざしでかすむあたりまで、ずっと広い砂浜がゆるくカーヴしてリドのほうにつづいている。右側は半マイルばかりで、浜は半島の先端の防波堤で切れていた。防波堤は静かな鏡のような水面に、指をつきだした格好で延び、その上に、点々と蛸をとる漁師の使う頼りない起重機が立っている。浜辺のうしろは砂丘で、ゴルフ・コースをかこむ柵の一部も延びていた。その砂丘のはずれ、五百ヤードばかり先のところに、ポツンと一点、派手な黄色が見える。

ボンドは渚づたいに歩きだした。

「えへん」

咳《せき》ばらいをすると、すっと二本の手が出て、ビキニのブラジャーを引きあげる。ボンドは、彼女の姿が見おろせるほうにまわった。ビーチ・パラソルの華やかな影は、女の顔にしかかかっていなかった。あとの部分、黒のビキニを着て、白黒ストライプのタオルに横たわったクリーム色の日焼けした体は、陽光をあびて長々とのびている。

女はうす目をあけて、ボンドを見上げた。「五分ばかり早かったわね。ノックしてっていったのに」

ボンドは大きなパラソルの陰に、彼女とぴったり並んで腰をおろした。ハンカチを出して顔をふく。

「この砂漠で、きみのパラソルだけがただひとつの日陰なんだからね。見つけたとたんに下にもぐりこまずにはいられなかった。ランデヴーには、ひどいところを選んだもんだ」

女は笑った。「わたしはグレタ・ガルボに似てるの。二人きりになりたかったから」

「二人きりになれたかな？」

女は目を丸くした。「どうして？　わたしが、つきそいでもつれてくると思って？」

「だって、きみは、男はみんな豚だといってたから……」

「あら、だけど、あんたは紳士の豚よ。殿様の豚かな。それに、とにかくこう暑くては、それどころの騒ぎじゃないわ。こんな砂だらけの場所ではね。だいいち、きょう会ったのは仕事の話でしょう。わたしが麻薬の話をして、あんたはダイヤモンドのブローチをくれる。ヴァン・クリーフで買ってくれるのよ。それとも、考えなおした？」

「いや、そのためにきたんだ。どこからはじめよう」

「そっちから質問しなさいよ。何を聞きたいの？」女は起き上がって、膝をかかえこんだ。ふざけた調子が消えて、まじめな、いささか用心深い目つきになる。

ボンドはこの変化に気がついていた。じっと女を見つめながら、なにげなくいう。「噂によると、君の友人コロンボがこの仕事のボスだそうだ。あの男のことを話してくれ。きっとぼくの小説で、おもしろい登場人物になるだろう――もちろん、本人だとはわからないように書くけどね。ただ、細かい点が知りたいんだ。どうやって仕事の采配《さいはい》をふるっているかとか、そんなことだよ。そういうことは、作家が頭からひねりだすわけにいかないんだ」

　女は目を伏せていった。「そんな秘密をわたしがしゃべったと知ったら、エンリコはかんかんになって怒るわ。どんな目にあわされるかわからない」

「彼には気づかれやしないさ」

　女はまじめくさってボンドの顔を見た。

「だめよ、ボンドさん、あの人にわからないことはほとんどないのよ。それに、推理だってうまいわ」

　ちらっと女がボンドの時計をのぞいたのに、ボンドは気がついた。

「あのひとがわたしに尾行をつけようと思ったとしても不思議じゃないわ。とても疑い深いのよ」

　女はボンドの袖に手をかけた。怯えたような顔をしている。せきたてるように、女はいいだした。「ねえ、あんたももう帰ったほうがいい。こんなことしたりして、たいへんなまちがいだったわ」

ボンドはわざと大っぴらに時計を見た。三時半。ビーチ・パラソルのうしろや、浜辺のいまきたほうが見えるように首をのばした。ずっと遠く、例の小屋の並んでいたあたりに、三人の黒っぽい服の男の姿が、かげろうでちらちら踊るように見えていた。三人は、意味ありげに浜をこっちに歩いてくる。散開した分隊といった様子で、歩調をそろえて迫ってきていた。

ボンドは立ち上がった。うつ向いた女の頭を見おろして、冷やかにいう。「わかった。コロンボにこう伝えてくれ。こっちは、これからやつの伝記を書いてやるとな。これでも、執念深い作家なんだ。じゃあな」

ボンドは半島の先端に向かって砂浜を走りはじめた。先端までいったら、向こう側の浜をもどって、無事に人里にもどれるだろう。

砂浜をくる三人は、マラソン選手の練習かなにかのように、肘と足の調子をそろえて、足を速めてくる。女の脇を通るとき、ひとりが手を上げた。女も片手を上げて応えると、砂の上に寝そべって、くるっと向こうを向いてしまう。こんどは背中を焼くつもりか、それとも追いかけっこに興味がないからかもしれない。

ボンドは走りながら、ネクタイをはずしてポケットにつっこんだ。ひどく暑い。すでに汗だくだが、追ってくる三人の男だってそうだろう。どっちが、鍛練がゆきとどいているかということだ。

半島の先にくると、ボンドは堤防に登ってふりかえってみた。追っ手はあまり近づいてはいなかったが、そのうちの二人が、ゴルフ・コースの柵をこえて横に展開している。ボンドの退路に先まわりしようというのだ。二人とも、骸骨のついた危険標識は気にもかけていないようだった。ボンドは急いで広い堤防の上を走りながら、方角や距離を見定めた。二人の男は、三角形の底辺をとおって行くようなものだ。へたすると追いつかれてしまう。

ボンドはシャツまで汗ぐっしょりで、足が痛くなってきた。もう一マイルは走ったろう。あとどのくらいで、安全なところへ逃げのびられるのだろう？　堤防には、ところどころに、大昔の大砲の脚がコンクリートに埋めこみになって残っていた。いまではそれが、入江からアドリア海に出る釣り舟の退避所や、もやい綱の杭《くい》がわりになっているのだろう。ボンドは、その杭と杭の間を、歩数で数えた。五十ヤード間隔だった。ところで、この堤防のはずれ、漁村の最初の家までに、こういう杭はあと何本ある？　三十本までは数えられたが、それから先は、激しい日ざしにかすんで見えない。たぶん、村まで一マイルはあるだろう。横から近道をしてくる二人より先に、村まで逃げのびられるだろうか？

ボンドはすでに息切れしていた。喉がぜいぜいいう。汗が上着にまでしみだして、ズボンの布が脚にべっとりまつわりつく。

三百ヤードうしろには、追っ手がひとりいた。右手の砂丘をこえて、ほかの二人の追っ手も追ってくる。左側は堤防の二十フィートの斜面で、その下は緑色の波が騒ぐアドリア海。

ボンドが速度をゆるめて息を整え、三人の追っ手と撃《う》ちあって血路を切りひらこうと考えていると、たてつづけにふたつのことが起こった。ひとつは、行く手のまぶしい日ざしのなかに、銛をもった漁師の一団が見えたこと。五、六人はいて、水にはいっているのもいれば、堤防の上で甲羅《こうら》干《ぼ》しをしているものもいた。

その次に、砂丘のほうからズシーンと腹の底に響くような爆破音が聞こえてきた。泥と鉄片と肉片のようなものが宙に飛んで、次に衝撃がくる。ボンドは足をゆるめた。

砂丘のもうひとりの男は、立ち止まってしまっている。ぎょっと立ちすくんでいるのだ。口を大きくあけて、意味をなさない悲鳴を上げている。そいつは、だしぬけに頭をかかえてくずおれてしまった。

ボンドもこういう徴候は知っていた。男は、だれかが迎えにきてくれるまで、その場から動けないだろう。

ボンドはほっと気が軽くなった。行く手の漁師たちのところまで、距離は二百ヤードばかりしかない。漁師たちは、すでにひとかたまりになって、ボンドのほうを眺めている。

ボンドは、わずかばかりのイタリア語の知識を呼びおこして、心のなかで言葉をつづっていた。「おれはイギリス人だ。悪者に追われてる」ボンドはちらっとうしろをふりかえってみた。不思議なことに、銛をもった漁師たちが見ているのに、追っ手はまだ追いかけてくる。だいぶ間がせばまってきて、ボンドとの距離は百ヤードぐらいしかなかった。追いかけてくる男は、手に拳銃をもったままだった。前方の漁師たちが、ボンドの行く手をはばむように、扇形に散開しはじめる。銛をボンドのほうにかまえている。漁師たちのまんなかには、小さな赤い前だれのついてる海水パンツをはいた大男がいた。グリーンの潜水マスクを脳天におしあげ、青い水泳用のひれをつき出して、腕組みしている。ひきがえる穴《トッドホール》のミスター・ひきがえる《トッド》をカラーにしたみたいだった。おかしな格好だが、ボンドはおもしろがってばかりもいられなかった。息を切らしながら、速度をゆるめる。汗ばんだボンドの手が、機械的に、上着の下の拳銃にいった。拳銃をぬく。銛をかまえた漁師の中央に立っているのは、エンリコ・コロンボだった。

　コロンボは、ボンドが近づいていくのをじっと見つめていた。二十ヤードばかりのところにくると、静かに口をひらいた。

「そのおもちゃはしまっといたほうがいいな、秘密情報部のボンド君。これは新式の炭酸ガス式銛銃だよ。動かんほうがいい。マンテーニャの聖セバスチアンみたいに、串刺しになりたくなかったらね」コロンボは右側の男に向かい、ボンドにもわかるように英語でいった。「先週、あのアルバニア人を片づけたときの距離は?」

「二十ヤードでした。銛が向こう側まですっこぬけましたよ。太った男でしたがねえ――この男の倍は太ってたでしょう」

ボンドは足を止めた。鉄の杭がすぐわきにあった。ボンドはそこに腰をおろし、拳銃を膝の上におろす。膝におろした拳銃は、ピタリとコロンボの大きな腹のまんなかを狙っていた。ボンドはいった。「銛を五本打ちこんでも、お前さんの腹に飛んでく弾丸は止められない」

コロンボは、にこりとしてうなずいた。

そっとボンドのうしろに忍びよっていた男が、ルガーの台尻でボンドの首のつけ根に激しい一撃を加えた――。

頭を殴られて気を失ってから、意識をとりもどして最初の反応は、吐き気だった。激しい苦しみのなかで、ボンドはふたつのことに気づいていた。海に出てる船のなかにいるらしいこと。それに、だれかが――男だったが――冷たいタオルで額をふいてくれていること。男は、ひどい英語でぶつぶつとボンドをはげましているのだった。「だいじょぶね、ともだち。らくにするよ。らくにするよ」

ボンドは力尽きて、ベッドにあおむけに倒れた。女の匂いのする感じのいい小さな船室で、上品な色のカーテンがかかっている。ぼろベストにぼろズボンの水夫がひとり、ボンドの上にかがみこんでいた。例の銛をもった漁師のひとりだと、ボンドにもわかった。

ボンドが目をあけると、男は笑顔を見せた。「よくなったね？　元気あるね？」同情するように、ボンドの首筋をさする。「痛みすぐとれるよ。すぐに、あざだけになるね。毛の下ね。女の子には見えないね」

ボンドも力なく笑ってうなずいた。うなずくと、警告するようにビリッと痛みが走って、思わずぎゅっと目をつぶる。また目をあけると、水夫は首をふって見せ、ボンドの腕時計を目のそばにつきつけて見せる。七時だった。男は小指で九時を指していう。「だんなが会いたい、いいね？」

「わかった」

ボンドが答えると、男は手を頬に当てて首をかしげてみせる。

「眠るよろしい」

ボンドが「ああ」というと、男は船室を出てドアをしめた。鍵はかけなかった。

ボンドはおそるおそるベッドから出て、洗面台にいき、顔を洗いかけた。箪笥《たんす》の上に、自分の持ち物がきちんと積みあげてある。全部そろっている。ないのは拳銃だけだった。ボンドは持ち物をポケットにおさめると、もう一度ベッドに腰をおろして、煙草をふかしながら考えた。いくら考えても、結論はでない。誘拐ドライヴというが、車ではなくて船に乗せられてきてしまったわけだ。しかしさっきの水夫のそぶりからすると、自分を敵としてあつかっているようには見えなかった。それにしても、ボンドをとらえるために、向こうはとんでもなく手間をかけたものだ。おまけに、コロンボの手下のひとりが、偶然とはいいながら、そのために死んでいる。どうやら、ただボンドを殺してしまうだけが目的ではなさそうだった。おそらく、この手厚いもてなしも、ボンドと何らかの取引をしようという魂胆からなのだろう。なんの取引だろう？　他にどうしようがあるのだろうか？

九時になると、さっきの水夫がボンドをむかえにきて、せまい廊下から、小さな雑然としたサロンに案内した。ボンドをひとり残して、ひっこんでしまう。部屋にはまんなかに、テーブルがひとつと椅子が二脚あった。テーブルの脇には、ニッケルばりの車輪つきテーブル。上には料理や酒が載っている。ボンドはサロンのつき当たりのハッチに手をかけてみた。ボルトがささっている。

窓のひとつをあけて、外をのぞいてみた。うす明りに、やっとこの船が二百トンぐらいの、もとは漁船だったものらしいということだけはわかった。音の様子からすると、ディーゼル・エンジンがひとつだけらしいし、帆もついてるようだった。速度は六ノットか七ノットだろうと思った。暗い水平線に、黄色い明りが群がって見える。どうやら船は、アドリア海を沿岸ぞいに走ってるらしい。

ハッチのボルトがガチャンとぬかれた。ボンドが窓から首をひっこめる。コロンボがハッチから階段をおりてきた。スウェットシャツにダンガリーパンツ、はき古したサンダルといういでたちだった。いたずらっぽい、楽しんでいるかのような目つきをしている。椅子のひとつに腰をおろすと、もうひとつの椅子に手をふっていった。「さあ、きたれわが友、珍味に美酒、かぎりなき歓談を。もう子供みたいな真似はやめて、おたがい、おとなになろう。いいね？　何を飲む？　ジンかウイスキーか、それともシャンペン？　それから、こいつはボロニアきってのうまいソーセージだ。オリーヴはうちのオリーヴ園の自家製だし、パンもバターもプロヴェロンもある。これは燻製チーズのことさ。もぎたてのイチジクもあるよ。ひなびたものばかりだが、けっこういける。さあ、どうぞ、あれだけ駆けたんだから、さぞ腹もへったろう」

彼の笑いにはどうやら伝染性があるようだった。ボンドは勝手にウイスキーをたっぷり注ぐと炭酸で割って、腰をおろした。

「なぜ、あんな手間をかけたんだね？　あんな芝居がかったことをしなくても、会おうといえばすぐにでも会えたのに。こんなことをして、泣きを見るのはそっちのほうだ。あんたの店であの女がわたしをひっかけた手口は、あんまりにもみえすいていた。すべて本部に連絡しといたよ。どういうことだか、罠《わな》を承知でのりこんでみたわけだ。あしたの昼までにわたしが無事に帰らなければ、あんたのとこへはイタリアの警察だけでなく、インターポールからも押しよせてくるだろうな」

コロンボは不思議そうな顔をしていった。「罠を承知でのりこんできたなら、なぜきょうの午後、うちの手下から逃げようとなぞしたんだ？　きみをこの船に連れてくるよう、迎えにだしただけなんだから、もっと友好的にできたはずだぞ。おかげでこっちは腕ききの手下をひとりなくすし、きみだってもう少しで頭をぶち割られそうな目にあってる。おれにはわからんね」

「あの三人の面つきが気にいらなかった。これでも、殺し屋ならひと目で見ぬけるからね。そっちが何かばかげた真似をしようとしてるとにらんだのさ。ただ案内するだけなら、女を使えばよかったんだ。あの野郎どもはよけいだった」

コロンボは首をふった。「リスルは、きみからもっとさぐりだすつもりだったが、あれ以上のことは知らないんだ。いまごろはきみと同じぐらいに、おれのことを怒ってるだろう。人生ってのはむずかしいもんだ。こっちはだれとでも仲よくしようと思ってるのに、たった一日で、二人も敵を作っちまった。まったく、ついてないよ」

コロンボは本当に残念そうだった。ソーセージを厚く切ると、苛立たしげに皮を歯でむいて食べはじめる。そして口のなかが、まだソーセージでいっぱいなのに、ひと息にシャンペンをあおって流しこんだ。

ボンドのほうに、責めるような顔を向け首をふりながらいう。「いつもいってるんだが、おれは心配事があると食わずにいられないのさ。しかもそういうときにかぎって、食ったものがこなれないんだ。いまは、きみがおれの心配のたねだ。こんな手間をかけずとも、会おうと思えば会えたなんていうが——」

コロンボは、仕方がないというように、両手をひろげてみせた。「そんなことが、こっちにどうしてわかる？　まるで、マリオが死んだのも、おれのせいみたいにいうじゃないか。あんなとこを近道しろと、おれがいいつけたわけじゃないぞ」コロンボはドシンとテーブルをたたいた。怒ったようにボンドにまくしたてる。「これが、みんなおれのせいだというのは、納得できないぞ。きみのせいなんだ。罪はそっちにある。きみは、おれを殺せといわれて引きうけた。自分を殺しにくるようなやつと、どうして友好的に話しあいなんてできる？　そうだろう？　聞こうじゃないか」コロンボはさっと長いパンを一本とると、がぶりと口におしこむ。その目は怒りに燃えていた。

「いったい、なんの話だ？」ボンドが聞きかえすと、コロンボはかじりかけのパンをテーブルに放りだして、立ち上がった。じっとボンドの目をにらみながら、横歩きに箪笥のところへいくと、ボンドを見つめたまま、一番上の引出しの取っ手をさがすと、引出しをあけ、手さぐりでテープレコーダーを出した。やはり責めるような視線をボンドに向けたまま、それをテーブルにもってくる。腰をおろして、スイッチをいれた。

ボンドはテープの声を聞くと、ウイスキーのグラスをとりあげて、なかを透かして見た。小さな声が聞こえていた。「そのとおり。ところで、情報を渡してしまう前に、商売人らしく話をちゃんときめとこう。いいかね？」話し声はつづく。「アメリカのドルで一万ほしい……情報をどこで仕入れたかは口外しないこと。たとえ拷問にあってもだ……その組織の首領は悪党なんだ……そいつを片づける――殺すこと」

ボントは店の騒音を通して自分の声が聞こえてくるのを待った。この最後の条件を考えるためにかなり間があったはずだ。それでなんといったっけ？　テープレコーダーから、自分の声が出てきた。

「かならず殺すと約束はできないな。ただ、ひとつだけいえることは、向こうがこっちを殺そうとすれば、殺してやるということだけだ」

コロンボはテープレコーダーのスイッチを切った。ボンドはウイスキーを飲んだ。こんどはコロンボの顔を見かえせる。いいわけをするように、ボンドはいった。「これだけでは、殺し屋だとはいえないだろう」

コロンボはくやしそうにいった。「おれにとっては、同じことさ。しかも、イギリスからきたやつときてる。おれは戦争中は、地下運動でイギリスのために働いたんだぞ。イギリスの勲章ももらってる。キングズ・メダルだ」

ポケットに手をつっこむと、赤白青のリボンのついた、銀の名誉市民章をテーブルの上にほうりだした。「見ろ」

ボンドは譲らずコロンボの目を見かえしながらいった。「それで、テープのあとの部分は聞いただろう？　あんたはとっくにイギリスの味方じゃなくなって、いまでは金のために、敵にまわってる」

コロンボはうなって、人差し指でテープレコーダーをいらいらとたたいた。「すっかり聞いたよ。あんな話はでたらめだ」グラスがとび上がるくらい、ガシャンとテーブルをたたいて、どなりたてる。「嘘も嘘、ひと言のこらず、まっ赤な嘘だ」

ぐいと立ち上がると、椅子がうしろにひっくりかえる。コロンボはゆっくりと椅子をおこすと、ウイスキーの瓶をとり、テーブルをまわって、ボンドのグラスになみなみとついだ。もとの席にもどると、椅子におさまり、テーブルのシャンペンのボトルを前におく。落ちついた真剣な顔になって、コロンボは静かにいった。

「まるっきり嘘ばかりというわけでもないな。あんちくしょうの話にも、ちょっとばかりは本当のこともある。だからきみと議論はよそうと思ったんだ。どうせ、おれのいうことを信じやしないだろうから。きみが警察を引っぱってくるだろうし、そうなれば、こっちは仲間もろともやっかいなことになる。きみたちにおれを殺すような理由が見つからんとしても、うるさいことになって、やっぱりこっちは破滅だ。だから、そのかわりにきみに真相をその目で見せてやろうと思ったんだ。きみがそれをさぐりに、わざわざイタリアまで派遣されてきた肝心の真相をだ。あと何時間もたたんうちに、あしたの夜明けに、きみの任務はおわるよ」コロンボはパチンと指を鳴らした。「だいたい、そういうことだな」

「クリスタトスの話のどこが嘘なんだね？」ボンドはたずねた。

コロンボは、さぐるようにボンドの目を見つめていたが、やっと口を開いた。「なあきみ、おれは密輸屋なんだ。そこんとこは本当だ。たぶん、地中海で一番成功してる密輸屋だろう。イタリアにはいってるアメリカ煙草の半分は、おれがタンジールから運んでる。金も、おれが貴金属の闇ルートは一手に握ってるし、ダイヤモンドもシェラ・レオネや南アフリカから直通の出店をベイルートにもってる。かつてオーレオマイシンやペニシリンのような薬が珍しかったころには、そんなものも扱ってた。アメリカの基地病院の連中に鼻薬を使ってな。ほかにも、いろんなことをやったよ。シリアやペルシャから、ナポリの淫売屋にきれいな女を運びこんだこともある。逃亡犯人の密航にも手を貸したことがあるくらいだ、だが――」コロンボはここで、どんとテーブルをたたいた。「麻薬やヘロインや阿片だけはやらん！　そんなものは、一度もやったことがない！　今後も、そんなものにだけは、手を出すつもりはない。麻薬は罪だ。ほかのものなら、こっちは何もうしろめたい思いはしないですむ」コロンボは右手を上げた。「お袋の首にかけて誓ってもいい」

ボンドにもわかりかけてきた。コロンボのいうことが、信じられそうだった。

クリスタトスのために、もう少しで殺される運命にあった、この貪欲《どんよく》で陽気な海賊に、ボンドは奇妙な好感をおぼえてきた。「しかし、なぜクリスタトスは、あんたを指すようなことをいったんだろう？　そんなことをして、あいつになんの得がある？」

コロンボは、ゆっくりと鼻先で指をふって見せた。「クリスタトスはクリスタトスさ。やつはこれで、一石二鳥の大ばくちを打ったんだ。アメリカの情報部や麻薬Ｇメンにあと押しをしてもらうためには、たまには犠牲者を出さなきゃならん。それには、下っぱで充分なんだ。ところが、こんどのイギリス相手の場合は、話がちがってきた。こっちのはルートが大きいからな。そいつを守るためには、大物を血祭りに上げなきゃならん。それで、おれが選ばれたのさ。あいつの考えか、あいつを操ってる陰のやつらの差し金か知らんがね。それに、きみが大金をばらまいて、あくせく情報を集めれば、いずれはその情報は、こっちを指すものになってきたろうが、これがまた真相とかけ離れたものなんだ。おれは、おたくの情報部を見くびってやしない。いずれは自分は牢につながれることになるだろう。ところが、そうなれば、肝心のキツネは、狩りの声は遠ざかったと、遠いところで大笑いするって寸法だ」

「なぜクリスタトスは、あんたを殺してくれなんていったんだろう?」

コロンボは抜け目ない顔をした。「そりゃあ、おれがあまり知りすぎてるからさ。密輸屋同士でも、ときどき縄ばりでぶつかることがある。ついこの間も、この船でアルバニアの小型砲艦とやりあったことがあったんだ。こっちのまぐれ当たりで、向こうは火を出して沈没したがね。ひとりだけ生き残ったやつがいたんで、そいつに口を割らした。こっちはいろんなことを聞きだしたが、地雷原をほっとくようなばかなことをしたもんだ、そいつを生かしてティラナの北で陸にはなしちまったんだ。あれがまちがいだった。あれ以来、クリスタトスのちくしょうにつきまとわれてな」コロンボはすごみのある笑い方で、歯をむいた。「運よくこっちは、クリスタトスの知らないことをひとつ知っている。それで、あしたの夜明けに、その情報のしろものとランデヴーというわけだ。サンタ・マリアのアンコナからちょっと北にある小さな漁港だ。そこへいけば――」コロンボは耳ざわりな、すごい笑い声を立てた。「いいものが見られるぜ」

ボンドはおだやかにいった。「こんなことをして、あんたの獲物は？　あすの朝には、こっちの仕事を片づけてくれるといったが、いくら出せばいい？」

コロンボは首をふった。にべもなくいう。「いらん。ちょうど、こっちの利益と一致するんでな。ただ、ひとつだけ約束してもらいたい。今夜この船で話したことは、ここだけのことにして、必要があったとしても、ロンドンの本部の大将の耳にいれるだけにしてもらいたい。イタリアに響いてこないようにね。いいかな？」

「よし、その点は同意しよう」

コロンボは立ち上がった。簞笥のところにいくと、ボンドの拳銃を出す。拳銃をボンドに渡しながら、コロンボはいった。「そういうことなら、これは返しといたほうがいいだろう。必要になるだろうからな。それに、ちょっとひと眠りしといたほうがいいぜ。朝の五時に、全員でラムいりコーヒーを飲むことになるだろう」コロンボは手をさしのべた。ボンドはその手を握る。二人の男は、急に友人になったのだった。ボンドはそれをひしひしと感じた。

「よし、やろうじゃないか」ちょっといいにくそうにボンドはいって、サロンを出ると、自分の船室にもどった。

　コロンビナ丸には十二人の乗組員がいた。みんな若々しく、ひと癖ありげな面がまえの男ばかりだった。サロンでコロンボが、ラムいりの熱いコーヒーをくばる間、彼らは静かに話しあっていた。明りはランタンひとつで、ほかの明りは消してあった。ボンドは、ひそやかな興奮のこもった『宝島』のような雰囲気に、ひとりでにやりとした。コロンボは、手下ひとりずつの武器を点検する。みんなルガーをズボンのベルトにさして、ジャージのシャツの下に隠し、ポケットにはとびだしナイフをもっていた。ひとりひとりにコロンボは、ほめたり小言《こごと》をいったりしてまわる。

　ボンドには、コロンボが人生を楽しんでいるのがよくわかった。冒険とスリルと危険だらけの人生――。

　たしかに犯罪者の生活かもしれない。警官に追われ、税関に追われ、財務省に追われ、煙草の専売法に戦いを挑む――。

　だが、コロンボの子供っぽい悪党ごっこぶりには、黒い犯罪を白とまでいわなくても、ねずみ色ぐらいにぼかして見せるような雰囲気がある。

　コロンボが時計を見て、みんなを持ち場につかせる。ランタンを消して、貝殻色の夜明けの光のなかを、ブリッジに上がるコロンボに、ボンドもついていった。船は黒々とした岩の海岸にそって、速度を落として進んでいくところだった。

コロンボが行く手を指していった。「あの岬の鼻を曲がったところが港だ。こっちが近づいてくところは、気づかれないだろう。港にはきっと、栈橋にこのぐらいの船がついていて、罪もない新聞用紙をおろして、岸の倉庫にはこびこんでるだろう。岬の鼻をまわったら全速力でその船に横づけして、向こうに乗りこむんだ。抵抗はされるだろうし、頭をぶち割られるやつも何人か出るだろう。撃ちあいはやりたくないんだ。向こうから撃ってこなければ、こっちからは撃たない。だが、アルバニアの船には、アルバニアのしぶとい連中が乗り組んでるからな。撃ちあいになったら、きみもせいぜいうまく働いてくれ。向こうはわれわれにも敵だが、きみの国にとっても敵なんだからな。殺されたらそれまでのことさ。いいな?」

「いいとも」

ボンドの言葉がおわらないうちに、機関室の鐘が鳴って、足もとの甲板が小刻みにふるえだした。十ノットの速度を出して、小さな船は岬をまわり、港に向かう。

コロンボのいうとおりだった。石造りの栈橋に船がついていた。帆はだらんと垂れている。船尾から木の踏み板が、波形トタンのぼろ倉庫の暗い戸口に向かって、坂になってつづいている。倉庫のなかにはかすかな電灯の光。船には新聞の巻取り用紙みたいなものが、甲板積みにしてあった。おそらくひとつずつ踏み板に落とし、それ自身の重みで、はずみがつくから、そのまま倉庫の口まで転がしてはこぶのだろう。あたりには二十人ばかりの人影が見えた。不意を打てば、勝ち目は五分五分だ。

コロンボの船は、向こうの船から五十ヤードのところに迫っていた。向こうも、ひとり二人仕事の手を休めて、こっちを見ているやつがいる。ひとりが、倉庫のなかに駆けこんだ。同時に、コロンボが鋭く命令を下した。

エンジンが止まって、逆回転する。ブリッジの大きなサーチライトがついて、船がアルバニア船にゆっくり横づけになっていくところを、昼のように照らしだす。最初のはげしい衝撃。アルバニア船の船首と船尾の手すりに、鉄の手かぎがひっかかる。コロンボの手下は、コロンボを先頭に、わっとそっちの船べりに群がった。

ボンドには独自の計画があった。ひとけのなくなった甲板におりると、すぐに船を縦に走りぬけ、船首の手すりに登ると、下にとびおりた。桟橋から十二フィートばかりの高さだった。猫のようによつんばいになって、静かに桟橋におりると、ちょっとそのままうずくまって、次の行動の計画を練る。

甲板の上では、すでに撃ちあいがはじまっていた。最初のうちの一発で、サーチライトは消えて、あたりはうす暗い早朝の光だけ。敵のひとりが、ボンドの目の前の石の上に落ちてきて、ぶざまにのびたまま身動きひとつしなくなった。同時に、倉庫の入口から軽機関銃が火をふきだす。いやになれた手つきで、たてつづけに撃ちまくる。

ボンドは暗い船のかげを、そっちに向かって走った。機銃の射手は、ボンドに気がついて、激しく撃ってくる。弾丸がボンドのまわりにつきささり、船腹に当たったのはカーンと音を立てて、暗闇にはねる。

ボンドは坂になった踏み板の下にもぐると、腹ばいになって前進した。弾丸が頭上の板にブスブスとささる。ボンドはますますせまくなるところを、前に這い進んだ。ぎりぎりのところまで前進すると、この小盾《こだて》の右に出るか左に出るか、決心しなければならない。

頭の上でつづけざまに轟く、何かが床に落ち、転がるような音。コロンボの手下のひとりが、新聞用紙の山を縛った縄を切って、用紙の山を踏み板の上にころげおとしたにちがいない。

ボンドにとっては、チャンスだった。板の下から、パッと左にとびだす。機銃の射手が待ちうけていたとしても、右にとびだすと思っていたらしい。右側にまわって、倉庫の壁の前にうずくまっていたからだ。

機銃の光る銃口が小さな弧を描く前に、とっさにボンドは二発撃った。死んだ射手の引金にかかった指が引きつって、ねずみ花火みたいな火花の渦を描き、やっと機銃がその手からはなれて、地面にガチャンと落ちた。

倉庫の戸口にとんでいこうとして、ボンドは足をすべらしてつんのめった。一瞬、そのまま顔を黒い糖蜜のたまりにつっこんで、起き上がれなくなった。舌打ちをすると、やっとよつんばいに起き上がり、ごろごろと倉庫の壁を目ざしてころがってくる新聞用紙のなだれから逃げようととびだした。機銃弾でズタズタにされた巻取り紙のひとつが、バシャッと黒い糖蜜をはねかえす。ボンドは、できるだけそいつを顔と手からふきとった。ツーンと鼻にくる甘い匂い。ボンドも一度、メキシコで嗅いだことのある匂いだった。糖蜜じゃない、生《なま》の阿片だ。

ボンドの耳もとをかすめて、ヒューンと一発、弾丸が倉庫の壁に当たる。ボンドは拳銃をもった手を、ズボンの尻でもう一度こすると、倉庫の戸口にとんでいった。

戸口に姿を見せても、なかから撃ってこないので、拍子抜けがした。なかはひんやりとして静かだった。明りは消えていたが、外が前より明るくなっている。

新聞の用紙が、通路を残すようにして、きちんと積みあげてあるのが、ほの白く見えた。通路のつき当たりには、ドアがある。すべてが、せせら笑いながらボンドを威圧してくるかのようだった。ボンドは死の匂いを嗅ぎつけた。

そっと入口にもどると、外に出る。撃ちあいも、もうまばらになっていた。コロンボが、どたどたと太った男特有の重そうな足どりで、急ぎ駆けよってくる。

ボンドはうむを言わせずにいった。「戸口にいるんだ。なかにはいっちゃいけない。手下もいれるな。こっちは裏口にまわるからな」

返事も待たずに、倉庫の角をまわって横を駆けぬける。

倉庫の奥行は五十フィートぐらいだった。ボンドは奥の角のところで、足どりをゆるめてそっと歩いた。波形トタンの壁に体をよせて、すばやくのぞいてみる。すぐに首をひっこめた。

裏口に男がひとり立っていた。その目は、何かのぞき穴のようなところから、なかをのぞいている。その手には、ドアの下から引き出した針金の端についているスイッチ。

車が一台、黒のランチア・グランツーリスモのコンバーチブルでフードをたたんだやつが、静かにエンジンをかけて脇に止まっていた。車の正面は、タイヤの跡で荒れた山道のほうを向いている。男は、クリスタトスだった。

ボンドは膝をついて、両手でしっかりと拳銃をかまえた。つつっと角をまわると、相手の脚を狙って一発。弾丸ははずれた。クリスタトスの足もとに、パッと土ぼこりが上がると同時に、グワーンという爆破音。トタン壁がボンドをはじきとばす。

ボンドはあわてて起き上がった。倉庫は奇妙な格好にゆがんでいた。まるでブリキのカードで作った家みたいに、ガラガラとやかましくつぶれる。

クリスタトスは車に乗っていた。すでに二十ヤードも離れて、うしろのタイヤが土ぼこりをまきあげている。ボンドは、基本のピストル射的の構えで立って、慎重に狙いをつけた。

ワルサーが、三声轟音を立て、三度反動を手首に感じる。最後の一発、距離五十ヤードで、ハンドルの前にうずくまっていた男が、がくんとのけぞった。両手がハンドルから離れて、左右にひろがった。少しの間首を伸ばしてあえいでいたようだが、その頭がまたがっくりとなる。ボンドは坂道を登っていく車を、どうせそのうちに止まるだろうと思って、追いかけた。右に曲がるぞと合図でもしてるように、右手は車からつき出したままだったが、タイヤがそれまでに刻んだ古い溝にはまりこんだままで、アクセルにも死人の重みがかかっているのか、そのままランチアはサードに入れたギアのやかましい音を残して、上り坂を登っていく。ボンドは足を止めて見送った。車は野焼きされた平原の平坦な道に出てうしろに白いほこりをもうもうと上げていく。いまにも道路からそれるのではないかと思ったが、なかなかそれない。ついにボンドは、車が早朝のもやのなかに見えなくなるまで見送ってしまった。きょうもいい天気だろう。

ボンドは拳銃の安全装置をかけると、ズボンのベルトにさす。ふりかえると、コロンボがくるところだった。太ったコロンボはうれしそうににやにやしている。

ボンドのところへくると、驚いたことに両腕をひろげてボンドに抱きつき、左右の頬に接吻する。

「おいおいコロンボ、かんべんしてくれ」ボンドは悲鳴を上げた。

コロンボはげらげら笑いながらどなった。「まさしく、静かなるイギリス人ってとこだな！　恐れを知らず、されど感動を恐るか」コロンボは自分の胸をたたいた。「だがこのおれは、このエンリコ・コロンボは、この男に惚れたぞ。堂々といってやるとも。あの機関銃をやっつけてくれてなかったら、おれたちは全滅させられちまってたろうからな。それでも、手下を二人やられたし、手負いもかなり出た。だがアルバニアの野郎どもは、足腰の立つのは五、六人で、そいつらも村に逃げこんじまった。きっと警察が片をつけてくれるだろう。ところで、そっちはあのクリスタトスのちくしょうを、地獄へのドライヴにやったらしいな。あいつにはふさわしい最期だ！　あの死人の運転した小さなレース用霊柩車が街道に出たら、どんな騒ぎになるだろう？　右手を車からつき出してたが、車道で右側通行を忘れてなけりゃいいがな」

コロンボはボンドの肩を勢いよくたたいた。「さあて、いこうじゃないか。そろそろここから引きあげる潮時だ。アルバニアの船は船底をぬいといたから、すぐに海の底さ。ここには電話はないから、警察の手のまわらんうちに、楽におさらばできるぜ。もっとも、漁師たちから話を聞き出すのに、ちょっと手間どるだろうがな。漁師の親方というのには会って話したんだが、ここらではアルバニア人は人気がなかったらしい。だが、いずれにしても、逃げないわけにはいかんからな。尻に帆かけてとばすぜ。ベニスからこっち側には、信用できる医者がいないんだ」

焰がこわれた倉庫をめらめらとなめはじめた。野菜の甘い匂いのする煙をはいている。ボンドとコロンボは風上によけた。アルバニア船は海の底に沈んで、甲板だけが波に洗われている。二人はその甲板を渡って、コロンビナ丸によじ登った。

船ではまた、肩をたたくやら、握手ぜめやらの歓迎がボンドを待っていた。すぐさま、船は錨を上げて、港を守っている岬に向かう。港には、磯に引きあげた小船の脇に、漁師が何人か立っているだけだった。みんな苦い顔をしていたが、コロンボが手をふって、イタリア語で何かどなると、手を上げて別れの合図をしていた。漁師のひとりがどなると、乗り組員一同がどっと笑った。コロンボがボンドに説明して聞かせた。「アンコナで見る映画より勇ましかったから、またきて、やって見せてくれだとさ」

ボンドは急に、肩の荷がおりたような気がした。体が汚れ、ひげがのび、汗くさいのが気になる。船室におりると、乗組員のひとりから剃刀と洗ったシャツを借り、はだかになって体を洗った。拳銃をベッドにほうりだすと、プーンと銃口から火薬の匂いがした。灰色の夜明けの、恐怖と活躍と死を思い出す。船室の小窓をあける。海は陽気に躍っていた。岸は遠くなる。黒々とした謎の岸が、いまは緑色に輝いて美しい。

急にベーコンをあぶるうまそうな匂いが、上の窓からただよってきた。ボンドはいきなり窓をしめると、あわてて服を着て、サロンにとんでいった。

山のようなベーコン・エッグを、ラムをいれた甘いコーヒーで流しこみながら、コロンボは、もぐもぐとしゃべった。

「きょうの仕事で、ナポリでやってるクリスタトスの麻薬精製の、一年分の原料を火にくべちまったことになるんだ」コロンボは、トーストを噛みきりながらいう。「おれがミラノで商売をやってて、ちょっとした倉庫ももってるってことは本当だ。だが、あそこにあるのは、せいぜい緩下剤のキャスカラかアスピリンで、それ以上の危ない品物はおいてない。それ以外は、クリスタトスの話は、おれの名前の代わりにやつの名前をあてはめて聞けばいいんだ。阿片をヘロインに精製してるのも、ロンドンに定期便みたいに送ってるのも、あいつのしわざだったんだ。あの密輸で、クリスタトスとその一味は、百万ポンドからかせいでただろう。ところで、いいことを教えてやろうか？」コロンボは、ボンドの目をのぞきこんでいった。「ヘロインの密輸で、クリスタトスはこれっぽっちも資本を使ってないんだ。なぜだと思う？　あれは、ロシアからの贈りものだからなんだ。イギリスのどまんなかにガーンと大量の麻薬をぶちこむってわけだ。ロシアには、そのための弾丸なら、いくらでもあるからな。コーカサスのケシ畑からいくらでもとれるし、中継にはアルバニアが絶好だ。でもってこいつをイギリスに向けてぶっぱなす道具――これがクリスタトスだったんだ。クリスタトスの野郎は、ロシア人の親分どものために、手先をつとめてたってわけだ。おれたちは力を合わせて、三十分でその陰謀をぶちこわしてやったんだぜ。あんたはもう、国に帰って、麻薬ルートは破壊したと報告できる。それに、この恐るべき秘密戦争の凶器の大もとはイタリアじゃないって、真相を報告することもできるわけだ。元凶はロシアさんだとね。こいつはロシアの情報機関の、一種の心理戦にちがいないんだ。もっとも、そこまではおれにはわからんがね」コロンボはボンドに、力づけるような笑顔を向けた。「こんどはあんたはそいつを調べてこいと、ロシアにやられるかもしれないぜ。もしそんなことになったら、例のきみの仲良しのリスル・バウム嬢みたいなかわいい娘さんが案内役になってくれるように祈ってやるよ」

「仲良しとは、どういう意味だ？　あれは、あんたの女だぜ」

コロンボは首をふった。「ジェームズ君、おれには仲良しはいくらもいる。きみだってきっと、報告書を書くため、まだ二、三日はイタリアにいるだろう」コロンボは笑いながらいう。「おれの話の裏をとるためにな。それに、アメリカ情報部の連中に、真相を説明してやる胸のすくような三十分という仕事もあるだろう。そういう仕事の合間には、連れも欲しいんじゃないかと思ってね。おれのうるわしの祖国を案内してくれるようなだれかさんだよ。野蛮な国では、客に対する敬意と好意を示すために、自分の女房のひとりを貸すというなんともいい習慣があるそうだね。じつは、おれも野蛮人だからなあ。おれには、女房どもなんていないが、リスル・バウムみたいな仲良しは大勢いるよ。もっとも、こんどのことについては、あの女にこっちからいう必要もなさそうだ。おれの勘では、あいつは今夜、きみが帰ってくるのを、首を長くして待ってるぜ」コロンボはズボンのポケットをさぐって、カチンと何かをテーブルの上のボンドの前に投げだした。「理由はこれだ」

コロンボは胸に手を当てて、真顔でボンドの目を見つめる。「心からこれをきみに贈るよ。たぶん、彼女もそのつもりだろう」

ボンドは投げだされたものをとりあげた。厚い真鍮《しんちゅう》の札のついた鍵だった。札には文字が彫ってある——。

アルベルゴ・ダニエリ　68号室。

珍魚ヒルデブランド

ひらべったくて不格好で、尻尾に恐ろしい猛毒のとげをもった赤エイ。幅が六フィートぐらい、鼻づらから尻尾までの長さが十フィートはあろうという赤エイだった。背は濃いグレイだが、海底では危険の徴候として知られる紫色がかっている。それが底の金色の砂からふわっと浮かんで泳いでいくところは、まるで黒いタオルが水中にただよう感じだ。

ジェームズ・ボンドは、両腕を体にぴったりつけたまま、ゴムの足ひれで静かに水を蹴って、機会を狙いながら、その黒い影を追う。シュロに囲まれた、広い礁湖。ボンドは食べる魚以外は、めったに殺さないのだが例外もあった――。

大ウツボと、カサゴに属する恐ろしい魚は例外だった。そしてこの赤エイも殺してしまおうとしていた。それほどすごみのある怪魚だからだ。

四月の朝十時――。

礁湖ベル・アンスは、セーシェル諸島でも一番大きな、マヘ島の南端近くにあった。鏡のような静けさだった。北西モンスーンが吹き荒れるシーズンは、何カ月も前におわっていたし、南東モンスーンは五月になってからだ。いま気温は日陰でも三十度近くあり、湿度は九十パーセント。礁湖のたまり水は血の温度に近い。

魚どもまでものうげだった。オウム魚と呼ばれる緑色のベラの一種で重さ十ポンドもあるやつが、サンゴについた藻をつついていて、ボンドがその上を泳ぎすぎても、ちらりと上に目を向けただけで、また藻をつつく。まるまると太ったウグイの一団が、通りすぎるボンドの影を行儀よくさけて、二組に分かれ、また一団にまとまって、そのまま向こう岸へ進んでいった。いつもなら小鳥みたいに臆病なイカが、小さいのが六匹ばかり一列に並んでいたが、きょうはボンドが通っても、カモフラージュの色を変えようともしない。

ボンドは赤エイから目を離さないように、ゆっくり泳いでいった。すぐにこいつも疲れるだろう。それとも、上のほうから追ってくる大きな魚――ボンドのことだが――が攻撃をしかけてこないと、安心するだろう。そうすれば赤エイは、たいらな砂地にぺたりとおさまって、カモフラージュで色を淡く変えるだろう。透き通るようなグレイにだ。それから、ひれをピクピクさせて、砂のなかにもぐりこんでしまうのだ。

サンゴ礁が目の前にせまってきて、黒人の頭と呼ばれるサンゴのかたまりや海藻のびっしりはえた場所が見えてきた。まるで無人地帯から都会にでたみたいだった。いたるところに、宝石のように光ったり、華やかに輝いたりする浅瀬の魚がいて、インド洋の大アネモネと呼ばれる海藻が、日影の焔のように燃え上がる。とげのあるウニのセピア色の群が、岩にインクをはねかしたようにあっちこっちに見え、あざやかなブルーと黄色のエビの触角が、小さな竜みたいに岩の隙間からおいでおいでをしている。色とりどりの海底の海藻の間に、ときどきゴルフ・ボールより大きい子安貝がキラリと光る。豹子安と呼ばれる貝だ。一度ボンドは、ビーナス貝がみごとな舌を出しているのを見た。

しかし、どれもがボンドにとってはごくありきたりなもので、いま彼は着々と水をかきながら、サンゴ礁を自分の足場にすることしか考えていなかった。エイの海側にまわって、エイを岸のほうに追いあげるためだ。

作戦は当たって、すぐに魚雷型のボンドの影に追われるエイの影は、巨大なブルーの鏡を横切ろうとした。十二フィートばかりの深さのところで、これが何百回目だか、エイは止まった。ボンドも止まって静かに水をかく。用心深く頭を上げて、水中眼鏡のなかの水を出した。もう一度のぞくと、エイの姿は隠れていた。

ボンドは、ダブル・ラバーつきのチャンピオン式銛銃をもっていた。銛の頭は、針のように鋭い三叉《みつまた》になっている。遠くまでは飛ばないが、礁湖などで使うには、絶好の武器だった。ボンドは安全弁を上げ、ゆっくりと前進していった。音を立てないように水面のすぐ下で水をかく。ボンドは、一度あたりを見まわした。環礁にかこまれた煙った大ホールのような礁湖を、遠くのほうまで透かして見る。ほかに何か、大きな影が様子をうかがっているのではないかと、気をつけたのだった。赤エイを殺すところをサメや大きなカマスなどに見られたらたいへんだ。魚といえど、痛い目にあうと悲鳴を上げることがあるし、騒ぎや血の匂いをほかの魚に嗅ぎつけられたら、修羅場になってしまう。しかし、見わたしたところ、舞台には、大きな魚の影は見当たらなかったし、ぼんやりと煙ったような礁湖の袖に当たる壁が見えるだけだった。

底の赤エイは、いまでは砂に埋もれたかすかな輪郭しか見えない。ボンドはその真上に行くと、じっと水面に浮かんで、そいつを見おろした。砂がかすかに動いている。鼻の穴みたいな噴水孔のところから、小さなふたつの砂の噴水。その向こうでそいつの体が小さく波打っている。的はそこだ。そのふたつの穴から一インチ向こう側だ。

ボンドは赤エイの毒の尾がとんできそうな距離をはかると、ゆっくりと銛銃をかまえて、引金を引いた。

海底の砂がいっせいにまき上がって一瞬、ボンドの目には何も見えなかった。そのうちに、銛の紐がピーンと張って、赤エイの姿が現われる。紐を引いて逃げようとしながらも赤エイは、毒のとげのついた尾をふりまわしていた。

ボンドの目にも、尾のつけ根のほうのギザギザになっているとげが見えた。ユリシーズを殺したとも伝えられ、プリニウスによると立木をも枯らすほどの猛毒があるという。こういう毒魚の毒は、インド洋のものが一番ひどいといわれている。おそらく、この赤エイのとげでチクリとやられたら、命はない。のたうちまわる赤エイを追って、紐をたるませるほど近づきすぎないように、ボンドは用心していた。向こうの尾が届かないように、紐を横に引っぱるようにして泳ぐ。

この赤エイの尾は、昔、インド洋の奴隷商が鞭《むち》に使ったという。こんにちセーシェル諸島では、これをもっているだけでも罪になる。だが家々には代々つたえられており、浮気をした妻を罰するのに使われているらしい。女性がもし〝赤エイを食らわされ〟たりすると、少なくとも一週間は外に出られないという。いま、赤エイの尾は、だんだん力が弱ってきた。ボンドは前にまわって、岸に引っぱっていく。

浅瀬に出ると、赤エイはぐったりとなってしまった。ボンドはそいつを水から引きあげて、浜の上のほうまで引きずりあげる。だが、用心のためそばによろうとはしなかった。赤エイは、ボンドの隙を見はからって、不意を打つつもりか、いきなりパッと宙にはね上がったのだ。ボンドがさっととびのく。赤エイは、あお向けに落ちて、白い腹に陽光をあびながら、無気味な口をパクパクやっていた。

ボンドは立ちすくんだまま、赤エイを見おろして、こんどはどうしようかと思案していた。

カーキ色のシャツとズボンを着た、背が低くて太った白人が、シュロの木立の下から出てきた。上げ潮のくるあたりまで、散らばったホンダワラや打ちあげられてひからびた海藻の点々と散らばる浜を、おりてくる。声がとどくくらいのところにくると、笑いながらいった。「老人と海か！　どっちが勝った？」

ボンドはふりかえった。「この島で、山刀をもってないのは、わたしだけだろう。なあフィデル、すまんが若いのをだれか呼んでくれ。こいつはまだくたばりそうもないし、こっちの銛が刺さったままなんだ」

セーシェル諸島のほとんどすべてを握っているバービー一族の末弟、フィデル・バービーは、そばにきて赤エイを見おろしていた。「こいつは大手柄だ。急所に当たったからよかったが、さもなきゃ、環礁を引きずりまわされて、銛銃ごととられちまうところだった。こいつがくたばるには、だいぶ時間がかかるだろうな。だがあんたは引きあげだ。ヴィクトリアまで、あんたを送らなきゃならない。用事ができた。いい話があってね。銛銃はあとで若いものをとりによこす。こいつの尾がほしいかね？」

ボンドは笑顔を浮かべた。「あいにく、まだ女房がいないんでね。だが、今夜の宴会は？」

「今夜は中止だ。行こう。あんたの服は？」

海岸道路をステーション・ワゴンで走りながら、フィデルはいった。「ミルトン・クレストってアメリカ人を知ってるかね？　とにかくクレスト・ホテルとか、クレスト財団とかの主《ぬし》らしいんだ。ひとつだけはっきりしていることは、そいつがインド洋で一番いいヨットをもっているってことだ。そのヨットがきのうはいってきてね。〝波頭号〟って名前だ。二百トン近くもあって、全長百フィートってヨットだ。この船には、べっぴんのおかみさんから、波があっても針がぶれないように、水平装置に載せたトランジスター式レコードプレイヤーまでそろってるんだ。なかは一インチの厚さの絨毯がぴったり敷きつめてあるし、完全冷房だ。アフリカからこっちで、しけてない煙草があるのもこの船だけだし、朝食後のとびきりのシャンペンというのにも、おれはパリ以来、はじめてお目にかかったよ」フィデル・バービーは、うれしそうに笑って話をつづけた。「とにかく、おっそろしく素晴らしい船だから、そのクレストだんなというのが、グランド・スラムをダブルにしたくらいいいやな野郎でも、かまうもんかという気になるだろう？」

「だれが、かまわないというんだね？　それがあんたとなんの関係が——いや、わたしとなんの関係があるんだ？」

「こういうわけなのさ。われわれは二、三日、そのクレストだんなのヨットでおともするんだ。もちろん、うるわしきクレスト夫人も一緒にね。そのヨットを、シャグリン島に案内してやることにしたんだ。この島のことは、前に話しただろう？　ここからはかなり遠い、アフリカに近いくらいだが。うちの連中は、あんなところは海亀の卵をとるぐらいしか、役に立たないと思っている。とにかく、海面から三フィートしかないんだからね。おれもあんな島には、五年もご無沙汰しちまった。とにかく、そのクレストってだんなが、その島にいきたいというんだ。何か自分の財団の関係で標本を集めてるらしくて、なんとかいうつまらん魚が、そのシャグリン島のまわりにしかいないらしいというんだ。少なくともクレストの話では、世界中で、まだそこで見つけた標本だけしかないというんだ」

「おもしろそうな話だが、それにわたしがなんのかかわりが？」

「あんたが退屈してるのはわかってたし、ここを発《た》つまで、まだ一週間ある。だから、このあたりではあんたが潜りのナンバー・ワンだし、もしそんな魚があの島にいたら、きっとあんたが見つけるだろうと売りこんだんだ。あんたが一緒でなければ、おれはいかんとね。クレストは喜んでた。それで話はきまったわけさ。あんたがここらの海で遊んでるのは知ってたから、海ぞいに車を走らせてきた。ここまできたら漁師が、気のふれた白人がひとりで、ベル・アンスの海で自殺しようとしてるというから、まさしくあんただと思って止まったのさ」

ボンドは笑った。「まったく、この島の連中の海をこわがることときたら、どうかしてるな。いいかげん海に慣れてもよさそうなもんだ。このセーシェル諸島では、泳げるやつは少ないんじゃないか？」

「ローマン・カトリックの教会のせいさ。服を脱ぐのがいやなんだな。ばかげた話だが、本当のことだよ。それに、こわがるといえば、あんたもここにきて、まだひと月にもなってないのを忘れちゃいけないな。サメにカマス――あんたはそいつらの、血に餓《う》えてるのに出くわしたことがないんだ。それに、ストーン・フィッシュというのがいる。こいつを踏んづけちまった人間を、見たことがあるかね？　苦しがって、体を弓なりにそらせて、ときにはあまりの苦しさで、目玉がとびだしちまうくらいなんだ。助かるやつは、めったにいないね」

ボンドは、同情しない。「そんなのは、環礁を歩くとき、靴をはくか、足に何か巻きつけるようにすればいいんだ。太平洋にだってそいつはいるし、大ハマグリなんて危険なやつも、うようよしてる。まったくこのへんの連中はどうかしてるよ。どいつもこいつも、資源がないと愚痴《ぐち》ばかりいってるが、海には足の踏み場もないくらい魚がいるじゃないか。それに、岩の下には子安貝だけでも、五十種以上あるぜ。こいつを世界中に売り出せば、ひだりうちわで暮らせるものを」

フィデル・バービーは吹きだした。「ボンドを知事に！　これがスローガンだ。こんどの議会で、この名案を売り出してやろう。あんたには、打ってつけだ——先見の明があるし、知恵はある。それに潜りが好きだときている。子安貝をねえ！　こいつはいい。これで戦後すぐのパチョリ油ブームの埋めあわせがつくかな。〝セーシェル諸島の貝《シーシエル》を売ろう〟これがわが党のスローガンだ。きっとあんたの功績は認められるようにするよ。そうなるとあんたは、すぐにサーの位をもらって、ジェームズ卿ってことになるな」

「損をしながらヴァニラを作るより、そのほうが金になるぜ」

シュロの茂みが切れて、紫檀《したん》の仲間のサングドラゴンという木の並木にはいり、車がマへ島のおそまつな首府の郊外に近づくまで、二人は乱暴にこんな軽口をたたいては笑いあっていた。

ボンドが本部でMに、セーシェル諸島に行けと命ぜられたのは、ひと月近く前のことだった。

「マルダイヴ諸島に新しい艦隊基地を造る件で、海軍が困っとるんだ。共産主義者がセイロンから潜入してきて、ストライキとサボタージュを起こしてる――お定まりの情況だ。彼らはマルダイヴをあきらめて、セーシェル諸島まで後退してもいいという。さらに千マイル南だな。だが、こんどは少なくとも安全を期したいというんだ。また、同じことをやられたくないとな。現地の報告も、そんなことはないといってきとるんだが、とにかく海軍が気をもんでいてな。だれかをやって独自の調査をやらせるといっといた。四、五年前にマカリオス大司教をとじこめてからこっち、保安問題はかなり起こってる。日本の漁船がうろついたり、イギリスから悪党がひとり二人逃げこんでるし、フランスとの結びつきも強い。ひとつきみが行って、よく見てきてくれんか」窓の外の三月のみぞれをちらっと眺めて、Mはつけ加えた。「日射病にならんようにな」

その件についての報告書は、一週間前に送ってあった。

結論は、セーシェル諸島が景色がよくて、島民が人なつっこすぎるから、仕事の点ではストライキやサボタージュみたいな結果になってしまうのだけが危険だというのだった。それっきりボンドには、次の帰りの定期船キャンパラ号を待って、モンバサに帰るだけで、何もすることはなかった。南国の暑さにはうんざりだし、だらんとなったシュロの木や、やかましく鳴くアジサシ、コブラについての月並みなおしゃべりなどももうたくさんだった。だから、目先の変わったことがあると思えば、ボンドは大喜びでとびついた。

　この一週間ボンドは、バービーの家に泊まっていた。そこへ荷物をとりにより、そのまま波止場の隅の税関小屋に車を乗りつける。白いペンキのまぶしい大型ヨットが、半マイルばかり沖に錨をおろしていた。二人は船外モーターのついた丸木舟で、鏡のような入江を、環礁の切れ目から出ていく。波頭号は、優美なヨットではなかった。

　船幅が太く、上部がごたごたしていて、線をごつく見せている――だが、ボンドはすぐに、これがフロリダ湾だけでなく、世界の七つの海を乗りきれる本当の船だとわかった。船には人影も見えなかったが、小舟をよせると、すぐに白いズボンにシャツ姿のスマートな水夫が二人現われた。ピカピカのヨットの塗料をはがされないように、ぼろ小舟をいつでもつきはなせるように竿を用意している。水夫たちは、二人のカバンをうけとると、ひとりがアルミのハッチをあけて、下におりるように手をふって案内した。ハッチを二、三歩サロンのほうにおりると、そこの空気がボンドには、まるで凍りつくように思えた。

　サロンには、だれもいなかった。とても、船のなかの部屋とは見えない。船には縁もゆかりもなさそうな、富と安楽が、部屋の隅々にまでゆきわたっている。ベネチアン・ブラインドを半分おろした窓は、広々と大きく、まんなかの低いテーブルをかこんだ肘掛椅子も、体が沈みそうなほど。絨毯もうす青の毛あしの長いパイルだった。壁は銀色がかった木で、天井は白。ひと通りの筆記用具と電話の載った机があった。大きなステレオの隣には、ボトルがずらりと並んだ飾り棚。棚の上には、ルノワールのものでもとくに素晴らしい絵——白黒の縞のブラウスを着た、黒い髪の美少女の絵だった。都会の住宅にある豪奢な居間という感じの仕上げには、まんなかのテーブルに置いた大きな花瓶にさした、白と青のヒヤシンス。机の脇の雑誌立てには、何冊もの雑誌が乱雑に投げこんである。

「どうだい、おれのいったとおりだろう？」

バービーがいうと、ボンドも感心したようにうなずいた。「海もこうやられてはなあ——まるで、海なんてものが消えてなくなったみたいだ」深く息を吸う。「いい空気を吸ってほっとしたよ。涼しい外の新鮮な空気の味ってやつを、あやうく忘れるとこだった」

「この空気は、外の空気ではないな。缶詰にした空気だよ」ミルトン・クレスト氏は、静かに部屋にはいってきて、二人を眺めていたのだった。五十を少し出た、ひと筋縄ではいきそうもない、丈夫でしぶとそうな男だった。色あせたジーンズにアーミーシャツを着て、太い革ベルトをしめたところは、しぶとそうに見せるのが好きらしい。しぶ紙色の顔のうす茶の目は、ちょっとまぶたがたるんでいて、眠そうに、人を小ばかにしたように光っている。への字に曲げた口は、愛嬌か軽蔑か——むしろ、軽蔑のほうらしい。乱暴な言葉は使わなくても、口調だけでもまるで小銭でも投げてやる調子で、ポンポンいう。ボンドがこのクレスト氏について、何よりも奇妙に思ったのは、その声だった。やわらかい、歯の間からしゅっと出るような——いまは亡き名優ハンフリー・ボガードの声とそっくりだった。鉄砲の弾丸に針金を植えたような、短く刈りこんだ白髪まじりのまばらな髪から、錨に鷲の刺青をした右腕、最後に絨毯をがっしりと踏んだ革のようなはだしの足まで、ボンドはゆっくりと見おろした。この男はどうやら、ヘミングウェイの小説の主人公を気どってるらしい。こいつとは、どうもうまくいきそうもない。

クレスト氏は絨毯を踏んで近づくと、手をさしのべた。「きみがボンドか？　よくきてくれたな」

ボンドは、骨もくだけるほどの握手を覚悟して、力をこめてこたえようとした。

「素潜りか、それともアクアラングかい？」

「素潜りだし、深いとこはやりませんよ。ほんの道楽なんだから」

「じゃあ、本職は？」

「公僕ですよ」

クレスト氏は、短いが吠えるような笑い声を立てた。「礼儀正しく、かつ卑屈だ。きみたちイギリス人は、執事や従僕にはうってつけの人種だよ。公僕だと？　こいつはうまくいくかもしれんな。わたしはそういうつつましく従順な召使いを、ひとりほしいと思ってたんだ」

甲板のハッチがカチンとあく音のおかげで、ボンドの癇癪《かんしゃく》は破裂しないですんだ。日焼けしたはだかの女が階段をおりてきたので、クレスト氏もボンドのことなど忘れてしまったらしい。いや、はだかといっても、女はまるはだかではなかった。うす茶のサテンのビキニを着ていたのだが、これが、まるはだかみたいに見せようという趣好でデザインされた代物らしい。

「おう、おまえか。どこに隠れてたんだ？　ずいぶん姿を見せなかったな。これは、バービー君とボンド君、一緒にいくことになってる連中だ」クレスト氏は女のほうに片手をふって、「これが家内だよ。わたしの五人目の女房だ。それから、変な考えをおこすといかんから、念のためにいっとくが、これはわたしを愛してる。そうだろう？」

「まあ、ばかなことはいわないでくださいな。ちゃんとわかってるくせに」クレスト夫人は、かわいい笑顔を見せた。「どうぞよろしく。バービーさんに、ボンドさん、ご一緒できて、なによりですわ。お飲みもの、何をあがります？」

「ちょっと待った。船のなかのことは、わたしにまかせるんだろ？」クレスト氏が、おだやかな明るい口調で横槍をいれた。

女はパッと赤くなる。「あら、あなた、もちろんですわ」

「よろしい、これでこの波頭号の船長がだれだか、はっきりしたろう」一同を愉快そうな笑顔で見まわす。「ところで、バービー君。きみの名前はなんといったっけ？　フィデル？ふん、いい名だ。昔ながらの誠忠《フェイスフル》のフィデルか。だが、めんどうくさいから、フィドと呼ぶことにしよう」クレスト氏は太っ腹そうに笑い声を立てる。「ではフィド、先にちょっとブリッジにいって、この船を出発させようじゃないか。船を外海に出してコースをきめちまえば、きみもあとはフリッツにまかせられるからな。船長がわたしで、フリッツがいまでは筋金入りの船乗りは、ドイツ人にしかいないからな」こんどはクレスト氏は、ボンドのほうに向きなおった。「ところで、きみの名は？　ジェームズか？　ジムでいい。きみはここで、家内に公僕らしくサービスしててくれ。ところで、家内の名はリズだ。食前に一杯やるときの、つまみを作る手つだいをしてやってくれ。家内もイギリスにいたことがあるから、ピカデリー広場やドゥークスの昔話もできるだろう。いいな？」彼は子供みたいに階段をかけ上がりながら、叫んだ。「さあこい、フィド。とっとと出発だ」

ハッチがしまると、ボンドはほっと息をはいた。クレスト夫人が、とりなすようにいう。「主人の冗談を、あまり気になさらないで。あれでもユーモアのつもりなんです。そんなものこれっぽっちももちあわせてない人なのに。それに、人を怒らせるのが好きなんです。いやな癖ですけど、本当にそれがおもしろいらしいんです」

ボンドは安心させるように笑顔を浮かべた。亭主がこのユーモアとやらをばらまいたおかげで、彼女がこんないいわけを他人さまにしなければならなかったことが、どのくらいあったことだろう。ボンドはいった。「ちょっと考えたほうがいいでしょうね。アメリカへ帰っても、ああなんですか?」

　クレスト夫人はふつうの調子でいった。「国に帰れば、あんな態度をとるのは、わたしにだけですわ。あの人はアメリカ人は好きなんです。船のなかだけなんです。おわかりでしょうけど、あの人の父親はドイツ人、しかも生粋《きっすい》のプロシャ人なんです。だからあの人も、ほかのヨーロッパ人のことやヨーロッパの頽廃なんかについて、ドイツ流のばからしい考え方で見てるんですわ。ヨーロッパはだめだっていうんです。議論してみても、はじまりませんわ。そう思いこんでしまってるんですから」

　やはりそうだったのか! このおやじもまた、例の暴君的ドイツ人なのだ。喉を狙うか足もとにひれ伏すかというのだ。ユーモアが聞いてあきれる。この美しい妻も、奴隷のつもりで飼ってるようなものだろう。イギリス人の奴隷だ。ボンドはいった。「結婚して、何年ぐらいになるんです?」

「二年ですわ。わたし、うちの人のホテルの一軒で受付をやってましたの。ご存じでしょうけど、主人はクレストの名前のついたホテルを何軒ももってます。素晴らしかったわ、シンデレラみたいな玉の輿に乗ったんですもの。いまでもときどき、夢じゃないかと、頬っぺたをつねってみるくらいですわ。たとえばこの船だって——」豪奢なサロンに片手をふって見せる。「それに、わたしにはとてもよくしてくれるんです。いつも何か買ってくれるし。アメリカでも大物だから、どこへいっても下にもおかない扱いをうけるので、いい気持ですわ」

「でしょうね。ご主人はそういうのが好きらしい」

「ほんと」女の笑い声には、あきらめに似た色があった。「あの人、たいへんな暴君ですから。そういうふうに仕えないと、すぐに癇癪をおこして。あくせく働いて木の高いところに登ったんだから、一番うまい実を食べるのが当然だというんです」クレスト夫人は、あまりあけすけにしゃべりすぎたと気がついて、あわてていいたした。「あらまあ、わたし、何をおしゃべりしてるのかしら？　まるで、長いおつきあいの人にしゃべってるみたい」照れくさそうな笑顔を見せる。「同じイギリス人だと思って、つい心やすくおしゃべりしてしまったんですわ。そうそう、わたし、もう少し何か上に着てこなくては。こんな格好してるのはデッキで日光浴してたからですの」

下のほうでゴトゴトいう音がした。「ほら、船が出ますわ。うしろの甲板で、船出をごらんになったら？　わたしもすぐいきますわ。ロンドンの話をもっとお聞きしたいし。こっちへどうぞ」するりとボンドの前をぬけて、ドアをあける。「そういえば、夜はデッキのほうがいいですわよ。クッションはいくらでもあるし、船室は換気装置があっても、やっぱり狭いですから」

ボンドは礼をいってデッキに出て、ドアをしめた。そこは麻の敷物を敷いた広い囲いのあるデッキで、船尾にはクリーム色のフォーム・ラバーの半円形のソファがある。籐椅子がいくつか配置してあり、隅には小さなバー。

クレスト氏は大酒のみなのだろうかという考えが、ボンドの頭に浮かんだ。クレスト夫人が夫を恐れているような気がしたが、これはボンドの思いすごしにすぎないだろうか？彼女の夫に対する態度には、痛々しいぐらい奴隷じみたところがある。玉の輿に乗るには、それだけの苦労もあるようだ。

ボンドは船尾からゆっくり遠のいていくマヘ島の緑を見守っていた。船の速度は一〇ノットぐらいだろう。すぐに北の岬について、あとは外海だ。ボンドは耳ざわりな機関の音を聞きながら、美しいエリザベス・クレスト夫人のことをぼんやり考えていた。

彼女はモデルをやったことがあるかもしれない。たぶん、ホテルの受付をやる前だったろう。うわべはいたって堅気じみてはいるが、どことなく高級淫売のような匂いがある。はだかで、あるいははだか同然のなりで、美しい体を自分でも気づかずに見せびらかすようなところが。しかし彼女には、モデルにありがちな冷たい感じはない。あたたかく、人なつっこい顔だちをしている。年は三十か、それ以上ではないだろう。ただ、その美しさにはまだ、熟しきれていないところが残っている。

一番目立つのは、豊かな金髪。ちょっとくすんだ金髪が、襟首のあたりまでふさふさしているが、彼女はそれを見せびらかそうとはしていない。その髪を、派手にたらしたりひねくったりしていないのだ。無理に色気を作ろうとしていないことに、ボンドは気がついていた。いつも青い澄んだ大きな目を、じっと夫から離さないで、素直にひっそりとしていた。口紅もつけていなければ、手にも足にもマニキュアを塗っていない。眉毛も自然のままだった。クレスト氏がそうしろと命じたのだろう。ドイツ流の自然の子という感じにさせたいのか？　たぶん、そうだろう。ボンドは肩をすくめた。おかしなとりあわせの夫婦だ。

ヘミングウェイみたいな体格で、ハンフリー・ボガードみたいなさびのきいた声のじいさんと、かわいらしく、すれてない女。しかも、この夫婦の間には、何か緊張のようなものがみなぎっている。女房が酒を出そうとしたときの、亭主のいやにとってつけたような男らしいふるまいと、女の卑屈な態度もおかしかった。あのおやじは、男としての能力がなくなってしまったから、わざと大げさに見栄をはって、強がりを見せているのではないか――。

ボンドはおもしろ半分に、そんなことまで考えていた。いずれにしても、この船で四日も五日も暮らすのは、あまりいい気持のものではない。

美しいシルエット島が船尾に遠ざかる姿を見送りながら、ボンドは癇癪をおさえるようにしようと心のなかで誓った。こういう辛抱をすることを、アメリカではなんといった？〝カラスを食う〟だ。

ボンドにとっては、おもしろい精神的試練だ。この五日間の船旅で、カラスを食う覚悟をきめた。せっかくの旅を、あのいやなやつに台なしにされないようにしよう。

「ほう、のんびりしてるな」クレスト氏がボート・デッキに立って、下のデッキを見おろした。「女房はどうした？　仕事はあれに押しつけちまったのか？　まあよかろう。女なんてものは、そのためにいるんだからな。船を見まわりたくないか？　操縦はフィドにまかせてきたから、おれは手がすいてるんだ」返事も待たずにクレスト氏は、かがみこんでボート・デッキからぶら下がると、ひょいと下のデッキまで最後の四フィートはとびおりた。

「奥さんは服を着てくるそうですよ。ええ、船のなかを、ひととおり見せてもらいたいですね」

クレスト氏は、じろりとボンドの顔を見つめた。「よし。ところで、まず要点だけ先に聞かしとこう。建造はブロンスン造船会社だ。たまたまその会社の株は、おれが九十五パーセント握っとるので、思いのままにできたわけだ、設計はローゼンブラッツ——造船技師としては一流だよ。全長百フィート、船幅二十一フィート。吃水六フィートだ。五百馬力のスーペリア・ディーゼル二基。最大速度一四ノット。八ノットで二千五百マイル航行できる。船内は完全冷暖房つきだ。キャリア社の特別設計による五トン冷暖房器が二台はいっとる。冷凍食品や酒はひと月分も積んどるから、あとは風呂やシャワー用の真水を補給するだけでいいんだ。わかったな？　ところで、まず船首にいって、乗員居住区から見てこよう。そうそう、ひとついっとくことがある」クレスト氏はデッキをトンと踏んだ。「ここはちゃんとした床だが、船首のほうは鉄板だ。わかるかな？　この船では、だれかがおれの気にいらないことをやっていたら、おれは〝待ってくれ〟なんていわずに、〝やめろ！〟とどなりつける。わかったな？」

ボンドは愛想よくうなずいた。

「異存ありませんよ。彼女はあんたの船ですからね」

「彼女じゃないぞ。鉄と木で造った船を、彼女だなんて呼ぶのはくだらん話だ。じゃあ、いこう。頭をぶっつける心配はない。この船は、六フィート二インチの背丈の人間がらくに動けるように設計してあるからな」

ボンドはクレスト氏につづいて、船を縦に貫いている細い通路にはいった。それから三十分、おそらく世にも贅沢でよくできているこのヨットを、適当な言葉をはさみながら、見てまわる。どこもかしこも快適だった。乗員の船室すら、ちゃんとした浴室やシャワー室がついている。ステレンス・スチールをはりめぐらした台所、クレスト氏のいわゆる調理場も、彼の寝室ぐらい広々としていた。

自分の寝室は、クレスト氏はノックもしないでドアをあけた。夫人は鏡台の前にいた。クレスト氏はやさしい声でいう。

「おや、酒のつまみの用意をしてたんじゃないのか？　着がえにしてはひまがかかりすぎるぞ。このジムのために、ちょっとよけいにめかそうというのか？」

「ごめんなさい、あなた。いまいくとこだったんです。ジッパーがひっかかってしまって」

女はあわててコンパクトをとりあげると、急いでドアのほうに向かう。二人に、おずおずとした笑顔を見せると、出ていってしまった。

「羽目板はヴァーモントの樺《かば》の木だ。照明はコーニング製のガラス・シェード。敷物はメキシコのタフト絨毯だよ。あの帆船の絵はモンテーギュ・ドースンの本物だ。ところで、そっちにあるのは……」

クレスト氏の説明はなだらかにつづいていたが、ボンドの目はベッドぎわのテーブルの陰にかけてあるものに向かっていた。大きなダブル・ベッドのクレスト氏の側らしいほうに、隠すようにしてつってあるものだった。長さ三フィートばかりの細い鞭だった。革でくるんだような握りがついている。鞭は赤エイの尾で作ったものだった。

ボンドはなにげなく、ベッドのそっち側にまわり、鞭を手にとった。とげだらけの鞭を指でなぜてみる。それだけでも指が痛かった。

「こいつは、どこで手にいれました？　わたしはけさ、この怪物を一匹退治したんですがね」

「バーレーンだ。あそこではアラブ人が、女房の仕置きに使うんだ」クレスト氏は笑いながらいった。「もっとも、うちの女房には一発以上はやったことがないが、ご霊験あらたかだな。うちではこいつを、監督さんと呼んでるんだ」

ボンドは鞭をもどした。じっとクレスト氏をにらむ。「そうですかねえ。セーシェル諸島の頑丈なクレオール人たちですら、こいつをもつことは法律で禁じられてるんですよ。使うなんてとんでもない」

クレスト氏はドアに向かっていた。冷やかにいう。「おいおい、あいにくこの船はアメリカ合衆国のものだぜ。さて、一杯やろうかな」

クレスト氏は食事の前に、冷たいコンソメにウォッカをダブルでいれたブルショットというカクテルを三杯飲み、食事のときはビールを飲んだ。

目が少し血走って、妙に光ったが、口調はおだやかで、淡々とひとりでしゃべりまくり、こんどの船旅の目的も説明した。「実はこういうわけなんだ。アメリカでは財団制度というのがあってな、うまく大金をつかんだが、税金にとられたくないって連中が、利用する。なんでもいいから財団を作っちまう。たとえば、このクレスト財団みたいにな。慈善財団なら子供や病人に施す目的にするし、科学に貢献する財団ってやつもあるんだ。とにかく、金を自分やその一族で使う以外に使うんなら、税金はかからん。そこでおれも、一千万ドルという金でクレスト財団を作り、たまたまおれはヨットが好きなんで、二百万でこのヨットを造って、スミソニアン博物館という大きな自然史博物館にわたりをつけて、代わりに珍しい標本を世界各国から集めてきてやることにしたんだ。これでおれは、科学探究の旅をしてるってことになるわけだろ？　だから、毎年三カ月は、それ以上は自腹を切らずに、けっこうな休暇が楽しめるってわけさ」クレスト氏は、客の喝采でも待ちうけるように見まわした。「わかったかな？」

フィデル・バービーが首をふった。「うまそうなお話ですが、その珍しい標本というのは、容易にゃ見つからんでしょう？　スミソニアンがほしがるジャイアントパンダや貝なんかでも、連中が手にいれ損なったようなものを、手にいれられるんですか？」

クレスト氏はゆっくり首をふった。さも憐れむようにいう。「何も知らんらしいな。金さえあれば、なんでも手にはいるさ。たとえば、パンダがほしいとする。そういうときは、爬虫類館の暖房施設や、虎の檻《おり》を新設したいが資金難で困ってるような動物園から、買ってやればいいんだ。貝だってそうだ。札束をつきつければ、たとえあとで向こうが惜しがって泣くことになろうが、とにかく手にいれることはできるさ。ときには、その国の政府相手にめんどうがおきることもある。たとえば、国で保護してる生きものや何かだな。よし、実例で話してやろう。おれはきのうあの島へいったが、プレスリン島の黒オウムがほしかった。アルダブラの大亀もほしかった。土地の子安貝を網羅《もうら》したものもほしかったし、おれたちがこれからさがす魚もほしい。前のふたつは両方とも、法律で保護されてるんだな。そこでおれは、ちょっとばかり町の様子を調べてから総督をたずねた。そしていったんだ。閣下、この地の子供たちに泳ぎを教えるため公共プールが必要だと思いますとな。

クレスト財団が費用を出しましょう。いくら? 五千ドルか一万ドル? よろしい、では一万ドル出しましょう。小切手帳をもってますからとな。さて、そこで小切手を書く。ところで閣下、ちょっとお願いがと、小切手をもったままいうんだ。じつはわたしは黒オウムと大亀の標本がほしいのですが、法律で保護されとるそうで、できたらスミソニアン博物館にもって帰るお許しをいただけませんかね? とにかく、少し文句も聞かされるが、スミソニアンの名前と、こっちが小切手をもったままなのがきいて、結局は万事めでたしめでたしということになるんだ。わかるだろ? とにかく、それから船に帰る途中、街で商人のアベンダナ君と話をしたよ。オウムと亀を手にいれてもらうためにね。そこで、話が子安貝のことになった。ちょうどこのアベンダナ君が、子供のときからそいつを集めてたんだな。見せてくれたよ。みごとに保存してあった。ひとつひとつうす紙に包んでな、みごとなもので、イサベラとマッパという貝なんか、ちょうどおれがさがしてくれといわれていたものだ。せっかくだが売るつもりはないという。それほど大事にしてるとかなんとかいうんだ。よしっ! おれはアベンダナの顔を見て、いくら? といった。だめです、売りません。売るなんて考えられません。そこでもう一発! こっちは小切手帳を出して、五千ドルの小切手を切って鼻先につきつけてやったんだ。小切手を見てたよ。五千ドル! こたえられっこないや。あの女の腐ったみたいなやつは、小切手をたたんでポケットにつっこむと、わっと泣きくずれやがった! 信じられるかい?」クレスト氏は信じられないというように、両手をひろげてみせる。「たかがつまらん貝殻にな。そこで、おれも気を落としなさんなといって、貝の箱をいただくとさっさと退散さ。あいつが悲しみのあまり自殺でもしちまう前にな」

クレスト氏はいい気持でふんぞりかえった。「どうだね？　たった二十四時間で、蒐集リストの四分の三を片づけちまった。うまいもんだろう？」

ボンドはいった。「きっと、アメリカへ帰ったら勲章がもらえますよ。ところで、肝心の魚というのは？」

クレスト氏は立ち上がって、机の引出しをかきまわしていたが、タイプで打った紙をもってきた。「これだ。珍魚ヒルデブランド。一九二五年四月、ウィトウォータースランド大学ヒルデブランド教授により、セーシェル群島シャグリン島沖で捕獲されたもの」読んでいたクレスト氏が顔を上げた。「くだくだしい専門語で書いてあるから、まともな英語に直さなきゃならん。翻訳したのが裏にあるから、こっちをかいつまんで話そう」紙を裏がえす。「こいつは、イットウダイという魚の珍種らしいんだ。標本はまだひとつしかなくて、発見者の名からヒルデブランドという名がついてる。長さ六インチの魚だ。色はあざやかなピンクで、黒い縦縞がある。ひれは背びれも胸びれも腹びれもピンクで、尾だけが黒いんだ。目は大きくて濃い青。見つけても、同じ種の他の魚よりもひれが鋭いから、素手ではつかまんほうがいいらしい。ヒルデブランド教授の記録では、そのときの標本は南西の礁湖の端の三フィートぐらいの深さのとこで見つかったことになってる」クレスト氏は紙をテーブルの上に投げだした。「まあ、そういうわけだ。何千ドルもかけて、千マイルもの旅をするのも、つまらん六インチの魚を見つけるためだ。二年前に、税務署の野郎に、この財団はいんちきだなんてぬかされた恨みがあるからな」

リズ・クレストが口を出した。「でも、あれは当たり前ですわ。標本や獲物をどっさりもって帰ることが肝心なんですもの。それに、あの恐ろしい税務署の連中がいうのは、わたしたちがはっきり科学的な仕事をしてることを示さなければ、このヨットと過去五年の経費を認めないというんでしょ？　そんな口ぶりでしたわね？」

「よけいな口を出さんほうがいいぞ」クレスト氏は猫なで声でいった。「いいかい？　自分でもわかってるだろう？」やさしい無造作な口調だった。「出すぎたことをいうと、あとで監督さんにお目にかかることになるぞ。自業自得だよ」

リズの手がすっと口もとにいった。目を大きく見ひらいて、蚊の鳴くような声でいう。

「やめて、あなた。お願い、それだけは」

二日目がすぎて、三日目の夜明け、船はシャグリン島についた。

最初は、レーダーのスクリーンに小さくぽつんと映った一点にすぎなかった。やがてそれが、水平な走査線の上の小さなこぶになり、巨大な弧を描いた水平線に、じりじりと大きく見えてきて、白い上に緑をかぶせた半マイルばかりの島の姿となる。ヨットの上の二日間は長かったので上陸がありがたかった。自分たちのヨット以外に、動くものが何ひとつ見当たらない、虚無の大海原の旅は退屈だった。ボンドはこれまで、赤道近くのこういう無風帯というのは、見たこともなければ、考えたこともなかった。いまやっと、帆船時代の航海がいかに冒険であったか、わかった気がした。

焼けつくような太陽のもと、海は鏡のようだった。淀んだ、そよとも動かぬむっとするような大気。海のはてにかすかに見える小さな雲らしきものも、近づきもしなければ、風や雨を恵んでもくれない。インド洋のこの小さな島を目当てに、重い船をオールで漕ぎながら、一日一マイルぐらいの速さでこの島を目ざす船乗りたちが、何世紀にもわたっていたにちがいない。ボンドは船首に立って、飛び魚の飛びかうのを眺めていた。濃紺の海に、深い暗礁の茶や白やグリーンが見えてくる。こうやってすわったり横になったりしてごろごろしてるより手のないいま、すぐにまた歩いたり泳いだりできるようになると考えるだけでも胸がはずむ。二、三時間でも、ひとりっきりになれたら——ミルトン・クレスト氏の面《つら》を見ないでいられたら、どんなにせいせいするだろう。

船は環礁の外、十尋《ひろ》の深さのところに錨をおろした。フィデル・バービーがモーター・ボートをおろして、一行を環礁の隙間から島に案内する。典型的なサンゴ礁の島だった。砂地とサンゴ礁と低いやぶが二十エーカーばかりで、まわりは五十ヤードほど礁湖になり、その外を環礁がレースのように取りまいている。静かな長いうねりが、やわらかい音を立てて環礁を洗っていた。

一行が上陸すると、海鳥――アジサシ、カツオ鳥、軍艦鳥のいろいろ――が雲のように飛び立ったが、すぐにまた舞いおりてしまった。

海鳥の糞のツーンと鼻にくるアンモニア臭がただよい、やぶも糞でまっ白になっている。鳥以外にこの島の生物は、カニだけだった。ヤシガニと砂浜に住む普通のカニだ。

白い砂の照り返しがまぶしいくらいで、陰になるようなところはどこにもない。クレスト氏は天幕を立てるよう命ずると、なかにおさまって葉巻をふかしながら、ほかのいろいろな道具を船から運びあげるのを見ていた。クレスト夫人はすぐに泳ぎはじめ、貝を拾ったりしていた。ボンドとフィデル・バービーはマスクをつけると、ふた手に分かれ、島のまわりの礁湖を組織的に端からぐるりと調べてまわる。

貝にしろ魚にしろ、あるいは海藻にしろ、何か特定のものを海のなかでさがすには、さがすものの形をとくに頭と目にしっかりと刻みこまなければならない。目まぐるしい色と動き、たえず変わる光と影の交錯は、集中しようとする神経をそらせてしまいがちだからだ。ボンドはお伽《とぎ》の国のような水中をのぞきながら、ゆっくり進んでいった。心のなかには、ただひとつ、六インチのピンクに黒いしまのある魚、大きな青い目の魚だけを描いていた。この世で人間に姿を見られるその魚の二匹目。

クレスト氏も魚さがしに加わっていた。「見つけたらどなるだけで、あとは見のがさんようにしてればいい。あとのことは、おれがやる。きみたちも見たことがないような、魚とりにはうってつけのものを、天幕にもってきてるんだ」

ボンドは目を休めるため、ひと息ついた。ここの水は浮力が強くて、じっとしたまま、うつぶせに浮かんでいられるくらいだった。のんびりと銛の先でウニをつきこわし、ピカピカ光る浅瀬の魚の群が、鋭い黒いとげの間の黄色い肉にとびついていくのを眺める。珍魚を見つけても、クレストだけが得をするのかと思うと腹が立つ。見つけても、知らん顔してやろうか？　だが、そいつも子供っぽい話だし、今回一緒についてきたのも、魚をさがすという、いわば契約をしてきたようなものだから、そうもいくまい。

ボンドはゆっくり泳ぎながら、目は機械的に魚をさがし、心はクレスト夫人のことに向かうのだった。

彼女はきのうは、一日ベッドから出てこなかった。頭痛のせいだと亭主はいっていた。いつかは彼女も、亭主にさからうようになるのではなかろうか？

あの鞭をふりあげた亭主にナイフか拳銃をもって立ち向かい、亭主を殺すのではなかろうか？

いや、あの女はおとなしすぎるからそこまではできまい。クレスト氏はうまい女房をえらんだものだ。奴隷タイプの女だ。それに、玉の輿に乗ったということが、女にとっては手も足も出ないかせになっている。あの恐ろしい、いやな亭主を片づけたところで、あの赤エイの尻尾の鞭が法廷に出されれば、陪審員は彼女を放免してしまうだろうということが、彼女にはわからないのだろうか？　ボンドの口から、彼女にそういってやろうか？　こいつはいかん、ばかいっちゃいけない！　どんなせりふになると思うんだ？「ねえ奥さん、ご亭主を殺したかったら、殺したってだいじょうぶですよ」

ボンドは水中マスクのなかで、思わず笑ってしまった。冗談じゃない！　ひとさまのことに、口をだすことはない。それに、彼女もマゾヒストなのかもしれないぞ。しかし、ボンドは、こんな簡単な答えでは解決がつかないのは承知していた。あの女は、不安におののきながら生きている。いまの生活をいやがりながらも、やむをえずつづけているのかもしれない。あの青いおだやかな目からは、何も読みとれないが、一度か二度、ちらっと子供っぽい憎しみの色が浮かんだようだった。あれは、夫に対する憎しみか？　たぶん、自分でもそこまでは自覚していまい。

ボンドは、頭からクレスト夫妻のことを追いはらうと、どのくらい島をまわってきたか見ようと顔を上げた。フィデル・バービーのシュノーケルが、百ヤードたらずのところに見えた。もう、二人でほとんど島をひとまわりしてしまったのだった。

二人はぶつかったところから、岸に泳ぎつき、熱い砂の上に寝そべった。フィデル・バービーがいった。

「こっちには、どこでもお目にかかれる魚しかいなかった。ただ、いいめっけものをしたよ。大きな真珠母貝の群にぶつかってね。小さめのフット・ボールぐらいあるやつだ。かなりな金になるな。こんどの航海から帰ったら、いつかまた、あらためてあいつをとりにこよう。それに、ゆうに三十ポンドはありそうな青いオウム魚を見つけた。ここらの魚はみんなそうだが、人見知りしないで、犬みたいにかわいいよ。殺すのがかわいそうなくらいだ。もっとも、そんなことしたらたいへんだがね。サメが二、三匹いたから、水のなかの血を見せたら、どういうことになるかわからない。ところで、一杯やって何か食いたいな。そのあとで、受け持ちを交替して、もうひとまわりしてもいい」

二人は起き上がって、渚づたいに天幕のところにもどった。クレスト氏が二人の声を聞きつけて、天幕から出てくる。「だめだったか?」といいながら、脇の下をぼりぼりかく。「アブに食われた。ひどい島だな。女房はこの匂いが我慢できないといって、船に帰ったよ。われわれも、もう一度見てまわったら、ここから逃げ出したほうがよさそうだな。飯は勝手にやってくれ。氷の袋にビールがいくらか冷えてるだろう。おい、そのマスクをひとつかしてくれ。こいつは、どうやって使うんだ? おれも、ここにいる間、一度海の底ってやつをのぞいてみようと思うからな」

二人は暑い天幕のなかで、チキン・サラダを食べ、ビールをのみ、浅いところでぼちゃぼちゃやりながら、水のなかをのぞいているクレスト氏を、陰気な目で見つめていた。フィデル・バービーがいった。「たしかに、あのおやじのいうとおりだな。この小島はまったくひどいや。カニと鳥の糞ばかりで、まわりは海だけなんだからなあ。サンゴ礁がいいなんてたわごとは、寒いところのヨーロッパ人の寝言さ。スエズからこっちで、サンゴ礁の島が好きだなんてやつは、正気の人間にはいないね。うちも、こんな島は十ぐらいもってるし、小さな村があって、コプラや亀でいい収入になるものもあるがね。だが、そんなものは、全部ひとまとめにして、パリやロンドンのアパートの権利金とかえてもいいくらいなもんだ」

ボンドは笑った。「どうだい、タイムズにそういう広告を出したら。鳥の糞の山ほどある島とアパートと交換したし——とね」

ちょうどそこで、岸から五十ヤードのところで、クレスト氏が派手な合図をしはじめた。ボンドがいう。「やつが魚を見つけたかな？　さもなきゃ、とげのある魚でも踏んづけたか……」潜水マスクをとりあげて、彼は海に駆けていった。

クレスト氏は腰ぐらいの深さのところにつっ立っていた。指先で、目の前の水面をやたらとつついて見せる。ボンドはそっちへ、静かに泳ぎよった。絨毯のような海藻地帯から、サンゴ礁の切れ目に出る。ところどころサンゴのかたまりがぽっこりでっぱっている。蝶々魚やその他の浅瀬の魚が、十何種類も岩の間にうろうろしているし、小さなエビが触角をボンドのほうにふっていた。

底のほうでは、緑色の大きなウツボが、穴から顔を出しているのが見えた。半びらきのその口から、針のような歯が見える。そいつの金色の目は、用心深くボンドのほうをうかがっていた。ボンドはおかしかった。クレスト氏の毛むくじゃらの脚が、ウツボの口から一フィートばかりのところに、大木みたいにつっ立っていたからだ。ウツボをけしかけるように、ボンドは銛の先でつついてやったが、ウツボは銛に歯を立てただけで、するっと穴に姿を隠してしまった。ボンドはそのままそこに浮かんで、はなやかな海底のジャングルを眺めた。ぽっと赤いものが、遠くのかすんだ水中からこっちに近づいてくる。これ見よがしに、ボンドの下で円を描いて泳ぐ。濃い青い目が、恐れげもなくボンドを見上げているみたいだった。やがて、でっぱったサンゴのかたまりの下側にある糸くずみたいなものをパクリとやると、その魚は舞台から退場するヒロインみたいに、悠然と泳ぎ去って姿を消した。

ボンドはウツボの穴のところからあともどりして、立ち上がった。マスクを脱いで、マスクをかけたまましびれったそうにボンドを見つめていたクレスト氏にいう。「そう、たしかにあいつですね。ここからは静かに引きあげたほうがいいですよ。怯えさせさえしなければ、またここへきますからね。礁湖の魚ってやつは、いつも同じコースで泳ぎまわってるものだから」

クレスト氏はマスクを脱いだ。「ちくしょう！　どうだ、おれが見つけたんだぞ」それから少しばかりもったいぶってつづける。とにかく、見つけたのは、このおれなんだ」ゆっくりとボンドにつづいて、彼も岸に上がった。

フィデル・バービーが二人を待ちうけていた。クレスト氏はバービーに、やかましくいいたてる。

「どうだ、フィド、あの魚を見つけたぞ。おれが――このミルトン・クレストがだ。どうだ？　おまえたちプロが二人がかりで、午前中いっぱいかかっても見つけられなかったのをな。おれがちょいとこのマスクをかりて、うまれてはじめてかぶってだぞ――十五分きっかりであの魚を見つけちまったんだ。どうだ、おそれいったもんだろう？」

「おそれいりました。おみごとですよ。ところで、どうやってつかまえるんです？」

クレスト氏は、ゆっくり片目をつぶってみせた。「ちゃんと道具はそろってる。友だちの化学者からせしめてきたんだ。ロテノンという薬でな。ブラジルで先住民が魚とりに使う草の根を、精製したやつだ。水に流してやるだけで、目ざす魚は浮かび上がってくるという、簡単なしかけだ。一種の毒薬で、魚のエラの血管をしめつけちまって、魚を窒息させちまう。人間には無害だよ、人間にはエラはないからな」

クレスト氏はボンドのほうにふりかえった。「さあジム、きみは海に出て、見はっててくれ。あの魚が逃げんようにな。フィドとおれは、薬をもっていく」潮の流れの上手《かみて》を指さして、「いいといったら、ロテノンを流すからな。そっちへ流れていくだろう。いいか、時機をまちがわんようにな。この薬は五ガロン缶ひとつしかもってきてないんだ。いいな？」

ボンドは、「はいはい」といって、ゆっくり海にはいっていった。のんびりと、さっき立ったところまで泳いでいく。たしかにその場所だった。ウツボがまた、穴から顔を出している。エビが触角を向けてくる。すぐに、まるでボンドと待ちあわせでもしていたように、珍魚ヒルデブランドが姿を現わした。こんどはボンドの顔のすぐそばまで泳いでくる。マスクのガラスごしになかをのぞいて、びっくりしたようにあわてて逃げていった。しばらく、そばの岩の間で遊んでいたが、やがてまたかすんだあたりに姿を消してしまう。

ボンドの視野のなかの、ささやかな水中の世界が、ボンドの存在を当たり前のものと認めて、いつもの営みをはじめるようになった。岩の一片に化けていた小さなタコが、用心深く足を伸ばして砂地におりていく。青と黄のエビが、岩の下から二、三歩出て、不思議そうにボンドを見ている。小さな、ウグイみたいな魚が、ボンドの脛《すね》や足をつついてくすぐる。ボンドはウニをつきこわしてやった。魚たちはもっといい餌を見つけたとばかり、そっちに行く。

ボンドは顔を上げてみた。クレスト氏がひらべったい缶を手に、ボンドの右側二十ヤードばかりのところに立っている。ボンドが合図をすれば、すぐにその薬を流しはじめるだろう。薬が水面にひろがるように、そっと流すのだろう。

「いいか?」クレスト氏が声をかけてきた。

ボンドは首を横にふった。「あいつがまたここへ現われたら、親指を上げて見せるから、それからさっさと流すんですよ」

「ようし、ジム。爆弾の照準手がお前さんなんだからな」

ボンドは顔を伏せた。水のなかは小さな世界だった。それぞれが自分の暮らしにいそがしい小さな世界だ。すぐに五千マイルも離れたどこかの博物館でなんとなくほしいといっていた、たった一匹の魚のために、おそらくこの何百何千という水中の世界の住民が死ぬのだろう。

ボンドの合図ひとつで、死の影が流れてくるのだ。この毒薬は、どのくらいもつのだろう？　どのくらいまで、礁湖にひろがっていくのだろう？

何千どころではなく、何万の魚を殺すことになるのかもしれない。小さな小フグが現われた。小さなひれをプロペラのようにまわしている。金と赤と黒のきれいなヒトデが砂地にへばりついているし、曹長と呼ばれる黒と黄色の山形の袖章みたいな縞の魚が二匹、どこからともなく現われた。ウニの中身の匂いに引かれたのだろう。

この環礁のなかの魚は、何かこわいものがあるだろうか？　この小さな魚の世界の支配者はだれだろう？　小さなカマスかな？　それとも、ときどき姿を見せるくちばしの長い魚か？

しかしいま、クレスト氏というれっきとした死神が、翼をひろげて立っているのだ。しかもこいつは腹がへってるから魚を食うというのではない。ただ、殺すのだ。おもしろ半分といってもいいくらいの殺し方だ。

ボンドの視野のなかに、二本の茶色い脚が現われた。顔を上げてみると、フィデル・バービーだった。大きな胴乱《どうらん》を胸にくくりつけて、柄の長い網をもっている。

ボンドはマスクをずりあげた。「なんだか、長崎を狙った原爆の照準手になったみたいな気持だぜ」

「魚は冷血動物だよ。何も感じやしないさ」

「どうしてわかる、怪我した魚が悲鳴を上げるのを聞いたことがあるぜ」

バービーはにべもない。「こいつにかかっちゃ、魚も悲鳴なんか上げられないよ。窒息して死んじまうんだからな。どうしたんだい、相手はたかが魚じゃないか」

「わかってる、わかってるよ」

バービーはこれまで、猟と釣りばかりやって暮らしてきた男なのだ。一方、ボンドとて、ときにはなんのためらいも見せずに、人を殺したこともあった。何をぐずぐずしているんだ？　赤エイを殺したときも、ボンドは平気だった。そうだ、しかし、あの毒魚は敵だったんだ。それにひきかえ、ここの魚は善良な住民なのだ。住民？　虚偽の感傷ってやつだな？

「おいっ！」クレスト氏の声がとんできた。「何してるんだ？　無駄話してるときじゃないぞ。ジム、水のなかを見ろ」

ボンドはマスクをさげると、また水面に横たわった。すぐに、きれいな赤い影が、遠くのぼやっとかすんだあたりに現われる。そいつは、まるでボンドがいることを当たり前とでも思っているように、さっとやってくる。ボンドの下にただよって、上を見上げている。

ボンドは潜水マスクのなかでいった。「ばか、こっちへくるな！　逃げろ！」銛でぐいとつつくと、魚はあわてて逃げていった。

ボンドは顔を上げて、怒ったように親指を上げてみせる。ばかげたつまらないサボタージュ行為だった。やったとたんに、ボンドも恥ずかしくなったくらいだった。濃い茶色の油っぽい液体が、礁湖の水面にひろがってくる。薬がからっぽになる前に、止めるひまはあった。珍魚ヒルデブランドを狙って、もう一度やりなおせるようにだ。

だが、ボンドは、最後の一滴が流れるまで、じっと見つめていた。クレストなんかクソくらえだ！

いま、薬はゆっくりと流れにのってひろがってくる。ギラギラとまるで鏡のように青空を映している。巨大な死神のクレスト氏が、薬の流れと一緒に歩いてくる。

「さあ、手は打ったぞ。こんどはそっちの番だぞ」はしゃいだような声だった。

ボンドはまた、水面に顔を伏せた。水のなかのささやかな世界は、まだもとのままだった。それが……。

ばからしいほどの唐突さで、いきなりすべてが狂ってしまったようだった。まるで、あらゆる生きものが、舞踏病にとりつかれてしまったみたいだ。くるくる狂ったように泳ぎまわっていた魚が、重い枯れ葉のようにばたりと砂地に沈み、落ちる。ウツボがサンゴ礁の穴からゆっくり顔を出す。ぱっくり口をあけたままだった。用心深くすーっとまっすぐ立ち上がると、ふわっと横だおしになる。小さなエビが、尻尾をぴくぴくと三回やったと思うと、ひょいとひっくりかえる。タコが岩につかまっていたのをはなして、あおむけに底へただよって沈む。やがて、あたりは潮にのった魚の死骸でいっぱいになってくる。白い腹を出した魚に、小エビ、虫、斑点のある緑のヤドカリ、ウツボ……、大小さまざまのエビ。まるで死の風におだやかに吹き流された、死体の流れだった。すでに色あせた魚の死体が、ゆっくりと流れていく。口のとがった五ポンドぐらいもある魚が、パクパクとあえいで死と闘っている。先のほうでは、もっと大きな魚が、安全なところへ逃げようと、バシャバシャとはねている。ボンドの目の前で、ウニがひとつひとつ、岩から落ちて砂地に黒いしみをつけていく。

ボンドは肩に手をかけられたのに気がついた。クレスト氏だった。はげしい日ざしとその照り返しで、目が血走っている。唇に白い日焼けどめクリームをぬっていた。

ボンドのマスクに向かって、じれったそうにどなる。「いったい、あんちくしょうはどこにいるんだ?」

ボンドはマスクを押しあげた。「薬のくる前に、逃げのびたようですよ。まだ、さがしてるんだけど」

クレスト氏の返事も待たずに、ボンドはさっさと水のなかに顔をつっこんでしまった。虐殺はなおもつづいている。死骸はふえる一方だった。だが、薬の流れはもうすぎてしまったようだ。だから、もう例の魚が帰ってきても大丈夫だろう。ボンドが助けてやったんだから、あれはボンドの魚だ。ここでボンドは、ぎょっとした。遠くのぼやっとかすんだ水中にちらっとピンクの影。見えなくなったと思うと、また現われた。珍魚ヒルデブランドは、のんびり、環礁の切れ目の迷路のようなところを、こっちに泳ぎよってくる。

クレスト氏にはかまわず、ボンドはあいてるほうの手で水をたたいた。それでも、魚はこっちにやってくる。ボンドは銛銃をそっちの方角に発射した。効果はなかった。ボンドは立ち上がって、そっちの方角に、魚の死体をかきわけて歩みよろうとした。

美しい赤と黒の魚は、ちょっと止まってピクピクと体をふるわせると、ボンドの足もとにとびこむようにして落ち、それっきり動かなくなった。ボンドはただ、かがみこんでそれを拾いあげるだけ。尾の最後のあがきも感じられなかった。とげのある黒いひれが手のひらに軽くチクチクする、ちょうど手にのるくらいの大きさだった。

ボンドは色があせるのをふせぐように、水のなかにつけたままもっていき、クレスト氏に「ほら」といってその小さな魚を渡すと、そのまま岸に向かって泳ぎ去った。

その夜、黄色い大きな月の光をあびて、帰途についた波頭号では、クレスト氏が無礼講の酒宴を命じていた。「リズ、今夜はお祝いだ。きょうはたいへんな日だぞ。最後の目標まですっかり片づいちまったんだ。もう、こんないやなセーシェル諸島にはおさらばして、文明社会に帰れるんだぞ。どうだ、モンバサに帰ったら、亀とオウムとやらを積みこむんだぞ。ナイロビまで飛んで、それからはでかい飛行機で、ローマでもベニスでも、パリにだっていける。どこへだっていけるんだぞ。どうだ、え？」

いいながらクレスト氏は、大きな手でリズの頬と顎をぐっとつかんだ。血の気の失せたような唇がぴょこんとつき出ると、彼はその唇に冷やかな接吻をした。ボンドは女の目をじっと見つめていた。その目は、かたくつぶっていた。クレスト氏が手をはなすと、彼女は顔をマッサージする。それでもまだ、指の痕が白っぽくついていた。

彼女は笑いながらいう。「痛いわ。顔がつぶれちゃう。あなたは自分の力を知らないんだから……でも、お祝いはやりましょう。きっと楽しいわ。それに、パリへいけるなんて素晴らしいわ。そうしましょうよ、ね？　ところで、宴会のごちそうのご注文は？」

「ばか――キャビアにきまっとる」クレスト氏はまだ両手をひろげたままいった。「ハンマッヒェル・シュレンマーの粒よりのボンド缶をふた缶あけて、つまみをほかにもそろえるんだ。酒はピンクのシャンペンだぞ」クレスト氏はボンドのほうにふりかえった。「そっちはどうだ、異存はなかろ？」

「ほう、結構なごちそうらしいですな」ボンドはそういってから、話題を変えた。「ところで、獲物はどうしました？」

「ホルマリンだ。ボート・デッキにほかの瓶と一緒に並んでるよ。あっちこっちでとった魚や貝と一緒だ。無事にわが家の特別死体置場行きだ。標本はそうやっとくようにいわれとるんでな。文明世界に帰ったら、すぐに航空便で送っちまうさ。その前に、記者会見をやろう。帰国は新聞に派手にやらせにゃいかん。スミソニアン研究所と通信社には、もう無線で知らせといた。うちの税理士が、その新聞の切りぬきを、うるさい税務署の若僧に見せるのに役立てるだろう」

クレスト氏はその夜は、ひどく酔っていた。ところが、ちっとも表には表われない。おだやかなハンフリー・ボガードばりの声が、ますますおだやかになり、口調がゆっくりしてくる。丸い堅い頭で小首をかしげるのが、わずかばかり大げさになり、葉巻が消えるたびにつけるライターの焔の出ている時間が長くなる。一度、グラスをテーブルから落としただけだった。

酔いがはっきり表われたのは、クレスト氏のしゃべる言葉のほうにだった。ひどく意地悪くなって、片っ端から人を傷つけずにはいられないのだ。

その晩、酔ったクレスト氏の毒舌の、最初の矢面に立たされたのは、ボンドだった。イギリスやフランスを含めて、ヨーロッパがなぜ急速に世界での地位を失っていったか、ボンドをそれとなくその矢面に立たせていじめるのだった。

　クレスト氏の説によると、現在世界には大国は三つしかない——アメリカとソ連、中国だというのである。ほかの国は、大きなポーカー・ゲームに、賭け札もカードもてずに、指をくわえているみそっかすだというのだった。ときどきどこかの調子のいい小国——イギリスのように、たしかに以前は大国の仲間入りをしていた国——が、おとなの国のゲームに仲間入りしようと金を借りたりする。だが、そんなのは、クラブですでに破産しただれかに対しても礼儀からつきあってやってるのと同じことだ。そうだ。イギリス人はたしかにいい国民だし、スポーツも盛んだが、古い建物の廃墟に女王がいるだけだという。フランスは？　いまはうまい料理と女がカモだということ以外にとりえはない。イタリアは？　陽光とスパゲッティだ。サナトリアムや何か、そんなようなもんだ。ドイツは？　そう、ドイツ人にはまだいくらか根性があるが、ふたつの大戦に負けて心《しん》から参っている。クレスト氏は、世界中のほかの国々もみんな同じようなひと言で片づけてしまってから、こんどはボンドの意見を求めた。

　ボンドはこういうクレストという男に、つくづくうんざりしてしまった。クレスト氏の見方はあまり単純すぎるし、無邪気といってもいいとすら思った。そこで、ひと言やりかえす。

「あなたの話を聞いてると、あなたの国アメリカについて、的を射た批評を聞いたのを思いだしますね。ご披露しましょうか？」

「ああ、いってみたまえ」

「アメリカって国は、赤ん坊から青年にならずに、いきなりもうろくじじいになってしまったというんです」

　クレスト氏はボンドを見つめて考えこんでいたが、やっと口をひらいた。「ふうむ、なかなかうがったことをいうな」女房のほうに目を向けて、ちょっと目を細くして見つめる。「おい、おまえもイギリス人だから、この男と同じに考えてるんだろう？　そういえば、アメリカ人は子供っぽいというようなことを、おまえが前にいってたのを思いだしたぞ。おぼえてるか？」

「まあ、あなた」リズ・クレストは心配そうな目をして、夫の顔色をうかがう。「そんなこと、なにも関係ありませんわ。だって、あのときは新聞の漫画のことで、なんの気なしにいっただけですもの。もちろん、あたしはボンドさんのいうことに同意なんかしてません……いずれにしても、冗談ですわ。そうでしょ？」

「そうですよ。クレストさんがイギリスは廃墟に女王様がいるだけだといったから、あれと同じく、ただの冗談ですよ」

　ボンドがそういったが、クレスト氏の目は女房から離れなかった。静かに、彼は口をひらいた。

「ばかばかしい。何をそうびくびくしとるんだ？　もちろん、ただの冗談にすぎん。とはいえこの冗談はおもしろいから、おぼえておこうな。うん、こいつは忘れんぞ」

そのときにはボンドは、クレスト氏が何種類もの酒をまる一本分は飲んでいることに気がついていた。しかも、彼が口から注ぎこんだ酒は、ウイスキーが大部分だった。だから、ボンドには、もしクレスト氏が早く酔いつぶれでもしないと、彼の顎にボンドのハード・パンチが一発とんでいくのも、そう先のことではないように思われた。

しかし、次にはフィデル・バービーが料理される番だった。

「なあフィデル、ここらのきみの一族の島だが、最初、地図で見たときは、蝿の糞かと思ったぞ」クレスト氏は笑いながらいった。「手の甲でこすりおとそうとしたくらいだ。そのうちに、本で読んでみて、その第一印象もそう的はずれではないってことがわかってきた。あんなものでは、なんの役にも立つまい？　きみみたいな学問のある人間が、こんなとこに埋もれている気がしれんな。浜をあさって暮らすなんて、人生とはいえんぞ。もっとも話によると、きみの一族には私生児が百人以上もいるそうだな。こいつはちょっと魅力だろうがなあ」したり顔でにやにやする。

フィデル・バービーは落ちつきはらっていった。「そいつは、叔父《おじ》のギャストンですよ。あとの一族は、そんなことを喜んでやしません。そんなことをしたら、一族の財産に穴があいちまいますからね」

「一族の財産だって？」クレスト氏はボンドに片目をつぶって見せる。「いったい、何があるんだ？　貝殻かい？」

「そればかりじゃないですよ」フィデル・バービーは、クレスト氏みたいな意地悪いとぼけ方にはなれてないようだった。ちょっと困ったように説明する。「もちろん、百年も前には亀の甲や真珠母貝で収入を得てきたけど、いまはそんなものでは。いまのおもな仕事は、コプラですね」

「ははあ、一族の私生児どもを労働力にしてだろう。名案だな。できたらわしも、そういう大家族を作りたかったよ」彼は女房のほうに目を向けた。ゴムみたいな唇を、まだへの字にひん曲げたままだった。次の悪態が出ないうちに、ボンドは椅子をうしろに引くと、さっさとデッキに出て、ドアをしめてしまった。

　十分後、ボート・デッキからおりてくる階段に、静かな足音が聞こえる。ふりかえってみると、リズ・クレストだった。ボンドの立っている船尾のデッキへおりてくるところだった。緊張した口調で、彼女はいう。「床《とこ》にはいるって逃げてきたんです。でも、あなたがご入用のものがないかどうか、うかがいにきました。わたしお客さまのもてなしがうまくないらしいの。本当にここで寝られます？」

「いいですね。なかの缶詰みたいな空気より、ここの空気のほうが好きですよ。それに、星が見られるのも素晴らしい。こんなにうんと星が見えるのは、はじめてですよ」

彼女も、この楽しげな話題にとびついた。「わたしは、オリオンと南十字星が一番好き。わたし、子供のころは星は空の穴だと思ってたんですよ。地球が大きな袋に包まれてて、その外の世界は光に満ちた素晴らしい宇宙だろうなんて。星はその袋の小さな穴から、外の光がキラキラもれるんだろうって。子供って、ずいぶんばかなことを考えるものですわ」ボンドの嘲笑を待つように、顔を見上げる。

ボンドはいった。「でも、そのほうが正しいのかもしれない。科学者のいうことを、なんでも真にうけるのもどうかと思いますよ。科学者なんて連中は、あらゆるものを退屈なつまらないものにしてしまう。ところで、そのころのあなたは、どこに住んでたんです？」

「ニュー・フォレストのリングウッドでした。子供が育つにはいいところでしたわ。もう一度いってみたい」

「あなたもそれからいろいろ世間を見てきてるだろうから、いまのあなたが行っても、退屈するばかりかもしれませんよ」

リズ・クレストは手を伸ばして、ボンドの袖にかけた。「お願い、そういういい方はなさらないで。あなたには、わからないんだわ――」やわらかい彼女の口調に、捨て鉢なとげが感じられる。「わたしにはもう我慢できなくて――だって、まともな人と会うことができないんですもの」おずおずと笑い声を立てる。「本当と思えないでしょうけど、あなたみたいなまともな方と、たとえちょっとの間でもこうやってお話しできるなんて、本当にひさしぶり……忘れてしまったくらい」いきなりボンドの手をとると、固くつかんだ。

「ごめんなさい。それだけでもよかったの。じゃあ、これでもうやすみますわ」

二人のうしろから、静かな声が聞こえてきた。呂律のまわらない口調だが、ひと言ひと言気をつけて区切っている。「ほほう、これはこれは！　おどろいたな。潜り屋の手伝いと濡れ場か！」

クレスト氏がサロンの入口に立ちはだかっているのだった。両脚をひらいてふんばり、両手を頭上の鴨居《かもい》にかけている。うしろからの光に照らされて、まるでヒヒみたいな格好だった。サロンのなかの冷えた空気が、すっとその脇をぬけて、一瞬、デッキの生あたたかい夜風をひんやりさせる。クレスト氏はデッキに出てくると、そっとドアをしめた。

ボンドは両手をだらんとさげたまま、彼のほうに一歩つめよった。相手のみぞおちとの距離をはかりながら、ボンドはいった。「早合点しないでくださいよ。それに、口のきき方に気をつけてもらおう。だいたい、今夜いままでに痛い思いをしなかったのが、めっけものなくらいだ。あまり図にのらないほうがいい。酔ってるんだから、ベッドにひっこむんだな」

「ほほう！　聞いたかい、この生意気な青二才のいいぐさ」月光をあびたクレスト氏の顔が、ゆっくりとボンドから妻のほうに向く。ふん、と、ばかにしたような顔をすると、ポケットから銀の笛を出して、紐をもってくるくるまわした。「どうだ、このガキは、この船がどういうところか知らんらしいな。おまえはこいつに、この船に乗ってるドイツ人の水夫が、ただの飾りものじゃないことを話してやらなかったのか？」こんどはボンドのほうにふりかえった。「こら、貴様がもう一歩でもこっちに近づいてみろ、この笛を吹いてやる。一声でいいんだぞ。あとはどうなるか、わかるか？　某ボンド氏も昔ながらの水葬礼ってやつだ」ひょいと海のほうに手をふって、「舷側からどぶんとな。だれか落ちたぞ、たいへんだってことになる。船はあともどりして捜索するが。わかるか？　この双発スクリューがひょっとして浮かんでる人間にぶつかることもある。どうだ！　かわいそうなジム、いいやつだったのになあってわけだ」クレスト氏はふらついていた。「どうだジム、わかったか？　ようし、じゃあ、仲なおりだ。寝ろ」サロンの入口の鴨居につかまると、妻のほうにふりかえり、あいてるほうの手で、指を一本ゆっくり曲げて、彼女を呼ぶ。「こい、寝る時間だぞ」

「はい」彼女は怯えたように見ひらいた目で、ちらっとボンドのほうを流し目に見る。「おやすみなさい」いいすてると、ボンドの返事も待たずに、クレスト氏の腕の下をくぐるようにして、サロンにかけこんでしまった。

クレスト氏が手を上げた。「安心しろよ。そっちも別にむくれちゃいまい？」

ボンドは何もいわずに、じっとクレスト氏をにらんでいた。

クレスト氏は自信のなさそうな高笑いをする。「じゃあ、これでよし」いいながらサロンにはいると、静かにドアをしめた。彼がふらふらとサロンの明りを消しながら歩いていくのを、ボンドは窓から見送っていた。彼が廊下に出て、少しの間向こうの船室の明りが見えたが、すぐにまっ暗になってしまう。

ボンドは肩をすくめた。なんていやなやつだ！　船尾の手すりによりかかって、星空と泡立って光る水尾《みお》を眺めながら、ボンドは気持をさっぱりさせ、体の緊張をときほぐしにかかった。

三十分後――。

船首の乗組員用の浴室でシャワーをあびたボンドがクッションを積みあげてベッドを作ろうとしていると、はっとするような悲鳴がひと声。夜空を切り裂いて響いたと思うと、すーっと尾を引いて消えた。女の悲鳴だった。

ボンドはサロンをぬけて、廊下をとんでいった。船室のドアに手をかけて、はっと思いとどまる。女のすすり泣きと、それを上まわるようなクレスト氏のくどくど何かいう声。ボンドは、ドアから手を離した。ちぇっ、自分になんの関係があるんだ？　あの二人は夫婦なんだ。

女があの亭主に我慢して、亭主を殺したり逃げ出したりしないというなら、高潔なる騎士を気どって出る幕じゃない。ボンドはゆっくり廊下をもどった。サロンを通るとき、また悲鳴が聞こえたが、こんどは前ほど鋭くなかった。ボンドはたてつづけに悪態を吐きちらしながら、デッキに出ると、にわかごしらえのベッドに横になり、ディーゼル・エンジンの静かな音に気持を集中しようとした。女ってやつは、どうしてああ意気地がないんだろう？

それとも、女なんてものは、なんでも男のいいなりになっていられるということか？冷たくさえされなければいいんだろうか？　ボンドの気持はくつろがなかった。ますます眠気が遠ざかっていく。

一時間ばかりして、やっとうとうとしかけたところへ、ボート・デッキでクレスト氏のいびきがはじまった。ヴィクトリア港を船出した次の晩も、クレスト氏は真夜中に船室を出て、ボート・デッキのモーター・ボートと小舟の間に吊ったハンモックで寝ていた。そのときはいびきをかかなかったが、今夜のいびきはすごい。しこたま酒を飲んだ上に睡眠薬を飲んでいるのだからたまらない。腹の底からゴロゴロ響いてくるようないびきだ。

とにかく、ひどいいびきだった。ボンドは時計を見た。一時半。あと十分待って、いびきがやまないようだったら、ボンドはフィデル・バービーの船室に引っこんで、床でもいいから、そこで眠ろうと思った。あしたの朝、ふしぶしが痛くても仕方ない。時計の夜光針がゆっくりと時を刻むのを見つめている。十分たった。ボンドが立ち上がって、シャツやズボンをまとめていると、ボート・デッキでどすんと重い音。すぐつづいて、もがきまわるような音と息のつまるようなげえげえいう恐ろしい声。クレスト氏がハンモックから落ちたのだろうか？

　ボンドは、しぶしぶまとめた荷物をおろすと、ボート・デッキの梯子を登りはじめた。ボート・デッキに顔が出たとたんに、息のつまるようなうなり声が消える。かわりに聞こえてきたのは、もっと恐ろしい音——せかせかと走っていく足音だった。ボンドには、なんの音だかわかった。ひょいとボート・デッキにとび上がると、ボンドは月光のなかに大の字に倒れている人影のほうにとんでいった。足を止めて、ゆっくりその脇にかがみこむ。ぎょっとした。

　息がつまって死んだ顔というのは、それだけでも気味が悪いものだが、大きくあいたクレスト氏の口から突き出ているのは、舌ではなかった。魚の尻尾だった。魚の色はピンクと黒。珍魚ヒルデブランドだった。

　クレスト氏は死んでいた——恐ろしい死にざまで。口に魚を押しこまれて、きっと必死にそいつを引っぱりだそうとしたのだろう。だが、背びれや胸びれが頬の内側にひっかかって、鋭いひれの先が、血まみれの無気味な口のまわりの肌を破って突き出ている。さすがのボンドも、身ぶるいした。一分たらずで死んだろうが、その一分はどんなにひどいものだったろう！

　ボンドはゆっくり立ち上がった。ガラスの標本瓶の並んだ棚のところへいってみる。はじめの瓶のプラスチックのふたが、そばのデッキにおいてあった。ボンドは防水布の上で丹念にそれをふいて、爪の先でもって軽くもとの瓶にかぶせておいた。

死体のところにもどって見おろす。

やったのは、二人のうちのどっちだろう？

大事な獲物を凶器に使うやり口には、ちょっと悪魔的なところもある。つまり、女のしわざらしいということだ。彼女なら、こんなことをする動機は充分にある。しかし、フィデル・バービーはどうだろう？　クレオール人の血には残忍さと醜悪なユーモア感覚もある。彼が、食らわしてやるものはもってるんだぞという声が聞こえるみたいな気がした。彼の愛する島、愛する一族をあれほど笑いものにされたのを、ボンドは聞いている。しかも、ボンドは途中で出てきてしまったのだ。あれからさらにセーシェル諸島の悪口をいわれたら……。

それに、フィデル・バービーだったら、おそらくその場ですぐ殴るとか、ナイフを使うとかはしないで、じっくり待って計画を練るだろう。

ボンドはデッキの上を見まわした。だれのしわざにしろ、クレスト氏のいびきが犯人をここに呼びよせる役に立ったにちがいない。ボート・デッキからは、まんなかあたりに左右におりる梯子もあった。船首の操縦室には、エンジンの音で何も聞こえなかったろう。ホルマリンづけの小さな魚をとって、クレスト氏の大きくあけた口につっこむのには、何秒かでことたりる。

ボンドは肩をすくめた。いずれにしても、あとさきのことを考えないやり方をしたものだ。それに、検死審問とか、さらには公判にでもなれば、ボンドまで第三の容疑者にされかねない。うまく片をつけておかないと、一蓮托生、ひどいことになる。

ボンドはボート・デッキの端から、下をのぞいてみた。三フィート幅のデッキが、縦につづいている。そこから二フィートの高さの手すりで、下は海だ。もしハンモックの紐が切れて、クレスト氏がモーター・ボートの下をころがって、ボート・デッキの端から落ちたら、そのまま海まで落ちてしまわないだろうか？

この静かな海では、あまりありそうもないが、そういうことにでもしなければなるまい。ボンドは活躍をはじめた。サロンから卓上ナイフをとってくると、慎重にハンモックの吊り紐をすり切れたような切り口にして切る。ハンモックは、もっともらしくデッキに垂れさがる。次は濡れ雑巾《ぞうきん》で、標本瓶から点々と死体のところまでたれているホルマリンと、死体のまわりの血をふきとる。

最後が難題だった——死体の始末だ。ボンドは用心深く死体をデッキの端まで引きずってくると、梯子をおりて、死体をかつぐような格好で引っぱる。頭上に覆いかぶさるように、酔っぱらいが抱きついたときみたいな、ずっしりと重い死体だった。ボンドはよろよろしながら死体を低い手すりまで運ぶと、つきはなした。いやらしくふくれ上がった顔と無気味な最後の別れ。プンとすえたウイスキーの胸も悪くなるような匂いがして、バシャンと大きなしぶきが上がる。死体はごろんと水のなかでころがりながら、水尾のさざ波に消えていった。ボンドはサロンの入口にぴたりと身を伏せて、水夫が見にきた場合にそなえた。しかし、船首のほうにはなんの気配もないし、ディーゼルの単調な音ばかり。ボンドは深いため息をついた。こいつを事故と認めないような検死官は、よほどうるさ型の検死官だろう。もう一度ボート・デッキに上がって、あたりを見まわし、ナイフと濡れ雑巾を捨てると、梯子をおりて後部デッキへもどる。二時十五分だった。ボンドは十分とたたないうちに眠りにおちていた。

船は十二ノットに速度を上げて、つぎの日の夕方六時には、北の岬についていた。背後は紺碧《こんぺき》の空に、赤と黄金の縞の夕焼け。二人の男は女をはさむようにして、船尾のデッキの手すりによりかかり、真珠母貝の鏡のような海に映る、華やかな島影が、すべるように移っていくのを見つめていた。リズ・クレストは白麻のドレスに黒いベルト、首には白と黒のハンカチを巻いていた。黄金の肌に喪服の色がよくにあう。三人はそれぞれの思いにふけりながら、じっと立ちすくんでいた。めいめいが秘密をもち、しかもあとの二人に、自分はその秘密をもらすようなことはないと、安心させたくてうずうずしているのだった。

その朝は、三人ともいいあわせたように寝坊した。早起きのボンドまで、十時になって、暑い日ざしに起こされるまで、目がさめなかった。目がさめたボンドは、シャワーをあび、水夫とちょっとおしゃべりをして、フィデル・バービーの様子を見にいった。ところが、バービーもまだ床のなかだった。二日酔いだという。

クレスト氏にうんとかからんだかとボンドがたずねてみたが、あまりよくおぼえていないようだった。クレスト氏にひどくからまれたことだけはおぼえていた。

「だから最初からいったろう？　金箔つきのいやな野郎だから覚悟しとけと。これで、あんたにもわかったろう？　まあ、そのうちにだれかが、あのいやらしい口をふさいでくれるさ」

バービーのこの言葉から、ボンドには結論は出せなかった。台所でボンドが、ひとりで朝食を作って食べていると、リズ・クレストもそのつもりらしく、台所にはいってきた。そのときの彼女は、うす青い絹の膝までのキモノを着ていた。目のまわりに黒いくまがあった。彼女は立ったまま食べていたが、すっかり落ちつきはらって、くつろいだ感じに見えた。内緒めかして、彼女は声をひそめてボンドにいった。「ほんとにゆうべはごめんなさい。わたし、ちょっと飲みすぎたらしくて。でも、主人のことは許してやってくださいね。根はあれでとてもいい人なんですけど、酔うとしまつにおえなくなって、つぎの朝になると後悔してるんですよ。わかるでしょ？」

十一時になっても、どちらも尻尾を出さないので、ボンドはつつきだすことにした。後部デッキに寝そべって雑誌を読んでいたリズ・クレストを、ボンドは鋭く見つめながらいってみた。

「ところで、ご主人はどこです？　まだおやすみですか？」

彼女は眉をひそめた。「そうだろうと思いますわ。ハンモックをもってボート・デッキに上がっていきましたから。何時ごろだかおぼえてませんけど。あたし、眠り薬を飲んですぐ眠ってしまったので」

フィデル・バービーが、ひょいと口を出した。顔を向けもしないで「操縦室にでもいるんだろう」

ボンドはいった。「もし、まだボート・デッキで寝てるとしたら、日焼けしてえらいことになってるだろうな」

リズ・クレストがはっとしていう。「まあ、たいへん！　それは気がつかなかったわ。いって見てきます」

彼女は梯子を上がっていった。頭がデッキのへりから上に出ると、そこで足を止めてしまう。心配そうに下へ声をかけた。「いませんわ。それに、ハンモックがこわれてる」

ボンドは白ばっくれた。「フィデルのいうとおりかもしれない。船首のほうを見てきましょう」

操縦室に行くと、航海士兼機関士のフリッツがいた。「クレストさんを知らないかい？」

フリッツはけげんな顔をした。「いえ。なぜです？　何かあったんですか？」

ボンドも心配そうな顔をしてみせた。「船尾にもいない。きみもきてくれないか。さがしてみるんだ。ボート・デッキで寝てたそうだが、姿が見えないし、ハンモックもこわれてる。ゆうべはしたたか酔ってたからな。さあ、早く、みんなを呼べ！」

こうして、行くべきところへ行った。リズ・クレストは、もっともらしいヒステリーの発作を、ちょっとだけ起こした。ボンドは彼女を船室に送ると、そのまま泣かせておきながら、いってやった。

「だいじょうぶですよ。あんたのせいじゃない。あとはすっかり引きうけるから。ヴィクトリア港や何かに、無線で連絡しなければならない。フリッツには、速度を上げるようにいっときましょう。いまから引きかえしてさがしてみても、なんにもならないだろうから。日が出てから六時間の間に、だれにも気づかれずに船から落ちたとは考えられないからね。きっと夜ですよ。この海に六時間以上ではだれだって……」

リズは目を丸くして、じっとボンドを見つめた。「そうすると──サメや何かが？」ボンドはうなずいた。「まあ！　ミルト！　ああ、どうしてこんなことに！」

ボンドは船室から出て、そっとドアをしめた。

船はキャノン岬をまわって、速度を落とす。点々とつづく暗礁をさけて、静かにすべるように、船は広い湾にはいっていく。夕日はいま、レモンと砲金のような最後の名残の色になっていた。船は船着場へ……。

山を背にした小さな町は、すでに濃紺の夕闇に沈み、黄色い光がチラチラとまたたいている。ボンドは税関と出入国管理局のランチが、波止場からこっちに迎えにくるのに気がついた。

この小さな町でも、無線で送ったニュースがセーシェルズ・クラブの無線局からもれ、運転手や局の人間から、町じゅうにやかましい噂となってひろがっているのだろう。

リズ・クレストがボンドのほうをふりかえった。「なんだか心細くなってきました。これからも力になっていただけます？——恐ろしいいろんな手続きや何かがすむまで」

「もちろん」

フィデル・バービーがいった。「あまり心配することはないですよ。ここの連中はみんな私の友だちだから。それに、司法長官は私の叔父なんですよ。みんな供述書は作らなきゃならないでしょうが、たぶん、検死審問はあしたすむ。そうすれば、あさってはもう出ていける」

「本当に？」リズの目の下に、ぽつんと汗の玉が浮かんだ。「ただ、困ったのは、自分でもどこへいったらいいか、次に何をしたらいいのか、わからないことですわ」ボンドのほうには目を向けずに口ごもりながらいう。「どうかしら、ボンドさん、モンバサまで、一緒にきていただけないかしら？　つまり、どうせあなたもそっちへいくんだし、この船でいけば、あなたの予定してたキャンプなんとか丸より、一日早くつけるから」

「キャンパラ丸ですよ」ボンドは尻ごみを隠すように煙草に火をつけた。この女と、きれいな船で四日の船旅！　だが、あの死体の口からつき出ていた魚の尻尾はどうなる？　彼女がやったのだろうか？　それとも、フィデルか？　フィデルなら、このマヘ島の叔父やいとこたちの力で、いくらでも容疑はのがれられると承知して……。

もし、どっちかが、ぼろをだしさえすれば……。

ボンドはのんきそうにいった。「そいつはありがたい。もちろん、おともしますよ」

フィデル・バービーは笑った。「いいなあ、うらやましいよ。ところで、例のあのやっかいな魚だが、送っちまわないとたいへんなんだろ。きっとスミソニアン研究所から、電報でうるさく問いあわせてくるな。こんどは奥さんが、この科学研究のための財団の大将だ。アメリカ人ってやつはうるさいね。こっちが参るくらいしつっこくやってくる」

ボンドはリズの顔を、冷たい目で見つめた。これで、犯人が彼女だということがわかってしまうだろう。さて、一緒の船旅を断る、何かうまいいいぬけを考えるとしようか。とにかく、人を殺すのにあんなやり方をする女とは……。

ところが、リズの青い無邪気な目は、びくともしない。フィデル・バービーの顔を見上げると、こともなげに愛嬌を見せていう。

「そんなこと、問題じゃありませんわ。あれはみんな、大英博物館に寄贈するつもりですもの」

ジェームズ・ボンドは彼女のこめかみからも、汗が玉のように吹きだしているのに気がついた。しかし、いずれにしても、やけにむし暑い夕方だったから……。

エンジンの音がやんで、静かな湾に、錨の鎖をおろす大きな音が轟きわたる。

ナッソーの夜

ジェームズ・ボンドがいった。「前から思ってたんですが、結婚するなら、わたしはキャビン・アテンダントがいいですね」

ディナー・パーティはかなりぎこちないものだった。最後に残った二人の客は飛行機に乗るので、副官が見送りについて引きあげていき、総督とボンドは大きな居間に据えられた更紗木綿のソファに並んで腰をおろし、話をしようというのだった。ボンドはひどくばかばかしい気がした。やわらかいクッションにふかぶかと身を沈めるのを、居ごこちがいいと思ったことは一度もない。どちらかというと、どっしりとこたえのある肘掛椅子にまっすぐすわり、両足でしっかり床を踏まえているほうが好きだった。さらに、ひとり者の年寄りと二人で、薔薇色更紗のベッドみたいなソファにおさまっているというのもばからしかった。足をつき出して、膝の間の低いテーブルに置かれたコーヒーや酒をにらんでいるのもだ。この光景は、クラブにいるようで親しみがもて、どちらかといえば女性的ともいえたが、そういうところのどれひとつとして、ボンドにはしっくりこない。

ボンドはナッソーがきらいだった。だれもかれもが金持すぎる。冬場だけの避寒客もこの島に屋敷をもっている連中も、自分たちの財産のことや病気のこと、使用人たちの問題以外には何も話すことがないのだ。噂話も満足にしない。噂のたねになるようなことが何もないのだ。冬場にここに集まる連中は、色恋沙汰には年をとりすぎているものばかりだし、金持にはありがちだが、隣人について悪意のあることはいわないようにひどく用心しているらしい。

いま発《た》っていった夫婦、ハーヴェイ・ミラー夫妻もその典型だった。若いときからずっと天然ガスの会社でやってきたという、陽気で退屈なカナダ人の百万長者と、かわいいおしゃべりな奥さんだった。彼女はイギリス人らしかった。食事のときは、ボンドの隣にすわって、「ロンドンでは最近どんなショーをごらんになったの」とか、「サヴォイ・グリルはお夕食には一番楽しい店ですわね。映画女優やなにか、おもしろい人がたくさん見られて」と、陽気にしゃべっていたのだった。

ボンドも精いっぱいの努力はしたが、劇場にはここ二年もご無沙汰しているし、二年前に劇場に行ったのも、ウィーンで尾行していた相手がはいったからだった。しかたなしに、すでにほこりをかぶったようなロンドンの夜の生活の記憶を頼りに、お茶をにごしていたのだが、そんな話ではミセス・ハーヴェイ・ミラーの体験とは食いちがいが出てしまうのだった。

ボンドは、総督が食事に招いてくれたのはほんのお義理で、おそらくハーヴェイ・ミラー夫妻の相手をさせる下心もあったのだろうと承知していた。ボンドはこの植民地にきて一週間、あすはマイアミへ発つはずだった。仕事は通りいっぺんの調査だった。キューバのカストロ派に、まわりじゅういたるところから国境を越えて武器が流れこんでいた。おもなルートはマイアミとメキシコ湾の各地からだったが、アメリカの沿岸警備隊が大きな荷をふたつばかり押さえたので、カストロ支持者たちはジャマイカやバハマ諸島を次の基地候補に狙い、ボンドはそれを食いとめるためにロンドンから派遣されたのだ。

彼はこの仕事に気乗りがしなかった。どっちかというと、ボンドは気分的にはカストロ派に同情していたが、政府にはキューバの砂糖を必要以上買うかわりに何かを売りこもうという大きな輸出計画があり、この取引の条件に添えられた一項として、イギリスはキューバ革命派に援助をあたえることも支持をあたえることもしないというのがあった。ボンドはそれらしい大型ヨット二隻をさがしだすと、出帆のときに逮捕して騒ぎをまき起こすよりはと、うんと暗い闇夜を選んで警察のランチでその二隻にしのびよった。明りを消した警察ランチのデッキから、二隻のあいてる窓ごしに焼夷弾を投げこみ、それから全速力で退散、遠くからこの大花火を見物した。もちろん海上保険会社には気の毒だが、ボンドはMにいわれたことを怪我人も出さずに、手早く手ぎわよく片づけたのだった。

これまでボンドの気がついた範囲では、このふたつの大花火——事情を知ってる人間にはまことに時宜《じぎ》を得た二件の船火事——を引き起こした人間がだれか、知っているのはこの植民地でも警察部長と二人の警官だけだった。ボンドは報告をロンドンのMにしかしなかった。総督を困らせるつもりはなかったし、ボンドの感じたところによると、ここの総督はなんにでもすぐ困りそうな人物だった。それに、実際問題として、地元の議会で問題になりかねないような犯罪について、総督の耳にいれてしまうのは賢明とはいえなかった。しかし、総督も愚かではなかった。総督はボンドがこの植民地にきた目的は承知していたし、その晩ボンドと握手したときの総督のどこかぎこちない消極的な態度から、平和に暮らす人間の暴力に対する嫌悪が伝わってきたのだった。

こういう事情は、決してパーティに興を添えるものではない。今夜の食卓にささやかながら活気のようなものを添えるのに、まめな副官はおしゃべりと派手な身ぶりのすべてを出しつくしていたのだった。

しかも、まだ九時半になったばかり。総督とボンドが、互いに二度と会うこともあるまいとほっとして、それぞれ肩の荷をおろしてベッドに引きとるまでに、礼儀正しくにらめっこしていなければならない時間が一時間もある。別にボンドはこの総督に敵意があるわけではなかった。世界中をまわるボンドがよく出くわすような月並みなタイプ――地道で誠実で有能で、生《き》まじめで正義派――で植民省の公務員には最適のタイプだった。大英帝国がまわりで音を立てて瓦解していくなかで、地道に誠実に有能にもっと小さな地位を三十年間もつとめあげてきたのだろう。しかもいま、出世の梯子にしがみついて、足を引っぱるような連中をうまく避けて、停年まぎわのぎりぎりにてっぺんの地位に昇りついたのだ。あと一、二年で、バス大十字勲章をもらってサーになり、体《てい》よく追い出されてしまうのだ。ちょっとした年金と、トルキアル・オマーンとかリーワード島あるいは英領ギニアあたりに、記念にちょっとした土地を買い、ゴダルミングかチェルトナム、タンブリッジ・ウェルズあたりに隠居だ。彼の手にいれた土地など、そのへんのゴルフ・クラブの連中は、だれも知りもしないし、また知ろうとも思うまい。

それにしても、カストロ派の事件のようなささやかなドラマを、この総督はどれだけ見てきたか、どれだけ聞いてきただろうかと、その晩ボンドは考えていた。小国同士の政治のチェッカー・ゲームのような小ぜりあい、海外の小さな狭い世界での生活の汚れた面、世界中のイギリス政府総督の官邸のファイルに眠っている人間たちの秘密について、この総督はどれだけのことを知っているのだろう？　しかし、この堅苦しく用心深い人間から、そういう火花のような話をどうやって引き出せる？　ジェームズ・ボンドを明らかに危険な男と見ているし、また自分の経歴にとっても危険のたねになりかねないと考えているらしい総督から、今夜の時間の無駄を埋めあわせるようなおもしろい事実あるいは意見を、たとえ一オンスでも引き出せるだろうか？

キャビン・アテンダントと結婚するというような、ボンドの無造作な、いわばもののはずみともいえるせりふが出たのは、ハーヴェイ・ミラー夫妻がモントリオール行きの飛行機に乗るために引きあげてから、話の接ぎ穂がなくなって、いつのまにかとりとめもなく空の旅に話がとんでいった結果だった。総督は、アメリカからナッソーへくる旅客は英国航空が大半を握っているが、これはアイドルワイルドからここまで三十分もよけいに時間がかかるらしいのに、サービスがくらべようのないくらい素晴らしいからだという。ボンドも自分のそれまでのせりふの陳腐さにうんざりして、早くてサービスがわるいより、ゆっくり飛んだほうがいいといったのだった。キャビン・アテンダントについての話が出たのは、そこでだった。

「なるほど。なぜですかな?」総督は丁寧なおさえた口調でいう。もっとくつろいだ人間的な口のきき方をしてくれればいいのにと、ボンドは願っていた。

「さあ、なぜといわれても困りますが、きれいな女にいつも世話を焼いてもらって、飲みものやあたたかい食事をはこんでもらい、何かご用はございませんかと聞かれていたら、いいだろうと思いますね。それに、いつも笑顔で機嫌をとってもらう。キャビン・アテンダントで相手が見つからなかったら、あとは日本人と結婚するだけですね。日本女性と結婚するのもいいですよ」ボンドは別にだれとも結婚する意志はなかった。もし万一結婚するとしても、そんな何でもいいなりになるようなおもしろみのない相手とでないことはたしかだ。彼はとにかく、総督をおもしろがらせるか怒らせるかして、人間的な話に引きこみたかっただけだった。

「日本女性のことは知らんが、あのキャビン・アテンダントというのは、ただひとの気をそらさないような訓練をうけているだけで、勤務時間外は全然違うかもしれんということは、あなたも考えたことがあるだろうと思いますな」総督の口調は理路整然と落ちついたものだった。

「家庭をもつということに、じつはあまり本気になったことがないんで、わざわざ調べてみたこともないんですよ」

話がとぎれた。総督の葉巻の火が消える。火をつけなおすのに、ちょっと時間がかかった。次にボンドに話しかけたとき、総督の単調な口調に、わずかながら火花、興味の火といったようなものがこもっていた。

「以前、あなたと同じ考え方をしていたらしい男を知ってました。キャビン・アテンダントに恋をして結婚したんです。そういえば、なかなかおもしろい話だ」総督はボンドを目の端で見て、短い自嘲の笑い声を上げる。「もっとも、あなたは人生の暗い面はさんざ見てきているようだから、こんな話は退屈かもしれん。しかし、聞いてみますかな？」

「ぜひうかがいたいですね」ボンドは口調に熱意をこめた。総督のいう人生の暗い面というのが、自分の考えているのと同じ意味かどうか怪しいと思ったが、少なくともこれ以上まのぬけた話のやりとりをしないでもすみそうだ。このやたらとやわらかいソファからも逃げ出してやろう。ボンドはいった。「ブランデーをもう少しいただいても？」腰を上げて、ブランデーをグラスに一インチばかり注ぐ。ソファに戻らずに椅子を引っぱってきて、総督と酒のトレイをはさむような格好で腰をおろした。

総督は葉巻の先をしげしげと眺めていたが、急いでひと口吸うと、長くなった灰が落ちないように葉巻をまっすぐ立ててもつ。話をしながらも、用心深くその灰を見つめたままで、まるで蒸し暑い大気のなかに立ち昇ってすぐに消えてしまう細いひと筋の青い煙に話しかけているみたいだった。

話そのものも慎重だった。「その男は——マスターズと呼んでおこうかな、フィリップ・マスターズだ——わたしと役所にはいったのが同期ぐらいだった。わたしのほうが一年早かっただけだ。フェッテスからオクスフォードにはいって学位をとり——まあ、オクスフォードのどのカレッジだったかは関係ないことだが——植民省に奉職しようとした。とくに切れる男ではなかったが、努力家で有能そうで、選考委員にはしっかりしたいい人物という印象をあたえるような男だったんですな。彼は植民省に奉職した。最初の勤務地はナイジェリア。彼はそこではよくやった。土地の人々に好意をもち、彼らとうまくいったんだ。ひらけた考えの男だったし、実際には土地の人々と親しくつきあったりはしなかったが」総督は苦笑した。「あのころ、そんなことをしたら上司にかみつかれたからね。しかし、ナイジェリア人にやさしく人情味をもって対していた。彼らにとっては、そういうイギリス人は驚くほどの存在だったんですよ」

総督はひと息ついて、葉巻をひと口吹かした。灰が落ちそうだったので、用心深く酒のトレイのほうに身をのりだすと、ジュッとコーヒー茶碗のなかに灰を落とす。すわりなおして、はじめてボンドのほうに目を向けた。「この若い男の現地人に対する好意というのは、ほかの人生航路に歩み出した同年代の青年の異性に対するもののようだったんですな。不幸なことに、このフィリップ・マスターズという男は、内気でかなり無愛想なタイプで、異性に関してはうまくいったためしがなかった。そういういろいろな試練に立ちむかう努力はしないで、彼は大学のホッケー選手になり、またボート部のエイトの三軍にはいっていた。休暇にはウェールズの叔母《おば》さんのところへ行き、そっちの山岳クラブにはいって山登りをしていた。

「それはそうと、彼の両親は彼がパブリック・スクールに行ってるころに離婚して、彼はひとり息子だったのに、オクスフォードを出ると独立してやっていけるだけのわずかな年金をあたえただけで何もしてくれなかった。だから、彼も女の子たちと遊ぶ暇もあまりなかったし、たまに女の子と出くわしても、あまり大きな顔もできなかった。彼の情緒的な面での生活は、欲求不満でいっぱいで、ある意味わがヴィクトリア時代の祖父たちの遺産ともいうべき、不健全なコースをたどったのだった。

「彼のそういう事情を知っていたので、わたしにも見当がついたのだが、ナイジェリアの人々への好意的な態度も、これまで愛情に飢《う》えていた、本質的にはあたたかい人がらの彼が、そこで単純で気のいい連中に出会って、それまでの埋めあわせをすべくとびついたのだろう」

かなり重々しいこの物語に、ボンドが口をはさんだ。「問題はナイジェリア美人が避妊のことを何も知らなかったというだけ。彼がうまくそういう問題を切りぬけられればよかったと思いますがね」

総督は片手を上げた。その口調には、ボンドが茶化したことに対する不快がこもっていた。「いやいや、あんたは話を誤解しとるようだ。わたしの話はセックスのことではない。あの男は、現地の女性と関係するなんて考えたこともなかったろう。じつは彼はセックスに関することには、なさけないくらい無知だった。今日《こんにち》でも、イギリスの若い人たちの間でそれほど珍しいことではないが、当時とすればそれが当たり前だった。そのために、これはあなたも同感だろうと思うが、どれだけ多くの——そう、まったく多くの不幸な結婚やその他の悲劇が生じていることか。いや、わたしが説明しようとしているのは、この若い男が、つまりあたたかいが目ざめていない心と体をもった無知な欲求不満の青年が、どういうことになったかということで、人づきあいの無器用さゆえに自分の属する社会のかわりに、植民地の人々のなかに仲間と愛情を求めたということだな。ひと口にいうと、フィリップ・マスターズという青年は、感情的にずれのある、肉体的に目ざめていない、だがほかのあらゆる点から見れば健康で有能で申し分ないまともな市民だったんだ」

ボンドはブランデーをひと口すると、脚を伸ばした。この話は彼にはおもしろかった。

総督はかなり年よりじみた物語口調で話しているが、かえってそれが話に真実味を添える。

総督は話をつづけた。「若いマスターズのナイジェリア勤務は、最初の労働党政権の時期までつづいた。おぼえておられるかどうか知らんが、労働党が最初に手をつけたのは、海外機関の改革だった。ナイジェリアには現地民問題で進歩的な考えをもった新総督が赴任し、下っ端のひとりが控え目にではあるが、総督自身の考えの一部をすでに実践しているのを見て、驚くと同時に喜んだ。総督はフィリップ・マスターズを激励し、彼に階級以上の職責をあたえ、やがてマスターズの転勤の時期がくると、マスターズが一階級とびこえてバーミューダの総督府書記官補に任命されるような素晴らしい報告書を書いた」

総督は葉巻の煙ごしにボンドを見て、いいわけでもするようにいう。「こんな話で退屈でなければいいが。すぐに話は要点にはいりますからな」

「本当に、とてもおもしろくうかがってます。その人物の姿が目に浮かぶようです。閣下もその人物はよくご存じのようですね」

総督はためらってからいった。「バーミューダでもっとよく知ることになったのです。彼のすぐ上役として。彼はわたしのすぐ下で働いていた。しかし、まだ話はバーミューダまでいってなかった。当時はアフリカへの飛行機航路ができたばかりで、いろいろな事情からフィリップ・マスターズはロンドンへ飛行機で帰ることにした。フリータウンから船で行くより、ロンドンでの休暇が長くとれるからね。汽車でナイロビへ行き、毎週出ているインペリアル航空――いまの英国航空の前身だが、その飛行機に乗った。
「彼は飛行機ははじめてだったし、とても美人だなと思って気をつけていたキャビン・アテンダントが甘いドロップのようなものをくれて、座席ベルトのしめ方を教えてくれた。離陸するとき、おもしろいとは思ったがちょっと気味が悪くもあった。機が水平飛行に移り、空の旅は思ったよりずっとおだやかなものだとわかる。キャビン・アテンダントが、がらあき同然の客席の彼のところへまた現われた。にっこり笑いかけて、〝ベルトはもうおはずしになってもいいんですよ〟という。マスターズが座席ベルトのバックルをガチャガチャやっていると、かがみこんではずしてくれた。これは、かなりなれなれしい態度だった。マスターズは、これまで自分と同年輩の女にこれほど身近に接したことはなかったからね。まっ赤になって、ひどくばつの悪い思いをした。彼女に礼をいうと、彼女はマスターズのばつの悪そうな顔に小生意気な笑顔を向けて、通路の向こうの空席の肘掛けに腰かけ、どこからきてどこへ行くのかとたずねた。マスターズはそれに答えてから、こんどは彼のほうから飛行機のことや速度、途中でどこに止まるかというようなことをたずねた。この娘とならいたって気やすく話ができるし、その顔は見るだけでもまぶしいくらい美しいのに彼は気がついた。彼女の自分に対する気楽な態度や、アフリカの話をするとおもしろそうに聞いてくれることなどに、彼はびっくりした。彼が自分で考えているよりもっとずっとスリルに満ちた華やかな生活をしてきたと、彼女が考えているように思えた。彼は自分が偉くなったような気にさせられたのだ。

「彼女が昼食作りの手つだいに引っこんでいくと、彼はじっと彼女のことを考え、自分の考えたことにわくわくするのだった。本を読もうとしても、ページに神経が集中しない。ひと目でも彼女の姿を見ようと目を上げてしまう。女は彼の視線に気づいて、一度ちらっと、内緒めかした笑顔でこたえたようだった。機内で若いのはわたしたちだけね、といってるような笑顔だった。おたがいに気持が通じてるのよ、同じようなことにおたがいの関心は向いてるのよ、というような笑顔だった。

「フィリップ・マスターズは、窓の外を見たが、窓の外に広がる白い雲の海に彼女の姿が見えるようだった。心のなかで彼女を仔細《しさい》に眺め、その完成された美しさに舌を巻いているのだった。小柄でミルクと薔薇の色の膚《はだ》をした整った美人。金髪をきちんとしたまげに束ねている（彼はとくにその髪の形が気にいった。髪型から見て、彼女はいわゆる発展家ではなさそうだった）。さくらんぼのような赤いにこやかな唇に、いたずらっぽい光をたたえた青い目。ウェールズ地方を知っている彼は、彼女にはウェールズの血がはいっていると思った。昼食の前に手洗いに行ったとき、洗面所の戸口の脇にある雑誌立ての上の乗務員名簿を見て、一番下に出ていたローダ・レウェリンという名を見て、この推理が裏づけられた。彼女のことについて、いろいろと憶測をめぐらしてみた。二日間近い旅で、彼女とだいぶ親しくなったが、また彼女と会えるだろうか？　きっと彼女には何百人という取巻きがいるだろう。いや、結婚しているかもしれない。いつでも乗務しているのだろうか？　勤務の間に何日ぐらい休みがあるのだろう？　食事か劇場にさそったら、笑われてしまうだろうか？　乗客のひとりがいやらしいことをいうと、機長にいいつけやしないだろうか？　急にマスターズは、自分がアデンで飛行機からおろされ、植民省に苦情がいき、自分の将来が台なしになっていくところが目に浮かんできた。

「昼食がきて、ますます心を強くさせられる。彼女が小さな盆を彼の膝の上におくとき、髪の毛が彼の頬にふれた。マスターズは、まるで電流のとおっている電線にふれたような気がした。彼女はややこしい小さなセロファンの袋をどうやってひらくか、サラダ・ドレッシングのプラスチックのふたをどうやってはずすか、彼のためにやって見せた。デザートはとてもおいしい、こってりしたクリームをはさんだケーキですよと話す。彼女はこまごまと世話を焼いてくれた。マスターズには、これまでにこんなふうにされたことがあるかどうか思い出せなかったくらいだ。子供のころ、母親にも、これだけめんどうを見てもらったかどうかもわからないほどだった。

「旅のおわりに、マスターズは汗だくになって勇気をふるい起こし、彼女を食事にさそったが、張り合いのないほどあっさり同意された。ひと月後には、彼女はインペリアル航空を退社して、二人は結婚。それからさらにひと月後、マスターズの休暇はおわって、二人はバーミューダに出帆した」

ボンドはいった。「最悪の事態が心配ですね。彼女は彼の生活がスリルに満ちて華やかだと思い結婚した。きっと総督邸のお茶のパーティの花形になるつもりだったんでしょう。しまいにはマスターズは、彼女を殺さざるを得ない羽目におちいるんでしょう」

「いや」総督はおだやかにいった。「しかし、彼女が結婚に踏みきった動機は、きっとあなたのいうとおりでしょうな。それに、飛行機勤務の重労働と危険がいやになっていたのでしょう。本気で花形になるつもりもあったかもしれないし、たしかに若い二人が着任してハミルトン郊外のバンガローに落ちついたとき、われわれはみんな彼女の潑剌としたところやかわいい顔、陽気にみんなをもてなすやり方などに感心したものだ。それに、もちろんマスターズも別人のようになっていた。彼にとっては人生がお伽話《とぎばなし》のとおりになったのだった。いま考えてみると、妻に負けないようにめかしこもうとしていた彼を見て、気の毒な気がしたものだ。服装にもひどく気をつかい、髪も何やら油をつけてなでつけ、軍隊風のひげまで生やした。たぶん彼女が、そのほうが威厳があっていいといったのだろう。毎日仕事がすむと、彼は急いでバンガローに帰り、何もかもローダのことばかり。総督夫人のバーフォード夫人が、いつローダを昼食に招いてくれるだろうと、たずねてまわる始末だった。

「しかし、仕事は熱心にやったし、みんながこの若夫婦に好意をもっていたので、半年ばかりの間は、まだ結婚式の鐘が鳴っているかのようだった。ところがそこで、いま考えるとこれはただの推測にすぎんのだが、幸福なささやかなバンガローに、ときどき風波が起こるようになったらしい。あなたにもこういうことは想像がつくだろう。〝なぜ書記官の奥さんは、わたしを買物に一緒につれていってくれないの？　こんどのカクテル・パーティは、いつになったら開けるの？　赤ちゃんなんか作るほどお金がないのはわかってるでしょ？　いつ昇進するはずなの？　ここで一日何もすることがないなんて退屈だわ。今夜はどうしても食事につれていって。あなたはいいでしょうけど、わたしの身にもなってよ……〟といったぐあいできりがない。それに、夫に対するサービスなどというものも、すぐに消えてしまう。

「こんどはマスターズがサービスする番だった。もちろん、自分から喜んでやったことだろうが、こんどはつとめに出る前に妻に朝食をベッドに運んでやるのだった。夕方帰ってきて、うちのなかを片づけたり、いたるところに散らばっている煙草の灰やチョコレートの紙を集めるのも、マスターズだった。妻がほかの女房たちとはりあえるように、新しい服を買ってやるため、煙草を止め、たまに飲む酒も止めなければならなくなったのはマスターズだった。こういうことが書記官たちに――少なくともマスターズをよく知っているわたしには――わかってきた。

「心配そうに眉をひそめていたり、ときどき執務時間中にいやに熱心な謎の電話がかかってきたり、ローダを映画につれていくためにこっそり十分ぐらい早退したり、もちろんんたまには半分冗談めかして、結婚ということについてごく一般的質問をする、よその奥さんたちは、一日じゅう何をしてるんだろう？　女の人にはここはちょっと暑すぎるんじゃなかろうか？　とかく女というやつは（彼はたいてい、この〝とかく〟という言葉をいいたがった）、男よりずっとすぐに頭にきてしまうものらしい。そんなようなことだ。困ったのは、少なくとも困ったことで一番大きなことは、マスターズがふぬけみたいになってしまったことだ。

「彼女がマスターズの太陽であり月であり、彼女が楽しくなかったり落ちつかなかったりするのは、すべてマスターズのせいというわけだ。彼は必死になって妻の気をまぎらわせることをさがし、妻を楽しませようとして、ゴルフが一番いいだろうということになった。まあ、彼がきめたというより、夫婦でそうきめたわけだ。バーミューダはゴルフがとてもさかんでね。立派なゴルフ場がいくつもある。有名なミッド・オーシャン・クラブもそうで、あらゆるゲームができるし、あとで集まって噂話と酒になる。それこそ彼女の望んでいたもの——上流社会の粋な暇つぶしだ。入会金やクラブを買う金、レッスンを受ける金、その他の費用をどうやってマスターズがためこむことができたかは、だれにもわからないが、とにかくそれだけのことをして、これが大成功だった。

「彼女は一日じゅうミッド・オーシャン・クラブにいりびたりだった。熱心にレッスンを受け、ハンデをとり、小さなコンペでいろいろと顔をひろげ、月例試合でメダルをとり、半年とたたないうちに、ただちゃんとしたゲームができるというだけでなく、男のメンバーの人気者になってしまった。わたしも驚きもしなかった。いまでもおぼえているが、きれいに日焼けした小柄な体を、やけに短いショーツに包み、グリーンの裏のついた白いキャップをかぶって、プロポーションが引き立つようなきれいなスイングをやっているところを、ちょくちょく見かけたものだ」総督はチラッと目を光らせた。「ゴルフ・コースであれ以上の美人は見たことがないといえるな。もちろんそうなれば、次に行くところへ行くのに暇はかからない。

「男女混合の四人のコンペがあって、彼女はタターサル家の長男と組むことになった。タターサルというのは、ハミルトンの一流の商人で、バーミューダ社交界のいわば支配層のようなものだ。この息子というのが手に負えない男で——つまり、おそろしく色男で、水泳もうまいしゴルフもうまい、MGのオープン車やモーター・ボートそのほかの小道具もそろえているという男だ。よくあるタイプだ。手にいれたい女はみんな手にいれる。とっとと陥落しない女は、MGやクリスクラフトに乗せてもらったり、土地のナイト・クラブに夜遊びにつれていってもらえない。この二人が接戦の末コンペで勝った。フィリップ・マスターズは、十八番のグリーンをかこんだ派手な群衆と一緒に、二人に声援を送っていた。彼がそんな派手な騒ぎ方をしたのは、それが最後で、その後かなりの間、いや終生かもしれないが、彼はそんな真似《まね》をしていない。すぐに彼女は若いタターサルと出歩きはじめ、一度そうなったら、彼女は風のようにとめどがなくなった。

「なあ、ボンドさん」総督はこぶしをそっとテーブルの端におろした。「見ていていやなものだったよ。彼女は夫のうける打撃を和らげるようなことは少しもしないし、情事を全然隠そうともしない。若いターサルといっしょになってマスターズの顔を殴り、いつまでも殴りつづけているようなものだった。夜中のとんでもない時間に平気で帰ってきたり――いっしょに寝るのは暑苦しいとかなんとか口実をつけて、マスターズは客室で寝ろといいはって――それに、家の片づけや夫に食事の仕度をするにしても、ほんのお義理で格好をつけるだけのようなものだった。

「もちろんひと月たらずの間に、この話はすっかり世間に知れわたってしまい、かわいそうなマスターズは、あの植民地はじまって以来の笑いものになってしまった。とうとうバーフォード総督夫人が乗りだして、ローダ・マスターズに、そんなことをしていては、夫の前途を台なしにしてしまうとかなんとかお説教をする。しかし、バーフォード夫人もマスターズが退屈な男だと気がついていたし、まだ目の光を失わないなかなかきれいだった総督夫人自身も、若いころは一度や二度はむちゃをやったこともあるくらいなので、ローダに対してもちょっと甘すぎたのだろう。もちろんマスターズ自身も、あとでわたしに打ちあけたことだが、お定まりのうんざりするような手続きは一応踏んでいた。小言《こごと》、はげしい喧嘩、かっとなって暴力をふるったり（ある晩などは、もう少しで妻を絞め殺しそうになったという)、結局は冷たく引っこんでふくれっ面《つら》でしょんぼりしていることになる」

総督はひと息ついた。「ボンドさん、失意の男というのをあんたが見たことがあるかどうか知らんが、じわじわとやられていくんですぞ。とにかく、フィリップ・マスターズの様子はそうだったし、見ていると恐ろしいものだった。天にも昇ったような顔をして赴任してきたのが、バーミューダに来て一年もたたないのに、地獄の苦しみを顔一面に刻みこんでいる。わたしもできるだけのことはしたし、みんなでなんだかだといろいろやってみたが、ミッド・オーシャン・クラブの十八番のグリーンの一件以来、こうなっては他人にできることは、せいぜいなんとかなぐさめてやるくらいだった。しかし、マスターズは手負いの犬のようだった。われわれから逃げるように隅に引っこんで、だれかが近づこうとすると相手かまわず吠えたてる。わたしもしまいには、一回か二回手紙を出してやったくらいだ。あとで彼は、その手紙は見ないで破いてしまったといっていた。ある日、われわれ何人かで、わたしのバンガローで彼のために男ばかりのパーティをやった。みんなで彼に飲ませようとしたのだった。たしかに彼を酔わせることはできたが、次に起こったのは浴室でガシャーンという音。マスターズはわたしの剃刀で両手首を切ろうとしたのだった。これでわれわれの勇気もすっかりくじけてしまい、わたしが選ばれて総督に事情を相談しにいくことになった。

「総督はもちろん知っていたが、よけいな手だしはしたくないという。問題は、マスターズが公務にこのままついていられるかどうかということだった。彼の仕事はめちゃめちゃだった。妻は世間の物笑いになっている。本人は神経衰弱すれすれだ。これをなんとか収拾できるだろうか？　総督は立派な人だった。何か手を打たなければならないとなったら、マスターズの前途を当然だめにしてしまうような報告を本省に出すかわりに、最後の努力をすることにしたのだった。それに、ちょうど運もついていた。わたしが総督に会ったすぐ次の日、植民省から連絡がはいって、ワシントンで沿岸漁業権の協議会があり、バーミューダとバハマ諸島からも総督府代表を出すようにというのだった。総督はマスターズを呼んで、遠慮なく彼に話した。ワシントンに派遣してやるから、その半年間に家庭の問題をどっちにかはっきりしたほうがいいといって、追いはらったのだった。マスターズは一週間もしないうちに出発、ワシントンで魚の会議に五カ月出て、こっちもほっと安心のため息。われわれはみんな、ローダ・マスターズにはできるだけ会わないようにしていた」

総督は口をつぐんだ。大きな明りが煌々《こうこう》とついている居間はひっそりとしていた。総督はハンカチを出して顔をふく。思い出話に熱がはいって、上気した顔に目が光っていた。立ってボンドにウイスキー・ソーダを注ぐと、自分のぶんも注いだ。

ボンドはいった。「ひどい話ですね。いずれそんなことになるんじゃないかと見当はつけていましたが、そう早いんではマスターズも気の毒でしたね。その女というのは、きっと冷酷な女だったんでしょう。そんなことをして、申しわけないというような色は見せなかったんですか？」

総督は新しい葉巻に火をつけおわった。火のついた先を眺めて、フーと息を吹きかけてからいう。「いやいや、彼女は素晴らしく楽しんでいた。いつまでもそれがつづくものではないだろうと、自分でも承知はしていたのだろうが、夢に見てきたような生活だからね。つまり、女性雑誌の読者の見る夢のような生活で、そういえば彼女の頭のなかみはその典型だった。そういうすべてを手にいれたのだ――島で一番の相手、ヤシの葉陰の砂浜での恋、街やミッド・オーシャン・クラブでの歓楽、車やモーター・ボートでとばしたり――安っぽいロマンスの道具立てはすっかりそろっている。それに、しりぞいて見れば、奴隷亭主は邪魔にならないところにやってあり、家は風呂にはいるのと着がえ、それにちょっと眠るためのものにすぎない。

「彼女はまた、その気になればフィリップ・マスターズは、いつでもとりもどせると考えていた。それほど彼は見くびられていたのだった。なんの造作もないだろう。そのときはまた、みんなのところをまわってあやまって歩き、また自分の魅力を見せてやれば、みんなが許してくれる。だいじょうぶ。もしだめだとしても、世界中には、男なんてフィリップ・マスターズ以外にいくらもいる――もっとましなのがいる。ほら、ゴルフ・クラブの男たちを見ればいい！　帽子でも拾うようなつもりで、彼女にはどんな男でも拾いあげられるのだった。ばからしい！　人生というものは楽しいもので、少しぐらい脱線してる人はいくらもいる。ハリウッドの映画スターを見てごらん！

「ところが、彼女はすぐに試練にぶつかった。タターサルは次第に彼女に飽《あ》きてきて、それに総督夫人のさしがねで両親がやかましくいいだしたのだった。タターサルにとってもあまり騒がずに身を引くいい口実ができたようなものだった。それに、ちょうど夏なので、島にはきれいなアメリカ娘があふれていた。目先の変わった獲物を見つける潮時だった。そこで、ローダ・マスターズに肘鉄を食らわす。それだけのことだった。おたがいの仲もこれっきりだと彼女にいっただけ。両親がやかましくて、いうことを聞かないと勘当されてしまうからというのだった。それが、フィリップ・マスターズがワシントンから帰ってくる日どりの二週間ぐらい前で、彼女はよく辛抱したというべきだろう。芯《しん》が強い女だし、いつかはそうなると覚悟はできていたのだ。泣きもしなかった。その点では、泣くものはひとりもいなかったわけだ。彼女はただ総督夫人のところへ行って、いままでは悪かったが、これからはフィリップ・マスターズのいい妻になるといい、家のなかを片づけて、大げさな仲なおりにふさわしい舞台を用意したのだった。夫と仲なおりしなければならないと思い知らされたのは、ミッド・オーシャンのもとの仲間たちの態度からだった。彼女はいきなりみんなの鼻つまみになってしまったのだった。どうしてこういうことになるかはご存じだろうが、南国のカントリー・クラブのような開放的なところでも、やはりこういうことはある。こんどは総督府の連中だけでなく、ハミルトンの商人たちのグループまで彼女に眉をひそめたのだ。急に彼女は、安物、中古、捨てられたものになってしまったのだった。あいかわらず色っぽいさまを見せようとしたが、ちっとも効《き》き目がない。一、二度赤恥をかかされてから、彼女はゴルフ場にも行かなくなった。そこで、どうしても陣地を固めてから、ゆっくり再出発しなければならないことになったのだ。彼女は家にこもって、強い意志でこれからやってのける芝居を何回も何回も稽古する。涙とキャビン・アテンダント的世話の焼き方、長い神妙なわび言といいわけ、ダブル・ベッド。

「しかも、そこへフィリップ・マスターズが帰ってきたのだ」

総督はひと息ついて、分別くさくボンドを見ていった。「あんたは未婚だが、男女の関係というものは、わたしはどれもこれも同じようなものだと思うな。二人の間に人間としての基本的な情が通じているかぎり、その関係はつづくことができる。やさしさというものがすっかりなくなり、どっちかいっぽうが、相手は生きようが死のうがかまわないとはっきりと本気で考えるようになったら、もうだめだ。なかでも自我に対する侮辱——自己保存の本能にとって、とくにひどくこたえるものだが——これはもう許すことができない。わたしも何百組という夫婦を見てきている。ひどい背信をとりつくろったのも見たし、破産とかその他の社会的犯罪はいうにおよばず、殺人のような犯罪まで夫または妻が許しをあたえた例を見てきている。不治の病、盲目、不幸——こういうものはみな乗り切れる。ところが、夫婦の共通した人情というものがどちらかのなかで死んでしまった場合、これはどうにもならない。わたしはこんなことを考えて、人間関係のこの基本的条件にちょっと大げさな名前を発明した。慰藉《いしゃ》の量の法則と呼んでいるがね」

ボンドはいった。「素晴らしい名前ですね。たしかに大げさすぎるようですが、もちろん意味はよくわかります。おっしゃるとおりでしょう。慰藉の量。そうですね。あらゆる恋も友情も、つきつめたところ、それが土台になるんでしょうね。人間というものは、とても頼りないものです。相手が自分を心細くさせるばかりでなく、文字どおり自分を破壊しようとしていると思ったら、たしかに一巻のおわりですね。慰藉の量がゼロになる。自分を助けるために、逃げ出さなければならなくなるわけです。マスターズもそうだったんですか？」

総督はこの質問には答えなかった。「ローダ・マスターズは、夫がいつバンガローの戸口から帰ってくるか、あらかじめ知っていたにちがいない。彼女の見た夫は、うわべは大した変化はなかった。ひげは落とし、髪はまた最初会ったときのようにくしゃくしゃになっていたが、変わっているのは目と口と顎の線だった。ローダ・マスターズは、一番おとなしい服を着ていた。化粧もほとんど落として、窓からの光が顔の左半分と膝の上の本を照らし出すような椅子におさまっていた。夫が戸口からはいってきたら、本から目を上げ、順従におとなしく夫が口を開くのを待とうと思った。夫が何かいったら、立って静かに夫のほうに行き、前に立って頭を下げる。夫にすべてを打ちあけ、涙を流せば、夫は抱いてくれるだろうし、そこでもうそんなことはしないと約束をくりかえす。彼女はその情景を納得のいくまで何回も稽古したのだった。

「予定どおり、彼女が本から目を上げる。マスターズは静かにスーツケースを置くと、ゆっくりマントルピースに歩みより、そこからぼんやりと妻を見おろした。その目は氷のように冷たく、なんの関心も見せない。内ポケットに手をいれると、彼は一枚の紙を出した。不動産屋みたいな事務的な口調でいう。〝この家の間どりをこうしよう。家をふたつにわける。きみの部屋は、台所と寝室だ。ぼくのはこの部屋と予備の寝室だ。浴室は、ぼくがはいっていないときなら使ってもいい〟彼はかがみこんで、開いた本の上にその紙片を落とした。〝友だちを呼ぶとき以外は、きみはぼくの部屋にははいらない〟ローダ・マスターズが何かいおうと口をひらいた。彼は手を上げて押しとどめる。〝一人きりのところで、ぼくが口をきくのはこれが最後だ。何かいっても、こっちは返事しない。いうことがあったら、浴室に書いておいとけばいい。食事は時間どおりきちんと仕度して、食堂にそろえておいてもらおう。きみは、ぼくがすんでから食堂を使えばいい。家計費として月に二十ポンド渡すが、これはぼくの弁護士をとおして毎月一日に郵送する。その弁護士はいま離婚の書類の準備をしている。ぼくは離婚するつもりだし、きみはそれについて争わないだろう。争いようがないからだ。きみに不利な証拠は、ある私立探偵がすっかりそろえている。離婚手続きは、バーミューダ勤務がおわるここ一年以内にとる。それまでは世間的にはふつうの夫婦としてふるまうんだ〟

「マスターズは両手をポケットにつっこんで、冷たく彼女を見おろした。そのころには、彼女の顔には涙があふれていた。まるでなぐられたように、彼女は怯えたような顔をしていた。マスターズは冷やかにいう。〝ほかに何か聞きたいことがあるかね？　なかったら、ここから身のまわりのものを集めて、台所に引きとってもらったほうがいいな〟時計を見て、〝夕食は毎晩八時にしてもらいたい。いま七時半だ〟」

総督はひと息ついて、ウイスキー・ソーダをすすった。「この話はマスターズから聞いた少しばかりの話と、総督夫人にローダが話したというくわしい話からまとめたものだ。どうやらローダ・マスターズは、夫をゆり動かそうとあらゆる手を使ってみたらしい。文句をいったり、下手《したて》に出て訴えたり、ヒステリーを起こしたり。だがマスターズは動じなかった。彼女にもどうにも歯が立たなかった。まるで彼が出かけていって、いまかわりの人間をこの風変わりな会見に代理としてよこしたみたいだった。しかも、結局、彼女も同意しなければならなかった。彼女には金がなかった。イギリスに帰る金が作れなかった。ベッドと食事のためにも、いわれただけのことはやらなければならなかった。彼女はそうしたのだ。一年間は二人はそうやって暮らした。人前ではたがいに礼儀正しかったが、二人きりのときはひと言も口をきかず、べつべつに暮らした。もちろんわれわれも、その変化にはみんなびっくりしていた。夫婦のどちらも、その取りきめについてはだれにも話さなかった。ローダは話すのが恥ずかしかったろうし、マスターズも話さなければならない理由はなかったからだ。彼は前よりもわれわれに対して、さらに控え目になったが、仕事ぶりは一流だったし、みんなが安堵の吐息をついて、何かの奇蹟でこの夫婦の結婚生活も救われたのだと認めていた。おかげで二人ともだいぶ信用を回復して、これまでのことはすべて水に流され、人気のある夫婦ということになった。

「一年たって、マスターズがこの島から離任するときがきた。彼は、うちの後始末にローダが残るといって、夫婦で型どおりの挨拶まわりをやった。船に彼を見送りにローダがきていないので、われわれはちょっとびっくりしたが、彼が妻は気分が悪いからといっていた。そこまでのところはそんな調子ですんだのだが、二週間ばかりのうちに、この夫婦の離婚裁判のニュースがイギリスからもれてきた。ローダ・マスターズは総督邸に行き、バーフォード夫人と長い話をして、だんだんにことの全貌が世間にもれてきた。次の段階ともいうべき、じつに恐ろしい話も表われてきた」

総督はウイスキー・ソーダの残りを飲みほした。そっとグラスをおくと、氷がカラカラとうつろな音を立てた。総督は話をつづける。「マスターズは出発の前日に、浴室で妻からの手紙を見つけたらしい。永《なが》の別れになってしまう前に、どうしても一度だけ会って話さなければならないという手紙だった。前にも何回かそういう手紙はあったのだが、マスターズはいつも破って流しの上の棚にほうりだしておいたのだった。こんどはマスターズは、その晩六時に居間で会おうと書き残していた。その時間がきて、ローダ・マスターズがおずおずと台所から出ていく。情緒的な芝居をやるとか、慈悲を乞うために身を投げだすというようなことは、彼女もとうの昔にあきらめていた。いま彼女は静かに立ちすくんだまま、今月の家計費の残りがたった十ポンドあるだけで、ほかには天にも地にもお金が全然ないという。彼が出ていったら、あとはどうにもならなくなる。

〝ぼくのやった宝石と毛皮のケープがある〟

〝あれで五十ポンドになれば運がいいくらいだわ〟

〝何か仕事をするんだな〟

〝それには、仕事口をさがす時間がかかるわ。住むところもさがさなければならないし、この家は二週間以内に出なければならないのよ。これっきり、何もくれないつもり？　わたし飢え死にしてしまうわ〟

「マスターズは冷やかに彼女を見た。〝きみはきれいだ。飢え死にはしないよ〟

〝フィリップ、助けてよ。あなたにはその責任がある。わたしが総督邸に物乞いにいったら、あなたの将来にもさしさわるわよ〟

「うちのなかには、こまごましたものを除いて、彼らのものというものはなかった。家具付きの家を借りていたからだった。家主が前の週にきて、家財の照合をしていったのだった。ただひとつ残っているのは車だけだった。マスターズが中古で買ったモーリスだった。

それに、やはり中古のステレオ。これは彼女がゴルフにこる前に、妻を喜ばせる最後の手段としてマスターズが買ったものだった。

「フィリップ・マスターズは最後に妻の顔を見た。それっきり、彼は妻には会わなかった。彼はそのときいった。〝よろしい。車とステレオをやろう。さあ、話はすんだ。荷造りをしなければならないんだ。さよなら〟そのまま戸口に行き、自分の寝室に引っこんでしまった」

総督はボンドの目を見た。「少なくとも最後にちょっとしたそぶりだけは見せたわけだ。わかりますな？」総督は陰気な笑顔を浮かべた。「彼が出発してしまい、ローダ・マスターズはひとりぼっちになった。車とエンゲージ・リング、こまごましたアクセサリーと毛皮のケープ。彼女はハミルトンにいって、質屋まわりをしてみた。やっと宝石類で四十ポンド、毛皮で七ポンドを手にいれた。そこで、ダッシュボードの名札に出ている自動車屋に行って、支配人に会いたいといった。このモーリスがいくらになるかと支配人にたずねたとき、支配人はびっくりした。〝しかし奥さん、マスターズさんはこの車を月賦で買って、しかもまだずいぶん払いがたまってるんですよ。つい一週間前に、弁護士から手紙を出したんですが、お聞きになってるでしょう。ここから出ていかれると聞いたんでね。あなたが必要な精算はしてくれるという返事でしたよ。えーと〟ファイルに手をのばし、パラパラとやっていたが、〝ああ、この車の払いはちょうど二百ポンド残っています〟

「さあそこで、もちろんローダ・マスターズはわっと泣きだしてしまい、とうとう支配人も、車はもう二百ポンドの値打ちはなくなってしまったが、そのまま引きとることに同意した。ただ、いますぐタンクのなかのガソリンも何もかも、そのままにして置いていってくれというのだった。ローダ・マスターズはいわれるようにするほかしかたがないし、訴えられなかっただけでもありがたいと思い、歩いて自動車屋から暑い通りに出た。ラジオ屋へ行ってもどういうことになるか、彼女にはもう見当はついていた。彼女の勘は当たっていた。自動車と同じような話で、ただこんどはステレオを引きとらせるのに、十ポンドつけてやらなければ店のほうで納得しなかった。バンガローに歩いて帰れるところまで、通りかかった車に乗せてもらって帰ると、彼女はベッドに身を投げて、その一日は泣いて過ごした。すでに彼女は打ちひしがれていたのに、いま、フィリップ・マスターズは、倒れた彼女をさらに足蹴《あしげ》にしているようなものだった」

　総督はひと息ついた。「まったく考えられんようなことだった。いつもなら蠅も殺さぬような、思いやりのあるマスターズのような男が、わたしもこれまでお目にかかったこともないような、こうした残酷なことをやってのけたのだから。さっきいった法則が、ここで生きてくる」総督はかすかな微笑を浮かべた。「彼女がどんな罪を犯したにしろ、夫に対して慰藉の量をある程度あたえていたら、彼もそこまではできなかったろう。それが、彼女は夫の獣のような残忍性を目ざめさせてしまったのだ。だれもが胸の底深くに秘めているような、自分の存在の危機にさいしてのみ、はじめて表面に表われてくる残忍性だ。マスターズは妻を苦しめたかったのだ。自分が苦しんだのと同じくらい苦しめたかったが、それはできないので、苦しませてやれるだけ苦しめたのだ。車とステレオでもっともらしい好意的なそぶりを見せたのも、出発してしまったあとにまで、自分の憎しみがどれだけ深いか、まだまだ彼女を苦しめてやりたがってるのだぞということを、彼女に思い知らせるための時限装置のような手だったのだ」

ボンドはいった。「そんな目にあったら、さぞ参ってしまったことでしょうね。人間が、たがいに傷つけあえるとしても、そこまではなあ！　わたしには、むしろその女のほうがかわいそうになってきました。結局、どうなりました？　そういえば、男のほうはどうなりました？」

総督は立ち上がって時計を見た。「これはいかん、もう真夜中だ。うっかり邸内の人間を休ませることも忘れてしまった」笑顔を浮かべる。「それに、あなたまで引きとめてしまったな」暖炉のところへ行くと、総督はベルを鳴らした。黒人の執事が現われる。総督は遅くまで起こしていてすまなかったといい、戸じまりをして明りを消すようにいいつけた。ボンドも立ち上がった。総督はボンドのほうに向きなおった。「行きましょう。歩きながらあとは話します。一緒に庭をぬけて、警備兵にあなたを出してもらうよう声をかけます」

長いいくつもの部屋をゆっくりぬけて、広い石段から庭におりた。満月で、上のほうにうすい高い雲がひと刷毛《はけ》流れているきれいな夜だった。

総督はいった。「マスターズはそのまま植民省につとめていたが、どういうわけか最初のようないいスタートぶりはつづかなかった。バーミューダの事件で、何かがぬけてしまったみたいだった。彼の人格の一部が、その体験で死んでしまったのだ。ふぬけのようなものだった。もちろん罪の大半は女のほうにあるのだが、彼女にやった仕打ちが胸に残っていて、たぶんそれに悩まされたのだろう。仕事はよくできたのだが、どこか人間的に欠けているようで、だんだんにひからびた人間になってしまった。もちろんそれっきり結婚もしないし、しまいには未開地のほうに飛ばされて、そっちの仕事に失敗して退職、ナイジェリアに移住した。彼に好意を示したただひとつの種族のいるところへ帰ったのだ。すべてのふりだしになったとこへね。若かったころを知ってるわたしとしては、思いだすと実際ちょっとした悲劇のような気がする」

「女のほうは？」

「ああ、彼女もかなり苦労した。われわれもなんとか手助けもしたし、彼女もお情け半分であたえられた仕事を、あっちこっちと転々としたりした。もとのキャビン・アテンダントの仕事にもどろうとしたが、インペリアル航空との契約を破ったやめ方からして、あらためて雇ってもらうことはできなかった。当時は航空路線もそう多くはなかったし、キャビン・アテンダントの求職希望者にこと欠かなかったのだな。その年の暮れに、バーフォード総督がジャマイカへ転勤になり、彼女の頼みの綱も切れてしまった。前にもいったように、バーフォード夫人が彼女には甘かったからね。ローダ・マスターズはもう少しで飢えてしまうところだった。まだ美しさは残っていたし、しばらくはいろんな男が助けてはいたらしいが、バーミューダのような狭いところでは、あまりそういうことは長つづきしないし、彼女も売春婦みたいになってしまって警察につかまったりしたとき、やっとまた運命の手に拾われて、罰はそれくらいでいいということになったらしい。バーフォード夫人からジャマイカまでの旅費を同封した手紙がきて、ブルー・ヒルズ・ホテルの受付の仕事を見つけたといってきてくれたのだ。これはキングストンでも一流のホテルだ。そこで彼女もジャマイカに渡り、バーミューダも彼女がいなくなってほっとしたろう――そのころにはわたしはローデシアに転勤していたので、よくは知らないがね」

総督とボンドは、官邸の入口の大きな門のところへきていた。門の向こうは、月明りに白と黒とピンクに輝くせせこましい街並みと、けばけばしい破風とバルコニーのついた下見ばりの家々。これがナッソーだ。すごい音を立てて警備兵が気をつけの姿勢をとり、捧げ銃《つつ》をした。総督は片手を上げげた。「よろしい、休め」またゼンマイ仕かけのように警備兵がガチャガチャと一瞬生気を見せ、またひっそりとなる。

総督はいった。「それで話はおわりだが、あとひとつだけ最後の運命のいたずらがある。

ある日、カナダの百万長者がブルー・ヒルズ・ホテルに現われて、ひと冬逗留した。最後にその男がローダ・マスターズをカナダにつれていき、彼女と結婚した。それ以来彼女は、何不自由ない暮らしをしている」

「へえ！　そいつは運がよかった。運がよすぎるくらいですね」

「どうかな。そうともいいきれんな。人生というのはまっすぐには行かんものだからな。おそらく、彼女がマスターズにやった悪いことも、運命の神はもう充分に償いはすんだと考えたのだろう。一番悪いのはマスターズの両親かもしれない。マスターズをそういうまちがいを起こしやすい人間にしてしまったのは、両親なんだから。情緒的な破局というのは、彼の場合ああなったら避けられないし、そういう条件を作ったのも当然彼の両親なのだ。運命はローダをその道具に使っただけだ。こんどは運命は、ローダにその労力の報酬をあたえたのだろう。こういうことは、判断することはむずかしい。いずれにしても、彼女はそのカナダ人をとても幸せにしている。今夜も、二人とも楽しそうだったと思うがね」

ボンドは笑った。急に彼自身の激しいドラマのような生活が、ひどくうつろなものに思えてきた。カストロ派の一件やヨットを焼きはらったことなども、三文新聞の冒険漫画のネタみたいに思える。今夜は退屈な夕食のパーティで退屈な女の隣にすわった。だが、ふとしたことから、本当の激しい人生というものの書物が彼のために開かれたのだった。人間の情熱がなまに出ている本物の人間喜劇、どこの政府が作ったどんな秘密情報部の謀略よりも、もっと正当なゲームをやる運命が主役の人間喜劇だった。

ボンドは総督に向きなおって手をさしのべた。「おもしろいお話、ありがとうございました。それに、お詫びをしなければいけない。ハーヴェイ・ミラー夫人を退屈な人だと思ってたんです。あの人のことは忘れません。そのことでも、お礼を申しあげます。これからは、もっと人を見るときは気をつけます。いい教訓になりました」

二人は握手し、総督は笑った。「話がおもしろいといわれて何よりです。あなたが退屈してるんじゃないかと思った。だいぶ派手な生き方をしているようだからね。正直な話、食事のあとでどんな話をしたらいいか、知恵をしぼっても手も足も出なかった。植民省づとめというのはひどく単調なものだからね」

おやすみの挨拶をかわして、ボンドは港とブリティッシュ・コロニアル・ホテルに向かう静かな通りに歩きだした。あすの朝マイアミで沿岸警備隊や連邦警察の人間とやる会議のことを考える。これまでは興味ももてたし張りもあったその会談のことが、いまでは退屈な、むなしいもののように思えてくるのだった。

マゾヒストに愛をこめて——私のフレミング伝

石上三登志

「いいたくないけど、これ（註　マンハッタンのこと）は世界で一番いい原爆の目標ですな」

『死ぬのは奴らだ』（井上一夫訳）

今では信じられないだろうが、はじめ「小説」としてスタートしたイアン・フレミングの「ジェームズ・ボンド」シリーズは、本国イギリスは勿論、ペーパーバック王国アメリカでも、だから当然わが国も、決して「007」という、今では誰でも知っている「キイ・ワード」で売ろうとは、まるで思ってもいなかったらしい！

今、私の手元に残っている当時のペーパーバック版のこのシリーズで、007の文字とその解説が多少でもついているのは、『トゥ・ホット・トゥ・ハンドル』（註「触ると危険」「一触即発」といった意味）と改題されて一九五六年の十二月に出版された、「パーマ・ブックス」版の『ムーンレイカー』（五五年）の、その裏表紙のみ。それも「秘密《シークレッ》情報部員《ト・エージェント》ナンバー007。このダブル・ゼロは、敵との接触戦闘中なら相手を殺してもよいという意味を持つ。そんなひとり、ナンバー・セヴンとして証明されているジェームズ・ボンドは……」といったささやかさであって、でもあるだけまし。他の場合は表紙のどこにも、「007」とすら入ってはいない！　どうしてだったのだろう？

その「007」……「パーマ」の裏表紙ではすでに「ダブル・ゼロ」という読み方だが、わが国では当時はみんな「ゼロ・ゼロ・ナナ」ときわめて日本風に呼んでいた……あの「血わき肉おどる」なつかしい体験は、私の場合、小説としてのそれと、そして映画化の際のそれと、二重にあり、またそういう風に語らねば、この快シリーズの正体や意味も理解出来ないと思う。その辺のことを、ここでは正確に、そして正直に語っておこう。

で、まず「小説」としての体験。それは当然、当時のあの「EQMM日本語版」の編集長で、「ポケミス」のセレクターでもあった都筑道夫氏の、雑誌での紹介から始まり、五七年（昭和三十二年）の九月に、まず第二作『死ぬのは奴らだ』（五四年）が「ポケミス」入り……で、すぐそれに飛びついた……といいたいところだが、ちょっと違う。この当時の都筑氏の文章は読んではいるのだが、実はあまり気にとめなかった。なぜかというと、都筑氏は新鮮かつ唐突すぎるこのシリーズの紹介に気を使いすぎ、そこからとりあえず伝わってくるものはといえば、「軽ハードボイルド」の新シリーズ……この頃の「ポケミス」入りでいえばピーター・チェイニイの『女は魔物』とかブレット・ハリディの『夜に目覚めて』のような、そんな程度の印象しか伝わってこなかったのだ。だから、ミステリは全部好きなのだが、しかし基本はといえば「本格謎とき」と思っている私（当時十八歳！）には、これではそれほど魅力は感じなかったということなのだ。

ここで、実は一人の男が登場する。私の遠縁で同い歳の北垣康一くん。私はこの男と「映画大好き」などなどと色々気が合い、でも彼はミステリに関してはほとんど知識がないから、ということで「まあ、このアタリは必読だよね」なんてエラソーにあれやこれやを薦めていた。当時スタートしていた「ヒッチコック・マガジン」の、そのファンクラブにも入会させた。

そんなこんなでミステリを読み出した北垣くんは、次第に私のガイドから勝手にそれてゆき、もっぱら「ハードボイルド」のほうへ！　雑誌でいえば、「ＥＱＭＭ」でも「宝石」でも「ヒッチ・マガジン」でもなく、「マンハント」のほう……！

まあ、それでもいいや……と思っていたら、ある時、彼が突然言った。「凄いんだよ、フレミングは！　探偵が痛めつけられ、手の指を折られちまうんだ。垂直にまで折し曲げられ、鋭いピシッという音がしたなんてさ」。

私のアタマの中に、電流が走った！　この時の印象をわかりやすくいえば、そんな実感だった。「アッ、それは面白そう！」「すぐ読みたい！」ということだ。

それで、すぐに買って読んだ。『死ぬのは奴らだ』ではなくて、この頃やはり「ポケミス」で出たばかり（昭和三十四年九月だから、最初の翻訳からなんと二年後！　私はといえば、だから二十歳）の、第六作『ドクター・ノオ』（五八年）のほうだ。もう夢中になり、当然『死ぬのは奴らだ』もすぐに読み、次の翻訳を待ちこがれた。でも待ちきれず、ついに原書（パーマ・ブックス版）でまず第四作『ダイヤモンドは永遠に』（五六年）を読んでしまった。そして完全にはまった……！

どうしてなのかといえば、とりあえずの理由は簡単。私が好きになれるそんなヒーローが、そこにいたからだ。そう、この007ことジェームズ・ボンドとは、徹底的に耐えぬける……指の一本ぐらい折られたって大丈夫という、そんなキャラクター……！

耐えぬくもなにも、たとえば彼はこの第二作『死ぬのは奴らだ』のクライマックス……素っ裸にされて珊瑚礁を引摺り回される。第三作『ムーンレイカー』では、ロケットの噴射炎にさらされる。第四作『ダイヤモンドは永遠に』では、フットボール用のスパイクで蹴り続けられる。第六作『ドクター・ノオ』では、例の火責め水責め大イカ責めトンネル行。そして、第一作『カジノ・ロワイヤル』（五三年）の、あのご存じジュウタン用のはたきでの男性器責め（註　ポール・ギヤリコ「この本はノックアウトだ。わたしも元気なころはかなりいい拷問シーンを二、三書いたが、きみのはわたしの読んだすべてを押えている。すごい！」――ジョン・ピアーソン『女王陛下の騎士』井上一夫訳より）……！

つまりこういうことなのだ。私がこの新ヒーローに直感的にノリ、さらには納得していったのには、私の愛するかつての「探偵小説」というジャンルに関係があるということ。「探偵小説」つまり基本的にはヒーローが犯罪と対面する様々な物語で、その犯罪とはおおむね暴力……。

そういう際のヒーローの姿勢として、私は論理で証明される「理性」こそが望ましいと、思い続けてきた。だから、「謎とき」型の「名探偵」たちが好き（註　拙著『名探偵たちのユートピア』を参照）で、そのほうが現実に近いとはいえ、「暴力には暴力」を基本とする「ハードボイルド」ヒーローには、もうひとつノれなかったのだ。「やられたらやりかえせ」「目には目を」じゃ、ほとんど喧嘩のレベルで本質的には何も解決せず、つまりは探偵すら結構サディスティックということになってしまう。この暴力ってヤツが国家レベルのそれ、つまり戦争にまでエスカレートしたら……という恐ろしい設問までここにはある！　だからこその「理性」、その発露のトレーニングが出来るのが「探偵小説」！

でも、こちらまで暴力的つまりサディスティックにならない、そんな姿勢がもうひとつだけあるじゃないか。犯罪つまりは暴力には、まずは徹底的に受ける、耐える……だからこっちはとりあえずはマゾヒスティックな姿勢。私にとって、新登場のジェームズ・ボンドは、だから新鮮だったのだ。

実にこのあたりのことが、なかなか伝わってこなかった！　紹介者の才人都筑氏でさえ「恐れを知らぬ冒険児」の「国際色豊かなスリラー」（『死ぬのは奴らだ』あとがき）であり、せいぜい「大人の紙芝居」だから「ときには子どもの漫画ものぞいてみようという、馬鹿馬鹿しさを愛するところのない読者には、無縁」（『ドクター・ノオ』あとがき）なのだから、この頃はファンからの声などてんで聞えてこず。そこになんと北垣くんのあの、率直きわまりない一声！

勿論、こういった構造だけじゃあまり娯楽的とはいえないだろう。たとえば私なども、別にサド＝マゾ小説を求めているんじゃないのだからだ。実はフレミングがエンターティンメント的に巧妙なのは、そんな犯罪、つまり暴力の発信源を、すべて奇怪な、ほとんど怪物的に凄いキャラクターにまとめてしまったことだ。

第一作『カジノ・ロワイヤル』に登場する、ル・シッフル（註「数字」という意味）……ギャンブルとサディスティックな拷問に天才的な手腕を発揮する、フランス「アルザス労働者連合組合」の地下会計責任者で、ベンゼドリン吸入器を常用する半病人。これがフレミング創造の悪玉たちの原型。

第二作『死ぬのは奴らだ』に登場する、ボ（B）ナパルト・イ（I）グネス・ガ（G）リアことミスター・ビッグ……マンハッタンの黒人地区ハーレムとカリブ海を、ブードゥー教の恐怖で支配する、心臓病で肌が灰色の、まるで「ゾンビー」のような怪人。

第三作『ムーンレイカー』に登場するフーゴ・フォン・デル・ドラッヒェ伯爵またの名ヒューゴ・ドラックス卿……英国にロケットを進呈するという謎の億万長者で、自分の正体を隠すために、色々整形手術をくり返した結果の傷跡だらけ。つまり「フランケンシュタインの怪物」。

第四作『ダイヤモンドは永遠に』に登場する、アメリカのギャング兄弟セラフィモ&ジャック・スパング……ラス・ヴェガス近くの砂漠の、人工「ゴーストタウン」を巣窟とし、開拓時代のＳＬまで通し、自分らも黒ずくめで二挺拳銃のガンマン・スタイルの、これは西部劇映画の典型悪役！

第五作『ロシアから愛をこめて』に登場する、殺しのプロ、ドノヴァン・グラント……殺人愛好癖が満月の夜になると高ぶる、まるで「狼男」！

そして、第六作『ドクター・ノオ』の両手が金属義手のジュリアス・ノオ博士も、第七作『ゴールドフィンガー』の身体全体が奇形的に色々アンバランスなオーリック・ゴールドフィンガーも、そのことごとくが、いわゆる「プログラム・ピクチャー」でお馴染だった外見的な悪玉たち。都筑氏の「大人の紙芝居」という指摘の、これらは根拠ではある。

でも、私のとらえ方は少し違う。時代的にもフレミングはさらに巧妙だったからだ。なぜかというと、このサディスティックで奇怪な彼等を、実は多かれ少なかれ、当時のソ連のスパイ組織、とりわけ「スメルシュ」つまり「スメイエルト・シュピオナム（スパイ殺し）」という、味方ですら恐怖する怪組織の、その外部での協力者として、色々奇怪な作戦を計画すると描いているからだ。

時あたかも世界は、私が冒頭に引用したような、米ソを中心とした冷戦が、核戦争へとエスカレートしそうな、つまり第三次世界大戦の危機感だらけの頃。ミサイル&原水爆に対する不安などは、英米ではほとんど日常感覚……そんな時代である。だから、こんな悪玉どもを壊滅してしまう物語が、日本などはともかく、冷戦の片側のほうの英米で受けて当然だ。あのキューバ危機と対面（六二年十月）するケネディが、これらを愛読したという話にも、だから結構説得力があった。

……てなことまで、たかが二十歳ちょっとで感じられたのか……なんていわれても、そうだったんだから仕方ない。たぶん小説や、とりわけ映画から色々得た知識なんだろう。たとえば、前述したような「フレミング悪玉」と「プログラム・ピクチャー」との関係なんかも、私以外は誰も語らないいんじゃ、そう思い込んだってねえ……。

……と、ここからが、今度は「００７」の映画での私の体験。これも色々と面白いのだが、どちらかといえば、小説の話なんだから、なるべく簡単に触れておこう。

まずは英本国で、『ドクター・ノオ』から映画化されるという情報を知ったのは、日本公開（六三年六月）の一年ほど前の、たしか「映画の友」誌の小さな近況欄。で、主役に抜擢された「シーン・コナリー」なんて聞いたこともなく、でも監督のテレンス・ヤングのほうは、『赤いベレー』（五三年）や『今は死ぬ時でない』（五八年）といった戦争映画

（註　この時は知らなかったのだが、これらの作品の人脈が「007」的に面白い！）で気に入っており、だから少しは期待していた。でも、「とんでもない」原作だから、「大丈夫かなぁ」と、別なヤング作を捜しまわり、やっと『撃滅戦車隊三〇〇〇粁《キロ》』（五六年）を見て安心したことを、よく覚えている。今にして思うと、『今は死ぬ時でない』も「戦車」物だったように、私はこの「戦車」の扱いが気になっていたようで、つまりあのノオ博士の怪作戦のひとつ、火炎放射機つき「竜」偽装タンクで原住民を脅すという珍計画……ヒーロー的にいえば、女王陛下の「騎士」として「ドラゴン」と闘うというフレミングならではの趣向……「あれはキチンと描かれるのか？」という心配だ。つまりこうなると一番気になるのが、あの「大人の紙芝居」気分をどれほど受け継いでくれるかということ。

それで、まだ映画評論家になっていないのに、インチキして試写（銀座ガス・ホール）に潜り込み、見た！　私は二十四歳だった！

結局映画では、「あの」ボンドのキャラクターの斬新さは当然のように薄まり、その分だけ悪玉描写（名俳優の起用、セット・デザインのユニークさ、などなど）に比重が置かれ、だから「大人の紙芝居」的に私は納得した。いや、冒頭の例のダイスとチップをあしらったタイトル・アニメーションと、そこに流れるモンティ・ノーマンのテーマ曲の、その新鮮さ甘美さに、ほとんど陶然とさえなっていた！

原作との大きな違いはというと、ソ連に気を使ってか、あの「スメルシュ」はまったく消え、代わりにフレミングが六二年のこの映画化の前年に発表した、第八作『サンダーボール作戦』（六一年。註　ここでとんでもない著作権騒動が起り、フレミングの体質まで変ってゆくのだが、それは別の機会に語ろう！）から使い出した怪犯罪グループ「スペクター」（註　最初の訳では「スペクトル」）……小説では「スメルシュのメンバーだった男も三人いる」と語られる、きわめてフィクション的な怪犯罪組織「対敵情報、テロ、《ザ・スペシャル・エグゼクティヴ・フォー・》復讐、強要のための特別機関《カウンターインテリジェンス・テロリズム・リヴェンジ・アンド・エクストーション》」が悪の背景を引受ける。代表格が、ここから連続登場する、エルンスト・スタヴロ・ブロフェルド！　その結果、映画のほうはまるで「テーマパーク」エンターティンメントのごとき、「００７ワールド」が次々に展開し、小説とはむしろ別に、「００７」は世界中で圧倒的に受け続けたのだ。

　ちなみにこの「スペクター」（「幽霊」という意味）という言葉は、フレミングはそれ以前から好きらしく、第四作『ダイヤモンドは永遠に』のあのゴーストタウンの名が「スペクターヴィル」。第五作『ロシアから愛をこめて』のボンド失脚作戦に使われる、例の暗号解読器の名も「スペクター」（映画では当然変えられて「レクター」）。

　では、最初の設問でもある、この「００７」という記号は、一体なんだったのか？

　この、映画のタイトル・デザインでスマートに消化されてはいたが、しかし本国のポスターにはまだ使われていない記号だが、意外な事にわが国ではこの映画は、最初から『００７は殺しの番号』と「それ」つきなのだ！

今にして思うと、つまりこれは史上初の「デジタル型ヒーロー」の登場に関する、とまどいの結果だったのじゃないだろうか。そういうことにはわが国は、軽薄なほど敏感だったのじゃないか。勿論、秘密情報部員つまりスパイは、昔からたとえば映画『間諜Ｘ27』（三一年）といった風に、記号としての数字が使われていたことはたしか……でも、只の符号であって、００７のように数字に意味があるわけじゃない。なにしろ、彼の最初の敵対者にしてからが、なんと「数字（ル・シッフル）」だったのだから……！

（註　ヒロイン他のキャラクターの役割、ハメットからの継承のことなどは、また別の機会に！）

……そんなこんなまで、私に気付かせ、考えさせた北垣康一《コーちゃん》くんは、実はクモ膜下出血のために、その後急死した。弱冠三十八歳だった。彼は死ぬまで、私にフレミングを薦めたことを、誇りに思っていたそうだ……。

検印
廃止

訳者紹介 1923年4月生まれ。1947年，慶應義塾大学哲学科卒業。主な訳書に，ロス・マクドナルド「動く標的」，ハドリー・チェイス「ミス・ブランディッシの蘭」，パット・マガー「探偵を捜せ！」などがある。

007/薔薇と拳銃

1964年5月21日 初版
2006年11月10日 60版
新版 2007年6月29日 初版
2023年6月16日 4版

著者 イアン・フレミング

訳者 井《いの》上《うえ》一《かず》夫《お》

発行所 (株) 東京創元社
代表者 渋谷健太郎

162-0814/東京都新宿区新小川町1-5
電話 03・3268・8231-営業部
03・3268・8204-編集部
URL http://www.tsogen.co.jp
DTP モリモト印刷
印刷・製本 大日本印刷

ISBN978-4-488-13807-3 C0197